옛날에 대하여
Sur le jadis

마지막 왕국 II
Dernier royaume II

Sur le jadis—Dernier royaume II
Pascal Quignard

Copyright ⓒ 2002 by Éditions Grasset & Fasquelle
Korean Translation Copyright ⓒ 2010 by Moonji Publishing Co., Ltd.
All rights reserved.

This Korean edition was published by arrangment with Éditions
Grasset & Fasquelle through GUY HONG AGENCY.

이 책의 한국어판 저작권은 GUY HONG AGENCY를 통해
Éditions Grasset & Fasquelle와 독점 계약한 ㈜**문학과지성사**에 있습니다.
저작권법에 의해 보호받는 저작물이므로 무단 전재 및 복제를 금합니다.

파스칼
키냐르

Pascal Quignard

옛날에 대하여
Sur le jadis

송의경 옮김

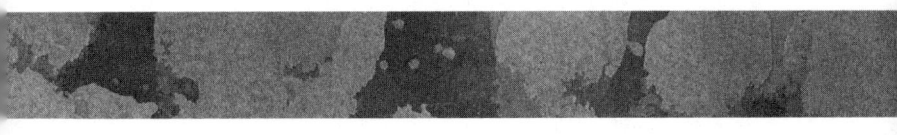

문학과지성사
2010

파스칼 키냐르 Pascal Quignard

1948년 프랑스 노르망디 지방의 베르뇌유쉬르아브르(외르)에서 태어나 1969년에 첫 작품 『말 더듬는 존재』를 출간했다. 어린 시절 앓았던 자폐증과 68혁명의 열기, 뱅센 대학과 사회과학고등연구원에서의 강의 활동, 갈리마르 출판사와의 인연 등이 그의 작품 곳곳의 독특하고 끔찍할 정도로 아름다운 문장과 조화를 이루고 있다. 죽음의 문턱까지 갔다가 귀환한 뒤 글쓰기 방식에 큰 변화를 겪고 쓴 첫 작품 『은밀한 생』으로 1998년 '문인 협회 춘계대상'을 받았으며, 『떠도는 그림자들』로 2002년 공쿠르 상 수상의 영예를 안았다. 대표작으로 『로마의 테라스』 『혀끝에서 맴도는 이름』 『섹스와 공포』 『옛날에 대하여』 『심연들』 『빌라 아말리아』 『세상의 모든 아침』 『신비한 결속』 『부테스』 『하룻낮의 행복』 『우리가 사랑했던 정원에서』 등이 있다.

옮긴이 송의경

서울대학교 불어불문학과를 졸업하고 프랑스 엑상프로방스 대학에서 박사과정을 수료했으며, 이화여자대학교에서 박사학위를 받았다. 키냐르의 작품 『은밀한 생』 『로마의 테라스』 『떠도는 그림자들』 『혀끝에서 맴도는 이름』 『섹스와 공포』 『빌라 아말리아』 『신비한 결속』 『부테스』 『눈물들』 『하룻낮의 행복』 『우리가 사랑했던 정원에서』 와 그 외에 다수의 문학 작품을 우리말로 옮겼다.

옛날에 대하여

제1판 제1쇄 2010년 12월 29일
제1판 제4쇄 2023년 4월 13일

지은이 파스칼 키냐르
옮긴이 송의경
펴낸이 이광호
펴낸곳 ㈜문학과지성사
등록번호 제1993-000098호
주소 04034 서울 마포구 잔다리로7길 18(서교동 377-20)
전화 02) 338-7224
팩스 02) 323-4180(편집) / 02) 338-7221(영업)
전자우편 moonji@moonji.com
홈페이지 www.moonji.com

ISBN 978-89-320-2177-5

차례

제1장 (가레 호수) 11
제2장 (차) 14
제3장 (사해) 15
제4장 행복 18
제5장 (누르의 필적에 관해서) 20
제6장 (차분한 목소리가 구술하고 있다) 21
제7장 과거 22
제8장 (까치밥나무 열매) 25
제9장 르아브르 26
제10장 붉은색 29
제11장 (일본에서의 시간의 경첩들) 31
제12장 (원천) 42
제13장 (하느님의 강렬한 애정) 43
제14장 (고체 상태의 침묵) 48
제15장 겐코의 역설 49
제16장 보이지 않는 땅 55
제17장 (그림자의 목록) 57
제18장 몽타테르 58
제19장 기쁨의 목록들 61

제20장 (*Problēma*) 63

제21장 (초연함) 64

제22장 어떻게 과거가 쾌락이 될 수 있는가? 65

제23장 전격적인 기쁨에 대하여 72

제24장 (갈매기) 79

제25장 시간의 무방향성에 대하여 80

제26장 밤 88

제27장 베르하임 89

제28장 (오래된 강) 90

제29장 (다림질한 손수건) 91

제30장 (도주) 92

제31장 멀리서인 듯이 95

제32장 희미한 진주의 광택에 대하여 96

제33장 기쁨의 두번째 목록 102

제34장 렘브란트 103

제35장 (포도주) 105

제36장 프랑스 106

제37장 (다시 떠오르기) 109

제38장 아하가르의 동쪽에서 113

제39장 아침 116

제40장 낙원 117
제41장 (시초는 이미지이다) 121
제42장 (만족을 모르는 새벽) 122
제43장 흰색에 관한 개론 124
제44장 2002년 초 은에 내리는 백설 소나타 127
제45장 아오리스트 133
제46장 *aorista*라는 그리스어 단어에 대하여 147
제47장 (별들) 153
제48장 기원의 아들 154
제49장 (카실리아) 155
제50장 (테오돌린다 왕비) 156
제51장 (직업들의 목록) 158
제52장 (흰색 정액 방울) 159
제53장 예옛날 160
제54장 (*Melammu*) 168
제55장 (무관심) 170
제56장 (이곳) 171
제57장 *Veni, vidi, vici*(왔노라, 보았노라, 이겼노라) 172
제58장 모르파의 늙은 손 188
제59장 (원천) 189

제60장 (접시꽃) 190

제61장 *Sprick proverbes*(속담) 191

제62장 (먼지) 199

제63장 (폼페이) 204

제64장 (녹청) 205

제65장 (혜능) 207

제66장 (하루살이들) 210

제67장 (스웨터의 해진 팔꿈치들) 211

제68장 (썩은 고기를 먹는 버섯들) 212

제69장 카르케돈 출신 크세노크라테스에 관한 개론 213

제70장 바람이 불고 난 후에 오는 자 215

제71장 (죽은 나비의 날개들) 217

제72장 비시간적인 것 220

제73장 유령들의 세 가지 목록 230

제74장 (비시간의 자손) 236

제75장 어린애의 왕국 243

제76장 (가이아) 250

제77장 *Luna vetus*(늙은 달) 257

제78장 태반 263

제79장 (성적인 것의 왕국) 270

제80장 *Principium et initium* 277
제81장 (클라우디우스 황제의 말) 280
제82장 저녁의 침묵 285
제83장 (과거의 소리) 286
제84장 황홀 288
제85장 (둥글게 말리는 파도) 294
제86장 과거의 빛 295
제87장 과거의 소리에 대하여 300
제88장 천년 지우 307
제89장 아에네아스 331
제90장 세 가지 소리 334
제91장 두 가지 소리 336
제92장 침묵 339
제93장 얀 판에이크 340
제94장 눈물 348
제95장 산 356

옮긴이의 말 | '옛날'에 대하여 364
작가 연보 370
작품 목록 380

일러두기

1. 이 책은 Pascal Quignard의 Sur le jadis—Dernier royaume II(Paris: Éditions Grasset & Fasquelle, 2002)를 우리말로 옮긴 것이다.
2. 파스칼 키냐르의 원문에는 주가 없다. 본문의 각주는 옮긴이가 보충 설명한 것이다.
3. 강조하기 위해 원서에서 이탤릭체로 표기한 것을 본문에서는 고딕체로 표기했다.
4. 맞춤법과 외래어 표기는 1989년 3월 1일부터 시행된 「한글 맞춤법 규정」과 『문교부 편수자료』 『표준국어대사전』(국립국어연구원)을 따랐다.

제1장

:

 어제 나는 가레 호수로 이어지는 코스[1] 기슭의 골짜기로 내려왔다. 비탈 아래쪽에는 양 우리와 무용지물이 된 낡은 헛간이 있다.

 무너져 내린 암석 더미를 애써 외면해온 지가 어언 20년이다. 돌무더기는 난폭하게 자란 풀과 이끼에, 그리고 가시덤불에 에워싸여 있었다.

 큰 나무딸기들도 있었다.

 틈이 갈라지기 시작한 거대한 석회암들이 햇빛을 받아 머리 부분이 희끄무레한 무지막지한 쐐기풀 꽃들과 함께 뒤엉켜 있었다.

 나는 가던 길을 벗어나고야 말았다. 아직도 보고 싶은 마음이 간절해서였다. 잠시만 힐끗 바라볼 셈이었다. 나는 들어갔다. 속까지 헤집고 들어갈 순 없었지만.

 목이 메어온다. 가볍게 현기증이 난다. 이내 돌아 나온다.

 눈길이 저절로 로마인들의 제단 주변으로 쏠린다.

---

[1] 프랑스 남서부의 석회암 고원.

제1장

아무것도 보이지 않는다. 예전의 그 무엇도 일어나지 않는다.

*

무심코 왔던 길로 다시 접어들었다. 진흙에 난 작은 발자국들을 피해가며 걸었다. 멧돼지들이 지나간 모양이었다. 한곳에서는 놈들이 사토를 헤집으며 뒹굴었던 모양이다. 엉망으로 팬 구덩이가 있었다.

로마인들이 페리구르딘perigourdin이라 부르던 돌 제단, 그것은 무척이나 오래돼서 움푹 닳았지만 여전히 견고한 채로 나뭇잎들에 가려진 채 숲 어귀의 경계를 이루고 있었다.

숲으로 들어서자, 사위가 어슴푸레해졌다.

*

아주 깊숙이, 아래쪽으로, 냇물을 따라 나무 사이로 내려갔다. 물길을 따라 걸었다.

무턱대고 물의 흐름을 쫓아갔다. 좌측의 옛 채석장을 지나치려는데 바위 옆에 쭈그려 앉은 사람의 자그마한 형체가 보였다.

나는 소리를 죽이고 멈춰 섰다.

어깨에 커다란 검정 숄을 두른 여자가 몸을 앞으로 숙이고 있었다. 틀어 올리지 않아 등 뒤로 흘러내린 검은 머리칼들이 숄과

제1장

뒤섞였다.

마흔 살 남짓한 여인의 얼굴, 두 눈을 감은 빛나는 얼굴이 나뭇가지 그늘에서 갑자기 솟아올랐다.

재잘거리는 냇가에 나는 살며시 주저앉았다.

제2장

:

　어느 가을날, 차를 따르려고 그녀가 몸을 굽혔고, 때마침 나는 노릇노릇한 작은 튈르[1]를 집으려고 손을 내밀었다. 우리의 뺨이 서로 스쳤다.
　그녀의 시선에 떨림이 일었다.
　그녀는 불현듯 문 쪽을 바라보았다.
　그때 내가 슬며시 그녀의 손을 잡았다.
　그녀의 얼굴이 순식간에 진홍빛으로 변했다.
　나는 그녀의 작고 짧은 손가락들이 빠져나온 하얀 퍼케일천[2] 소맷부리를 바라보았고, 손가락들을 만졌고, 힘주어 꼭 쥐었다.

---

1) 기와 모양의 비스킷.
2) 올이 곱고 촘촘한 면직물.

제3장

:

 한 어부가 사해(死海) 바다에 그물을 던졌다. 누런 구리 단지를 건져 올렸다. 어찌나 무거운지 물 밖으로 끌어내느라 힘이 들었다. 그것을 어선의 노(櫓) 옆에, 널빤지 위에 아주 조심스럽게 올려놓았다.
 그리고 단지를 닦았다.
 납으로 봉인된 단지의 주둥이를 살피다가 주머니에서 칼을 꺼냈다. 누런 구리 단지의 주둥이를 배 안쪽으로 기울이고서 봉인을 뜯었다.
 단지에서는 아무것도 나오지 않았다.
 동시에 배 주변의 바다가 갑자기 잔잔해졌다.
 어부는 맞은편의 긴 의자 위에 단지를 올려놓았다.
 그리고 침묵 속에서 기다렸다.

*

 단지의 주둥이 위로 서서히 가느다란 회색 연기가 피어올랐다.

제3장

연기는 어부의 시선의 맞은편에서, 약간 좌측으로 치우친 위쪽에서 멈춘다.

연기는 듬성듬성했다.

턱수염 형상이었다.

*

침묵을 깨고 어부가 물었다.

"옛 정령이여, 당신은 누구시오?"

"솔로몬이네."

어부는 고개를 저으면서 즉시 이렇게 항변했다.

"아니, 그럴 리가 없어요. 솔로몬 왕이 죽은 지는 1천6백 년도 더 되었고, 지금은 종말인걸요."

단지 가장자리를 맴돌던 유령은 잠시 생각에 잠기더니 이렇게 대꾸했다.

"자네 생각이 틀린 것 같아. 세상이 시작된 이후로 오직 하루의 시작이 있을 뿐이거든. 이 세상에 황혼이란 절대 없다네."

"그건 억지예요!" 어부가 큰 소리로 항변했다.

"시끄럽네!" 솔로몬 왕은 말을 이었다. "우리의 시선은 언제나 황혼이 나타나기도 전에 끝나고 말아. 날이 저무는 것을 결코 본 적이 없지. 우리가 잠을 자는 것도 날이 저물지 않는 이 세상에서라네."

제3장

"당신이 단언하는 바를 누구에게서 들으셨나요?"

"나는 인류의 시원(始原)에 있는 바위 근처에 있었네. 구리 단지를 내밀었더니 자네가 그 속에서 날 찾아낸 걸세. 내 이야기를 좀 들어보겠나?"

"그럴 틈이 없는걸요. 지금은 몹시 허기가 져서요."

어부는 배에서 이미 일어나 있다. 더는 듣지 않는다. 사해 바다에 그물을 던진다.

제4장
:
행복

절대 잊지 말자고 우리가 다짐하는 행복이 있다. 그 이유는 대단하거나 특별해서가 아니라 전염성이 있는 행복이기 때문이다. 그것이 뇌리에 새겨지는 까닭도 무엇보다 우리가 골백번도 더 되씹었기 때문이다. 그것에 대한 기억은 점차 의지의 개입을 필요로 하게 되어 더 이상 그 내용에서 비롯되지 않는 열의를 발생시킨다. 그리고 서서히 우리들 마음속에서 그 내용이 저절로 꾸며진다. 그런 다음 기묘하게 무르익어 완벽해진다. 그 행복을 살펴보며 우리는 이렇게 믿는다. "과거의 순간은 자신의 에너지와 기쁨을 전달할 능력이 있으므로, 우리가 그 순간을 떠올리면, 그 힘을 재차 발휘하게 될 것이다. 그러므로 우리가 일단 그 궤도에 편입된다면 보다 행복해지리라."

*

사랑에 빠질 때마다 우리의 과거는 바뀐다.
소설을 쓰거나 읽을 때마다 우리의 과거는 바뀐다.

제4장

과거란 그런 것이다.

그런 것이야말로 옛날Jadis에 비해 과거passé를 결정짓는 요인이다. 과거는 바꿀 수 있지만 옛날은 바꾸지 못한다. 시대에 이어 국가, 공동체, 가족, 생김새, 우연, 즉 조건이 되는 무엇이 끊임없이 과거를 좌지우지한다. 질료, 하늘, 땅, 생명은 영원토록 옛날을 구성한다.

*

과거는 우리가 태어나면서 배운 언어에서 생겨난 새로운 기관(器官)이다. 글이 쓰인 page(지면)에 결합되면 역사라 불리는 새로운 공간으로 펼쳐진다. 라틴어 *pagina*(지면)는 영혼이 살아가고, 여행하고, 비교하고, 귀환하는 가장 대규모의 거처를 의미한다. 그것은 *pagus*, 즉 pays(나라)이다. page는 확장된(확대된) 현재 공간(환경)이다. 두 눈의 뒤편, 즉 두개골의 내부에 위치한 내면 공간을 증대시키는 새로운 속국이다. 또 하나의 침실이다. 왼쪽 눈의 뒤편에 있는 제3의 침실이다. 자연언어로 속삭이고, 말하고, 타이르고, 꾸짖고, 애원하는 무의지적 목소리 바로 옆의 침실이다. 새끼 짐승인 아기가, 예전에, 어미의 시선으로부터 은연중에 언어를 습득하는 바로 그곳이다.

제5장

:

 샴은 죽은 형 누르의 편지 한 통을 불현듯 찾아낸다.[1] 편지를 펼친다. 손으로 쓴 글씨들이 나타난다. 그는 탄성을 지르며 말한다.
 "그저 글자 형태에 불과한 것에서 추억이 떠오르다니! 내가 좋아하던 서체의 매혹적인 획들을 보니 눈물을 참을 수가 없어요. 눈물은 우리가 함께 보았던 풍경들을 향해 흐르는 거니까요. 그 장소와 얼굴들을 꿈에서나마 보고픈 마음이 간절하군요."
 아지브는 울고 있는 샴에게 말한다.
 "제 아비가 어떤 자이든 그가 누구임을 안다는 것은 기쁨이란다."
 하지만 샴은 이렇게 되풀이할 뿐이다.
 "길을 잃고 헤맬 때조차 우리는 무턱대고 아무 데로나 가는 게 아니에요. 우리가 잃어버린 것이 우리를 끌어당기는 쪽으로 가는 거지요. 우리는 서둘러 달려가요. 어느 여자 어느 남자도 자기가 길을 잃은 곳으로 허겁지겁 달려가는 거라고요."

---

1) 『천일야화』에 나오는 인물들이다. 샴과 누르는 형제이고, 아지브는 그들의 아버지이다.

제6장
:

이제는 존재하지 않는 한 여인이 내 곁에서, 차분하게 이 책을 구술(口述)하고 있다.

제7장

과거

 과거는 현재라는 눈(目)을 가진 거대한 육체이다. 이 육체는 꿈을 꾼다. 목소리는 사라지고 없다. 육체의 자취는 시시각각 훼손되고 세월의 무게에 짓눌려 매몰되거나 흩어진다. 그러다가 차츰 먼지로 변해 시야에서 사라지고, 의미마저 증발되고, 무질서로 편입된다. 당시에는 현재이던 옛날에 시샘과 검열을 받았던 생애들, 책들은 과거를 거치면서 부재와 무관심 속으로 빠져들었다. 저널리스트가 현재에서 가치 있는 것이 무엇인지 모르듯이, 역사가는 과거에서 가치 있는 것이 무엇인지 간파하지 못한다. 시간은 아무것도 추려내지 못한다. 역사는 잇따르는 연도, 세대, 세기, 밀레니엄의 계승을 설명해줄 대의명분을 신봉할 따름이다. 오직 명분을 지속시키고 활성화할 증언에만 관심을 기울인다. 시대와 그 산물의 무게를 측정할 정확한 저울이 있었던 적은 한번도 없다. 귀환하지 않는 부재자들이 있다. 세간의 기억에서 지워진 자들이다. 고르기아스,[1] 공손룡,[2] 라트로,[3] 이우산(李又山),[4] 생트 콜롱브,[5] 마랑데,[6] 멜랑,[7] 지젠,[8] 겐코 법사[9]는 범상한 대가들이 아니었는데도 재평가에서 부당하게 누락되었다. 스스로가

제7장

위대한 작품인 그들은 자신의 욕망을 포기하지 않았다. 부패의 유혹을 너무도 당연히 두려워할 줄 알았으므로 미연에 방지하거나 억제했던 개인들이었다. 나는 지금 세월에 묻히고 시대가 변해 구식이 된 문장들을 베끼고 있다. 에우리피데스[10]가 그렇게 생각했고, 나 역시 그렇게 생각하는 바이지만, 봄이 오면 매번 동일한 수액이 흘러넘친다. 수액은 나무이고 꽃들이다. 쾌락을 느끼는 자는 누구도 노인일 수 없다. 수액은 환상이고 포옹이다. 결코 메말랐던 적이 없는 즙이 때로는 한 문장의 어조를 끊임없이 유려하게 만들기도 한다. 마치 핏자국이 푸른 수염[11]의 열쇠에 끈질기게 얼룩을 남기듯이 말이다. 쾌락도 흔적을 남긴다. 너무

---

1) Gorgias: B.C. 5세기 그리스의 소피스트 철학자.
2) 公孫龍: B.C. 4~3세기 중국 조(趙)나라의 철학파인 명가의 대표적 인물. '백마는 말이 아니다(白馬非馬)'라는 논제로 유명하다.
3) Marcus Porcius Latro: B.C. 1세기 후반 로마의 수사학자.
4) 이상은(李商隱, 812/813~858): 중국의 문학가. 우산(又山)은 그의 자(字)이다. 일본의 세이 쇼나곤과 겐코 법사에게 영향을 주었다.
5) le sieur de Sainte-Colombe(1640?~1700?): 17세기 프랑스의 음악가. 당대의 거장이었음에도 알려진 바는 거의 없다. 키냐르가 자신의 작품『세상의 모든 아침』에서 그를 재조명하였다.
6) le sieur de Marandé: 17세기 프랑스의 신학자. 반(反)얀센주의자였다.
7) Claude Mellan(1598~1688): 프랑스의 판화가.
8) Ludwig Von Siegen(1609?~1680?): 메조틴트 판화 기법을 창안한 독일의 판화가.
9) 吉田兼好(1283~1352): 중세 일본의 승려 출신 문학가로서, 특히 와가(和歌)의 대가.
10) Euripides(B.C. 484?~B.C. 406?): 고대 그리스의 비극시인.
11) 페로의 동화「푸른 수염」의 푸른 수염은 아내를 여섯이나 차례로 죽여 어두운 방 안에 매달아놓는다. 일곱번째 아내가 금지된 그 방을 열어보고 놀라 열쇠를 떨어뜨려서 열쇠에 핏자국이 묻게 되는데, 그 자국은 좀처럼 지워지지 않는다.

제7장

작아서 이 세상의 누구에게도 맞지 않는 유리 구두와 반지들을 남긴다. 우리는 지하세계와 역사의 어둠 속으로 떠나 계속해서 그런 증거물들을 찾아올 필요가 있다. 그것이 마술의 미개척지이다.

제8장

:

    그녀가 빨강 까치밥나무 열매를 한 알씩 사발 속으로 떨어뜨렸다.

    포크를 테이블 위에 놓았다.

    포도주 병 옆의 설탕 곽을 집어 들었다. 종이 곽으로 작은 접시들을 약간 밀어냈다.

    입술을 핥으며 자리에 앉았다.

제9장
:
르아브르

창문은 르아브르 항구를 향해 있었다. 항구는 폐허, 꿀벌 떼, 방파제, 쥐들과 다름없었다. 세이렌[1]들이기도 했다. 나는 여섯 살이었다. 동화와 전설을 읽었는데, 두 발을 창문 앞의 노란색 소형 목제 작업대에 올려놓고서였다. 창문은 바다, 아니 **우중충한 만년 돌풍**을 향해 있었다.

내가 어렸을 때는, 아직도 기억나는데, 누구나 바다를 그렇게 불렀다.

나는 필로세나[2]와 시라쿠사 참주의 전설[3]을 읽었다. 삽화에

---

1) 아름다운 노래로 뱃사람들을 홀려 난파시키는 반인반어(半人半漁)의 요정.
2) 고대 그리스의 시인. 원문의 Polyxène(폴리세나)는 Philoxène(필로세나)의 오기(誤記)이다. 필로세나는 후에 디오니시오스를 키클롭스(외눈박이 거인) 중 하나인 폴리페모스Polyphème로, 자신을 오디세우스(불타는 막대기로 폴리페모스의 눈을 찔러 외눈박이로 만든다)로 묘사한 이야기를 써서 디오니시오스에게 문학적으로 복수한다. 키냐르는 아마도 폴리페모스와 필로세나를 겹쳐 폴리세나로 잘못 기억하고 있는 것으로 짐작된다(Polyphème + Philoxène → Polyxème).
3) 궁정에서 열린 연회에서 디오니시오스 참주가 어설픈 자신의 시를 낭송하자 필로세나는 직설적으로 나쁜 평을 한다. 그러자 참주는 필로세나를 감옥에 가둔다. 이튿날 그의 친구들이 참주에게 사면을 간청하여 다시 연회에 불려 나오게 된다. 술에 취한 참주가 다시 자신의 시를 낭송하고 그의 의견을 묻자 필로세나는 한마디 대꾸도 없이 근

제9장

그려진 비와 바람과 조난으로부터 나 자신은 안전한 곳에 있었다. 그런 이야기들을 로마의 수사학자 라트로가 웅변술의 주제로 삼았다는 사실은 몰랐었다. 그런 이야기들을 내가 지금 다시 베껴 쓰면서 왜 이토록 마음이 기쁜지 그 이유를 알 수가 없다. 먼지 속에서 유해를 드러내는 일이, 발굴해낸 2천 년의 세월을 다시 옮겨 적는 일이 이토록 즐거운 까닭을 모르겠다. **억지로 허구를 꾸며내야 했던 로마의 수사학자들**마저 무슨 연유로 그런 이야기에 이끌렸는지 모르겠지만, 욕망에 사로잡힌 눈길이 저절로 쏠리듯이 그렇게 연루되었으리라. 그들도 자신보다 더 오래된 전설에 몰입한다. 무아(無我)의 경지에서 쾌락을 느끼게 하는 것이 바로 소설의 힘이다.

*

므시외 드 노장[4]은 루브르에 들어설 때마다 이렇게 중얼거렸다.
"나는 경솔한 자로구나."

루브르를 가로지르고, 시라쿠사의 궁으로 들어가서, 윗저고리의 단추들을 풀고, 반바지의 허리띠를 끄른다. 알몸이 된 그는

위병을 불러 감옥으로 돌아갈 뜻을 비친다. 이 전설은 오비디우스의 『변신 이야기』에도 나온다.
4) 본명은 니콜라 보트뤼(Nicolas Bautru, 1592~1661)이다. 파리 고등법원의 판사였던 그는 1636년 10월 귀족(백작) 작위를 받았다.

제9장

세월의 흔적이 덕지덕지한 튜닉을 걸친다.

*

전제군주 디오니시우스[5]가 사상가 필로세나를 감옥에 가둔 이유는 그가 무엄하게도 자신의 시를 칭찬해주지 않았기 때문이다.

철학자 플라톤은 전제군주에게 자기 친구가 앞으로는 군주의 무소불위의 권력에 대해 보다 호의적일 것이라고 장담했다.

사람들이 필로세나를 데리러 지하 독방으로 내려갔다.

습기 찬 벽에 그를 묶어놓은 채 녹이 슬어버린 쇠사슬을 두 발목과 목과 두 팔목에서 풀어냈다.

필로세나는 성채의 지하 감옥에서 올라온다.

눈부셔하며, 성기 부분의 더러워진 튜닉 앞자락을 손으로 가린 채 홀에 들어선다.

군주가 자신의 신작 시(新作詩)를 낭독하는 소리가 들린다.

그는 걸음을 멈추지 않고, 그곳에 배치된 한 근위병에게로 가서 이렇게 말한다.

"붉게 녹슨 쇠사슬로, 지하 독방으로, 굶주림으로, 어둠 속으로 나를 다시 데려가주게."

---

[5] Dionusius(B.C. 430~B.C. 367): 시라쿠사의 전제군주.

제10장

:

붉은색

 어느 인류 공동체나 반드시 문학을 지니고 있는 것은 아니다. 문학이 반드시 집단 문화에서 도출된다는 법은 없다. 반드시 집단의 영향력을 증대해야 하는 것도 아니고, 그렇다고 반드시 집단의 모델을 파괴해야 하는 것도 아니다. 폭정은 그 파생 명제로서 반역하는 개인을 만들어내는 게 아니다.

 그런데, 지구가 생성된 이후로, 그 중심에서 타오르는 불feu은 양극의 형태로 대립한다.

 개인들은 반란을 일으키고, 복종하지 않으려고 전력투구한다. 권력이 대중을 억누를수록, 더 단호하게 주장을 펼치고, 더 심한 검열로 그들을 분열시키고, 더 많은 피로 물들여서 그들의 입을 막을수록 그만큼 더 전심전력을 기울인다.

 핏빛은 세상의 중심에서 끓고 있는 철fer의 색깔이기도 하다.

*

 5만 년에 걸쳐 끊임없이 겪어온 전쟁에도 불구하고 자주(自主)

제10장

정신이 존재한다는 것은 설명할 길 없는 은총이다.

*

나는 엄숙히 선언한다. "한 개인이 지닌 관계의 부재에 대한 열정은 비길 데 없는 용기이다. 진정으로 혼자인 개인은 드물기만 한 것이 아니다. 그것은 이미 홀로 치르는 시민전쟁이다. 공인하는 것은 언제나 권력이고, 예외는 하나같이 권력에 대한 부인이기 때문이다."

반역자들은 자신이 분노를 느끼는 시대의 열매라고 할 수 있다.

하지만 반역하는 열매들은 뿌리도 부식토도 규칙도 친자 관계도 없을 뿐 아니라, 식별조차 어렵고, 후손마저 순전히 요행에 의존할 따름인 열매들이다.

*

한 사람의 삶은 언제나 다른 삶일 수 있다. 더 나은, 더 강렬한, 더 나쁜, 더 짧은 삶일 수도 있는 것이다.

제11장

:

 우리는 시각적 근원이 전무한 내면의 이미지들에 의해 좌우된다. 우리는 태어나기도 전에 살았고, 보기도 전에 꿈꾸었다. 대기(大氣)의 존재가 되기 전에 들었다. 호흡하기 전에 언어와 접했다. 제대로 발성(發聲)하기도 전에 이름과 단어의 지배를 받았다. 단어를 분절해서 발음하고, 언어를 옹알거려 어머니를 놀라게 했다. 마찬가지로, 우리가 편입될 사회, 따르게 될 언어, 체험하게 될 지속의 시간, 휩쓸리게 될 역사는 우리의 수태보다 더 오래되었다. 마찬가지로, 우리 어머니, 아버지, 그들의 흥분, 포옹, 격렬한 감정, 헐떡임, 잠, 꿈은 우리보다 앞서 존재했다. 그것은 1~2초 동안의 충동적이며impulsives 강박적이거나compulsives 순전히 본능적이고pulsives 자연발생적인 이미지들의 단편들로서, 비가시성 안에서 1~2초 선행하는 것들이다.
 우리는 비가시적 선행성에서 움튼 새싹들이다.

*

제11장

이미지들의 메아리.

밤의 이미지들의 메아리.

언제나 날이 새는 즉시 사라지는 유령들인 동시에 잠이 깨면 증오하게 되는 환영들.

*

그래도 다시 밤이 되고, 차츰 반복적으로 뜻밖의 형상들이 모습을 드러낸다. 그 메아리들은 시간이 흐르는 동안 우리의 내면에서 반향을 일으키다가, 불현듯 다시 솟구치곤 한다. 언어에 앞서 스며들었고, 우리들 자신보다 먼저 출현한 탓에 당연히 언어로 표현될 수 없는 방식으로 귀환한다. 그래서 얼룩이나, 질병, 겁나는 몇 마디 언어(고통스러운 고백, 하기 어려운 이야기, 공포가 엄습하는 막막한 순간, 심연들)와 관련된 사람들에게만 전달될 따름이다.

잠이 들면 '근거-없는-이미지들이-출현하는-순간'이 하룻밤에도 수차례나 막무가내로 우리의 성기를 곤두세우거나 팽창시킨다.

가족이 늘어난다.

사회가 재생된다.

그리하여 인류 공동체는 자신의 운명(자신의 역사) 안에서 과거의 무의지적, 전기(傳記)에 앞선, 충격적, 인류 이전의 이미지들

제11장

에 직접 연루된다.

*

나는 에로스를 팽창tension으로 정의한다. 라틴어로는 *tensio*, 즉 일어서거나 열리게 하는 것, 선(線)이나 원(圓)이 되게 하는 것, 흘러나오거나 예속됨으로써 진정되는 분출이다. 양극을 지닌 이 시퀀스가 **불가항력적인 공시성**[1] 속에서 서로 접촉하고, 불을 지르고, 감전사시키고, 흔들어댄다는 사실을 제시하려는 것이다.

그리고 쾌락인 배출의 억제할 수 없는 '불가항력'을 다름 아닌 '**너그러운 공시성**'이라 부르고자 한다. 너그럽다고 하는 까닭은 그것이 순수한 상실임을 강조하려는 의도에서이다.

'사라지고-있는-공시성'은 시간성을 규정짓는다.

끝으로 나는 (무의지적인 탓에 더 야릇한) 공시성(꿈속에서 자연발생적으로 떠오르는 이미지, 수면 중에 반사적으로 곤두서는 성기)이 최초의 인간들을 두렵게 했다고 생각한다. **공포를 언어로 명명할 정도로까지**.

자신을 삼킨 인간의 배 속으로 거슬러 올라가 죽음에 처한 먹이의 황홀경.

무덤에서 나와 자신에게서 비롯된 자들의 머릿속을 방문하는

---

[1] 공시(共時)언어학(일정 시점의 언어 현상의 연구)을 거론할 때의 용어. 참고로 시대의 흐름에 따른 언어 현상의 연구는 통시(通時)언어학이라 한다.

제11장

죽은 자의 황홀경.

이러한 황홀경은 매번, **공시적으로**, 성기의 이유 없는 황홀경에 상응한다.

*

밤이면 다시 성기가 곤두서는 것은 해마다 다시 입춘(立春)이 도래하는 것과 마찬가지이다.

개인이 꿈을 꿀 때는 밤의 형상들이 나타난다.

집단이 꿈을 꿀 때는 언제나 캄캄한 동굴 안에 채색된 형상들이 생겨난다.

*

언어는 사라진 것의 **유일한 부활**이다.

바로 그렇기 때문에 첫번째 수수께끼, 즉 과거의 황홀경이 언어의 황홀경이 된 이유는 무엇인가, 에 대한 해답이 가능해진다.

두번째 수수께끼가 있다.

두 과거는 대조적이다. 신의 공현(公現)으로서의 과거와 애도로서의 과거.

시간의 원천에는 두 가지가 있다.

시간은 동물적 실존의 객관적 여건이 아니다. 비록 때마침 손에 닿을 듯이 가까운 달의 형상을 향해 소리치며 노호하는 최초의 바다에서 최초의 파도가 일어난 이후로, 식물군에서 비롯된 시간이 동물군 안에서 끊임없이 솟아나고 증식된다 할지라도 그러하다.

수천 년 동안 시간은 순전한 외출이었다. 외출하는 공간. 시간은 순전히 이곳으로 '*issir*(나오기)'였다.

한 번의 회귀revenir가 생성devenir을 가장 큰 힘인 다산의 수액 쪽으로 밀어내듯이, 생성은 각 계절을 앞으로 밀어냈다. 시간의 목적은 오직 하나, 즉 프랑스어로 놀랍게도 printemps(봄)이라 부르는 것이었다. 로마인들은 *ver*(봄)라 불렀다. 그들이 *primum tempus*(최초의 시간)라고 말했다면, 으뜸가는 시기—절기로 볼 때 강한 계절—임을 강조하기 위해서였다. 최초의 시간은 시간의 기원이다. 봄은 기원의 공현 자체이다.

'*issir*'에서 갈라져 나와 그것에 대립하는 불가역성은 수천 년 동안 죽은 자들을 지배해온 (겹겹이 쌓인 돌들이 그들의 귀환을 막아주었다) 반면에 가역성은 살아 있는 자들이 모방하고자 하는 자연을 지배했다. 모든 의례는 자연과 삶—의례가 변화하는 환경이며 힘이라 부르기를 선호했던 환경의 배경—에 산재한 생생한 힘으로 밀어내기poussée(라틴어로는 *pulsio*)를 뒷받침했다. 인류 최초의 사회들은 사냥의 먹잇감을 귀환하게 만드는 기계로서 고안된 것이었다. 싹, 장과(漿果), 새끼, 가축의 다산, 이런 것들의 회귀를 보장하는 장치로서 만들어진 것이었다. 반복에 대한

제11장

'강박compulsion'은 곧 번식에 대한 '강박관념'을 의미한다.

그런 까닭에 과거에도 두 가지가 있다.

(1) '영영-지나가기le passer-à-jamais,' 다른 세상으로 가기, 초상(初喪), 먼지, 메소포타미아의 명부(冥府), 유대인의 세올[2]이다. 히브리어 단어가 암시하듯 그저 자치 도시의 쓰레기통에 지나지 않는다. 사회의 자정(自淨)기능(쓰레기를 돌아오지 못하게 영구히 '추방')이다.

(2) 봄처럼 끊임없이 회귀하게 만들어야 하는 이 세상의 과거.

하나는, 방향이 정해진, 축 위에 세워진, 불가역적 필멸의 화살 위에 실린 과거. 우리가 회귀 불능하게 만들려는 과거이다. 땅에 파묻고, 그 위에 돌을 쌓고, 고인돌로 만들고, 먼 곳으로 밀어내고, 참수하고, 화장(火葬)하고, 채찍으로 후려치고, 기록하고, 피투성이로 만들고, 싹둑 잘라내고, 못 박아버려야 하는 과거이다.

다른 하나는, 하류에 투영된, 천공(天空)의, 계절의, 순환하는 원형 궤도로서, 이 궤도에서 비롯되어 동물과 식물과 사회의 삶이 해마다 회귀하게 만드는 서로 마주한 두 축 위에 구축된 과거이다. 이것은 회귀하게 만들어야 하는 과거이다. 재출현은, 구석기의 동굴 벽에 새겨지듯이, 사회적 시간을 지배한다. 로마 왕정 시대의 라틴어 단어들인 *vis*(힘), *vir*(사나이), *virtus*(용기), *viriditas*(원기)

---

[2] 구약에서 죽은 자의 영혼이 머문다는 저승.

는 동일한 하나의 개념이다.

순환적인 것을 불가역적인 것에 결합하는 일은 집단의 막중한 임무였다. 그렇게 된 지는 어제오늘이지만, 그 '충동impulsion'은 기독교에서 비롯되었다.

인간의 '언어-사회'에 의해 구축된 시간의 결과로서 두 가지가 남아 있는데, 그 둘은 일찌감치 동(東)과 서(西)처럼 양극으로 나뉘어 있다. 한쪽에서는 개별화하는(탈집단화하는) 죽음의 효과, 다른 한쪽에는 '천체-식물-동물-사회-총체'(태양의 수레바퀴를 고정하는 쐐기)의 원천(源泉) 효과가 그것이다.

*

고대 일본인들은 절기가 되는 시기만을 축하했다.

그들에게는 매 순간이 절기였다. 라틴어로는 *ostium*.[3] *Ostia*.[4] 오스티아. 매 순간이 열리는 문(門)이다.

일본어로는 흔적을 남기는 것은 무엇이나 시간이라고 한다. 어떤 장소에 자취를 남기는 모든 것이 시간이다. 어느 흔적이든 강화되면서 존재에 흔적을 남긴 힘을 강화한다. 이러한 흔적이 유적지가 되었다.

고대 일본인들의 세계에서는 자연이 몸소 시간을 세분화된 절

---

3) (출입)문, 항구의 출입 통로, 하구(河口)를 의미한다.
4) 티베르 강 하구의 고대 항구.

기의 형태로 기록했는데, 중국 문명의 문자가 도입되기도 전이었다.

시간은 수직의 선이 아닌 타원이었다. 내용물과 주일(週日)과 주기적 임무로 가득한 기마 여행으로서 기슭에 닿으려는 파도의 움직임에 비할 만한 것이었다.

시간을 맞아들이기, 자연을 관조하기, 사회를 존중하기, 여자의 배 속에서 사회를 재생하기, 이런 것들은 동일한 의식(儀式)을 구성한다.

일본인들이 생각하는 시간이란 곧추서는 밀도이다. 구체적 공간의 실현이다. 사계절은 제가끔 수직이다. 증식이 진행 중인 시간에는 어떠한 손상도 가해질 수 없다. 어떠한 부정성도 깃들지 못한다. 개인이 죽는 경우에조차도 소멸은 생존자에게 부과된 출산을 통해 그만큼의 재출현이 가능한 기회일 따름이다.

고대 일본에서 시간이란 절정의 구술(口述)이다.

뱀은 영원히 허물벗기를 계속한다. 그런데 인간은 죽는가? 죽지 않는다. 인간도 허물을 벗을 뿐이다. 영혼이 울음소리와 숨결로 옮겨지듯이 성(姓)이 노쇠한 자에게서 태어나는 아기에게 전해진다.

다른 세계는 회귀하는 과거이다. 샘의 새로운 물이 저쪽에서 솟아나기 때문이다. 칸막이벽 저쪽을 일본어로는 むこう(저쪽)라 한다.

예전은 むかし(옛날)라 한다.

제11장

저쪽과 옛날은 동일한 것이다.

*

샘과 비교되는 물과 마찬가지로(칸막이벽 저쪽에서 끊임없이 회귀해서 솟아나는 물과 마찬가지로), 사람은 누구나 옛날Autrefois에서 왔으며, **선행하는 다른 한 번**l'autre fois**이 이미 다른 한 번이라는 사실로 인해** 다시 한 번une autre fois 그리로 되돌아간다.

과거의 사건들 모두가 그 안에 깃든 **낯선 이타성**과 동시대적이다.

그러한 것이 옛날이다.

선조는 누구나 나뭇가지에 달린 열매와 같다. 언제나 자손과 조상, 옛날Jadis과 오늘날의 파도의 순간적인 용마루는 한 표면의 양측처럼 일치한다.

*

일본에서는, 죽은 후에도 노스탤지어는 계속된다고 알려져 있다. 죽은 자들이 사라질 수 있도록 도와야 한다. 그것이 **노**(能)[5]이다. 죽은 자들이 생존자로 재등록될 순간을 기다리며 사계절을

---

5) 일본의 전통적 연극 형식.

제11장

그리워하는 공연이다.

  시간은 자신이 만들어낸 것의 생명줄을 절대 끊어버리지 않는다. 모든 시대는 태양으로 거슬러 올라간다. 황제는 언제나 익명으로 햇살을 타고 내려온다. 어린애는 곧 영(靈)으로 변한다. 즉 집안으로 들어와서 유사하다는 충격적인 신호를 보내는 조상이 된다.

  일정한 햇수가 흐르면, 성년(盛年)은 노인으로 변한다. 노인이 더 늙은 노인이 되도록 도와야 한다. 그리고 더 늙은 노인이 죽은 자가 될 수 있게 도와야 한다. 하지만 고대 프랑스인들이 *vieillonge*(최고령 노인)라 부르던 것 가운데서도 원(圓)은 완성되지 않는다. 아직도 세 가지 장례를 치러야 한다. 죽은 자가 고인이 되게 돕고, 고인이 조상이 되게 돕고, 조상이 비개인화되고 신의 질료로 환원되어 햇살 속을 떠도는 먼지를 통해 귀환할 때까지 도울 필요가 있다. 그제야 비로소 완전히 지워진 그의 이름이 갓난아기처럼 새로운 이름으로 이름의 원천에서 태어날 것이다. 사람이 죽으면, 혼불이 나돌아 다니므로 얼굴에서 광채가 사라진다. 광채는 시간 속을 떠돌다가 다른 얼굴, 즉 갓난아기의 얼굴에 가서 닿는다. 갓난아기의 얼굴이 노인의 얼굴보다 더 쪼글쪼글한 것은 그래서이다. 하지(夏至)에는 죽은 자들의 축제가 열린다. 태양은, 갑자기 되돌아와서, 뚫어지게 바라보는 모든 것을 자신의 가시(可視) 표면 혹은 둥근 원반으로 죽게 만든다. 그러면 겨울이 돌아온다.

제11장

하지와 동지에 두 세계가 서로 접근한다. 신성한 산의 동굴 벽을 통해 두 손이 맞닿는다.

산 자를 살게 해야 하는 것은 죽은 자를 죽게 한다는 의미이다. 우리가 밤에 굴리는 것이 바로 이 원들이다.

곤두선 성기의 수직선이 출생을 부여하며 추락하듯이, 죽음도 시간 속에서 끝난다. 시간은 태양처럼 끝나는 동시에 순환적이다.

*

알몸 축제가 열리면 젊은이들(청춘의 남정네들)은 북풍이나 폭풍 혹은 눈보라 속에서 옷을 홀딱 벗고서, 이마에만 흰 띠를 질끈 동여맸다. 그런 다음 얼음 위로 미끄러지면서, 동지의 우주적 위기를 바로잡고, 밤의 다산성을 회복하고자 노력했다. 즉, 자신들의 곤두선 성기의 분출로 시간의 힘과 계절 주기의 추진력에 새로운 활기를 불어넣었다.

제12장
:

이즈미 시키부[1]의 글이다. 내가 물었다.
"학식 있는 자들이 연어라는 게 사실입니까?"
"그렇소. 그들의 무덤이 원천이기 때문이오."
(이즈미[いずみ]는 샘을 의미한다.)

---

1) 和泉式部(978~?): 일본 헤이안 시대 중기의 와카(和歌)시인. 레이제이(冷泉) 천황의 황후 쇼시(昌子)의 시녀로 추정된다.

제13장

:

 삼라만상은 신의 외출이다. 다음은 보쉬에[1]의 글이다. "세상은 **신의 열혈기질**에 다름 아니다." 자연은 열정적이다. 자연에 깃든 열기가 시간이다. 자연은 "나는 존재하노라"는 불가능한 존재증명의 격렬함을 통해 알게 된 열정이다. 신은 자신을 여실히 드러내는 데 기쁨을 느낀다. 신의 가장 아름다운 장기(臟器)는 여자도, 남자도, 독이 있는 짐승도, 전염병도 아니다. 산, 태풍, 화산, 대양, 폭풍우가 신의 가장 아름다운 장기이다. 우리가 자연이라 부르고, 보쉬에가 신이라 명명한 것, 그것을 정의하기 위해 최초의 인간들이 어떤 이름을 사용했는지는 모르지만, 그들은 그것이 만물의 배후에 있는 무시무시한 힘이라고 느꼈다. 신화야말로 사회의, 생식의, 시조(始祖)의, 번식의, 순환의, 책력(冊曆)의, 계절의 목적에 맞춰 끊임없이 사람들을 재조직하게 만드는 귀속의 증거이다.
 이러한 밤, 공포, 바람, 시간은 우리의 원천으로 양도되어야

---

[1] Jacques Bénigne Bossuet(1627~1704) : 프랑스의 주교.

한다.

*

시간은 탈-공시태(共時態)이다. 편극과 방향성은 서로 연관된다. 죽음은 삶에 대립되지 않는다. 오히려 삶이 노쇠, 부패, 언어, 명명(命名), 집단사(集團死)에 의해 잔존과 지연을 몰아냄으로써 자연을 회춘시키는 성(性)의 이항대립을 개시한다고 여겨지는 죽음에 대립되는 것이다.

사고(思考)에서 발생하는 의미의 단락(두 의미가 서로 만나고, 고정되고, 굳어지고, 급격히 맞바뀐다)은 외침으로 귀착된다.

노에시스[2]의 외침(고대 그리스어 아오리스트[3]인 *eurêka*는 **나는 찾아냈노라**를 의미한다)은 곧바로 교합, 끼워 맞추기, 시간상으로 아홉 달 앞서 존재하는 쾌락의 헐떡임에 상응한다. 프랑스어 compréhension(이해)이 의미하는 바는, 함께com 품기prendre, 서로 끼워 맞추기, 포옹하기, *co-ire*(함께-가기)이다. 자신보다 오래된 것, 육체보다 오래된 것, 즉 육체의 옛날에 속하는 것이면서 비주체적인 무엇이 돌연 자신의 시계(視界)로 귀환하는 것이다. 이 발견은 자연언어의 획득에 선행하는 비주체적 상태의 재발견이고,

---

[2] 플라톤의 경우에는 초감각적 진리의 인식(후설의 현상학에서는 의식의 대상적 면이 아닌 작용적 면)을 의미한다.
[3] 그리스어 동사 시제로서 명확한 시점을 밝히지 않는 과거.

제13장

자연언어의 획득은 개인의 정체성 구축으로 이어진다.

Eurêka, 불특정 과거의 외침, *Aha-Erlebnis*,[4] 노에시스의 열기, 교합의 섬광, 역설수면[5]은 직접적으로 관련된다.

연인들끼리의 가장 충격적인 포옹은 이런 시간상의 차이에서 비롯된다.

의복, 나체, 육체, 욕망, 사고, 정체성, 출생, 생식기관, 성교의 체위, 쾌락, 유사 죽음, 이 모든 것과 더불어 모든 것의 매우 위협적인, 어처구니없는, 아연실색케 하는 탈-공시화. 이 모든 것은 재발견이 저버리는 것(사회 그룹, 국가의 언어, 개인의 정체성, 문화세계, 정치체제, 동시대의 기호(嗜好))과 대조를 이룬다.

모든 게 짝이 맞지 않을 때 두 나체가 서로 접촉한다.

육체가 지닌 생식능력은 이미 금수(禽獸)의, 동물학의, 무의지의, 무의식의, 침묵의 범주에 속한다.

*

사회적인 것이 자연적 본성을 만나면, 짝짓는 것과 짝 없는 것이 맞붙는다.

그런 것이 과거의 황홀경이다.

---

[4] (시동장치가 작동되는) 찰카닥 소리를 의미하는 독일어 단어.
[5] 뇌가 얕게 잠자는데도 육체는 깊이 잠들어 있는 수면 상태. 수면은 대뇌가 잠드는 정수면으로 시작해서 역설수면을 정점으로 끝난다.

제13장

 승려 바쇼⁶⁾는 이 산 저 산을 걸어 다니며 오직 다른 시간대의 황홀경을 추구했다. 풀숲에서 뭔가 그의 발부리에 걸리는 것이 있다. 전사한 어느 무사의 투구이다. 짝을 잃은 것이 짝을 짓고, 시간이 깊어지고, 풍경이 전장으로 변하고, 공간의 위치가 확정되고, 샤먼의 여행이 시작된다.
 성교의 쾌락은 일시적 황홀경을 맛보게 한다.
 과거는 (옛날이 형태의, 유사 형태의, 동물 형태의, 지구 형태의, 존재 형태의 단락에서 솟구치는 무엇을 느닷없이 편극시킨다는 가정하에) 짝 잃은 것을 짝짓게 한다. 동화처럼, 동화에서 얻는 기쁨처럼, 옛날이 현재로 귀환한다. "**그러했다**"가 여기 존재한다.
 모든 것을 밝혀주는 '옛날,' 그런 게 신화이다.

*

 육체의 깊은 곳에서 동시대적인 것이 현행의 것보다 더욱 느닷없이 달려든다.
 밤이 올 때마다 빠져드는 역설수면은 어떤 신근성(新近性)보다 더욱 최근이다.
 느닷없는 기쁨이 그러한 사실의 가장 일상적인 징후이다.

---

6) 松尾芭蕉(1644~1694): 일본에서 하이쿠의 대가로 꼽히는 승려.

제13장

우리가 그 무엇보다 좋아하게 되겠지만 미처 모르고 있던 어떤 것을 음미하게 될 때가 바로 그런 경우이다. 그것은 어떤 과일, 음식, 음료, 마약, 작품, 장소, 괴벽, 악일 수도 있다. 아주 특이하고 오래되었으며 자연스러운 *coup de foudre*(첫눈에 반하기)라는 표현이 이러한 초(超)시간surchronie을 규정짓는다.

*

몽테뉴의 『수상록』 제3권에는 이렇게 기록되어 있다. "과거로부터 우리에게 온 것은 그것이 무엇이든 참이고, 누군가에 의해 알려진 것이라면 알려지지 않은 것을 대가로 치른 보잘것없는 것이다."

옛날이란 그런 것이다. 즉, 기원에 첨가되는 바로 그 순간의 과거.

몽테뉴의 『가정일기 *livre de raison*』[7]는 3개 국어(라틴어, 그리스어, 히브리어)로 썼다. 육체적 성숙기의 나이에 접어든 그에게 부친이 준 것이다. 그것은 역사를 단락시키는 것이었다. 뵈테르[8]는 몽테뉴가 인류사를 자신의 개인사로 여기며 시간의 흐름을 오르내릴 수 있게 해주었다.

---

7) 예전에 가장이 가정의 대소사(출생, 결혼 등), 가계 회계, 자신의 생각 등을 기록했던 비망록.
8) 『역사의 책력 *Ephéméride historique*』(1551)의 저자인 미셸 뵈테르Michel Beuther를 가리킨다.

제14장
:

물고기들은 고체 상태의 물이다.
새들은 고체 상태의 바람이다.
책들은 고체 상태의 침묵이다.

제15장

:

겐코의 역설

고대 일본인들의 세계에서 시간은 연못이나 호수나 바다의 표면과도 흡사한 '내(內)-표면'에 있었다. 별자리가 어둠 속에서 전진하는 동물의 형상으로 구성되는 하늘의 궁륭인 내-표면과 흡사한 것이었다.

나는 일체가 근원도 목적지도 없는 세계의 부단함 속으로 끊임없이 함몰되는 구조화할 수 없는 어느 앞면을 떠올린다.

그것은 어느 지금maintenant으로서, 자신의 현존을 유지하는 maintient 게 아니라 자신의 현존에 끊임없이 보태지는 어느 *hui*(지금)[1]이다.

현재는 과거를 축적하지 않는다. 모든 현존에서 끊임없이 자신의 솟구침을 증가시키는 것은 바로 옛날이다. 창세기도, 종말론도, 정체성도 없다. 제아미[2] 13세, 겐코 18세 등이 있을 뿐이

---

1) 프랑스어 aujourd'hui(오늘)의 어미 hui는 라틴어 *hodie*(오늘, 지금, 현재)에서 유래했다.
2) 제아미 모토키요(世阿彌元清, 1363/64~1443): 일본 노(能)의 으뜸가는 연기자, 작가, 이론가.

제15장

다. 루이 14세라고 부르듯이, 스탕달을 타키투스[3] 14세라 부르는 것과 마찬가지이다.

퍼셀[4]은 몬테베르디[5] 7세이다.

모차르트는 카나리아[6] 8세이다.

시간은 앞으로 흐르지 않고, 눌러앉고, 둘러싸이고, 전(前)도 후(後)도 없이 더해진다. 나는 알부키우스[7] 48세이다.

*

일본 **렌카**(連歌)의 구성 방식도 그러하다. 주어진 유일한 호쿠(發句)에 제가끔 자신의 시구를 덧붙인다.

그런데, 내가 '시구'라고 부른 것은, 이 경우에, 고조 외할아버지의 성(姓)이다.

---

3) Publius Cornelius Tacitus(56?~120?) : 로마의 웅변가, 공직자, 역사가. 14~68년의 로마 역사를 다룬 『연대기』의 저자.
4) Henry Purcell(1659?~1695) : 바로크 초기 영국의 작곡가.
5) Claudio Monteverdi(1567~1643) : 이탈리아 작곡가.
6) 키냐르는, 퍼셀이 몬테베르디의 연장선상에 있다고 보듯이, 모차르트의 음악은 카나리아의 노랫소리의 연장선상에 있다고 보고 있다. 게다가 모차르트는 유년기에 카나리아를 한 마리 키운 적이 있었고, 그가 죽을 당시에도 집에 카나리아가 한 마리 있었다고 한다.
7) Albucius(B.C. 60~A.D. 9) : 로마의 수사학자, 작가, 웅변술 교사. 키냐르는 그에 관한 작품 『알부키우스』(1990)를 썼다.

제15장

*

겐코 법사는 시간에 관련된 두 가지 역설을 제시했다.

첫번째 역설. 기원은 축적된다. 최초의 고대인들은 가장 최근의 사람들보다 덜 오래되었고, 옛날의 밀도도 낮다. 최근의 사람일수록 더욱 박식한 자, 더욱 전문성이 있는 자, 더욱 농축된 자, 더욱 도취된 자이다.

겐코 법사는 1340년 일기에 이렇게 기록했다. "여름을 불러들이는 것은 봄의 쇠퇴가 아니라 그보다 강력한 무엇이다. 결코 쇠(衰)하지 않는 무엇이 있다. 중단을 모르는 발아(發芽)가 있다. 시작하는 것들에는 **종말이 없다.**"

시간은 기원에 존재하는 종말의 부재를 규정한다. 순전한 출발이다. 옛날이란 완결될 수 없는 출발이다.

*

겐코 법사의 두번째 역설은 이해하기가 보다 어려운데, 서양인이라면 더욱 그럴 것이다. 법사의 말이다. "우리가 창조하는 예술이란 이미 존재했던 것의 메아리로 정의된다."

예술은 선배를 불러들여 그에게 하나부터 열까지 죄다 창조하게 만든다.

법사는 서양에서는 거의 이해 불가능한 다음과 같은 말로써 역설을 표현하고 있다. "과거의 대가들은 후배들을 두려워한다."

(방향성 없는 시간에서 진전이란 없다. 대가들은 후배들이 자신들보다 더욱 기원적이리라 예감한다.)

*

인류의 시간에서 내가 상정하는 두 근원에는 다섯 세계가 있다.

시간의 첫번째 근원에서 원초적 장면은 기원시간chronogène이다. 근친상간에서 금지되는 것은 예전이다. 인간에게 시간의 기반은 당세대로 국한된다. 선행성, 위계, 언어, 계보는 다음 세대로 넘어가지 않는다. 시간의 불가역성은 사회의 의도적 행위이다. 희생이 그것에 구두점을 찍는다.

유성화(有性化)의 상류에 있는 세대들의 원형 궤도. 그것은 뒤돌아가는 발걸음과 뒤돌아보는 시선을 금지하는 전(前)과 후(後)의 연속이다.

두번째 원천에서 모든 심리적 생(生)에는 심리적 전생(前生)이 스며 있다. 사고는 시간을 전제로 한다. 의식은 말 못하는 자의 육체 안에서 **저절로** sponte sua 생기는 게 아니다. **인간의 계보** Linea mortalis가 학습을 규정짓는다.

그로부터 유래한 다섯 세계: (1) 내부의 태생동물의 세계(출생 '전'의 세계).

(2) 외부의 가시 세계(출생시 폐를 확장시키는 울음소리와 동시

에 분리되는 세계).

(3) 어머니가 **말 못하는 존재**infans인 아이의 내면에 심어준 언어(모국어)로 주입시킨 선행되는 심리 세계. 원래는 어머니의 발성으로 아이의 내면에 심어진 집단 언어의 새싹에 불과하던 아버지의 사회가 명령, 금지, 복종, 세뇌, 교육, 암송, 모방, 꾸며낸 거짓말로 내면의 심리 세계를 **끊임없이 침범한다.**

(4) 수태가 행해지는 성적 장면의 세계, 즉 철저히 이전의, 비(非)언어의, 절대적인, 비가시적인, 비현실적인, 영원히 상상적인 세계.

(5) 믿기 어려운, 소멸시키는, 비가시적인, 죽음의 세계.

*

14세기 겐코가 생각해낸 두 가지 역설의 주안점은 시간을 기쁨으로 솟구치게 하는 것이다.

시간의 수직적 지속을 지닌 매 시퀀스를 수직으로 증가시키는 것이다.

수직적 지속을 지닌 역사의 하루하루를 수직으로 증가시키는 것이다. 하루에는 역사가 비료나 유령처럼, 물처럼, 그늘처럼, 햇살처럼 흘러든다.

과거의 순간에 먹이를 주는 것이다.

어떻게 하면 지나가는 것, 지나가는 것의 통로, 그것이 좋은

제15장

거처가 될 수 있는가?

지나가는 것에서 남는 것은 이 세계에서의 저 세계와 같은 것이다.

그것은 탈-정지ex-stase[8]이다. 추방exil을 엄명하는 황홀경extase. 그것은 밖ex이다. *ek*는 또한 *heteros*(이질적)이다(이성애를 hétérosexualité라고 하듯이 이질적 시간은 hétérochronie이다). L'*alter*(다른 자). 신은 *Alter*(타자)의 *alteratio*(타자성)이다.

다른 시간hétérochronie에 있음과 다른 공간hétérochtonie에 있음 ——오르가슴과 공간의 이동성—— 은 관련된다.

노스탤지어는 다른 곳에 있는hétérochtone 것이다.

유목민은 현실 공간을 여행하는 샤먼이다.

---

8) stase는 의학 용어로 혈행(血行) 따위의 정지를 뜻하고, 접두사 ex는 (안에서) 밖으로의 의미이다.

제16장

:

보이지 않는 땅

시간은 우리의 *terra invisibilis*(보이지 않는 땅)이다. 이 단어는 아우구스티누스[1]의 용어이다. 그의 말에 의하면, 원래부터, 즉 하늘이 유형화되어 푸르게 펼쳐지기 **이전에**, 바다와 숲, 산, 정상들처럼 보이는 땅이 만들어지기 **이전에**, 보이지 않는 땅인 시간은 기원의 경계에, 심연의 경계에 존재하고 있다는 것이다.

과다그놀로[2]와 프라이네스테[3] 사이의 숲에서, 불투렐로 구릉에서, 멘토렐라라 부르는 곳에서, 키르허[4]는 불현듯, 의심의 여지없이, **떡갈나무 아래의 수사슴의 뿔** 사이로 로마의 장군 플라키디우스[5]가 신을 보았다는 바로 그 장소를 발견했다.

---

1) Aurelius Augustinus(354~430): 로마령 아프리카 히포의 주교, 『고백록』의 저자.
2) 이탈리아 고대국가 라티움에서 가장 높은 산악 지대의 도시.
3) 라티움의 도시(현대 지명은 팔레스트리나).
4) Athanasius Kircher(1602~1680): 독일의 예수회 수도사이자 필적학자, 동양학자, 과학자.
5) 로마의 트라야누스 황제 치하의 사령관. 사냥을 하던 중에 만난 사슴 떼 중에서 가장 크고 아름다운 수사슴을 따라가다가 사슴의 뿔 사이에서 신의 모습을 보게 되고, 그것이 계기가 되어 기독교로 개종한다. 로마의 성인이며 축일은 9월20일.

제16장

*

센 강과 외르 강이 합류하는 곳에 한 왕국이 있었다. 옛날에 프레데군트 왕비[6]는 그곳에 은둔하기를 좋아했다.

*

이제는 전혀 작동하지 않는 시계도 하루에 두 번은 정확히 맞는다. 진실이 그렇다.

*

언어는 이제는 존재하지 않는 모든 것의 집이다.

---

6) Fredegund(?~597) : 프랑크 제국 메로빙거 왕조의 수아송 왕인 힐페리히 1세의 왕비. 원래 하녀 출신인 그녀는 왕을 사주하여 왕비인 갈스빈타를 살해(568년경)한 연후에 왕비가 되었다.

제17장

:

나는 상스에 있는 강가의 외딴 집에 산다.

나는 본채와 별채를 오락가락한다.

첫번째 그림자는 해가 뜨기도 전에 있었다.

두번째 그림자는 땅 위에 육체가 드리운 것으로, 그리로 작은 배가 다가간다.

사라져가는 세번째 그림자는 내 이름조차도 아니다.

누가 나에게 어디 있느냐고 물으면, 나는 답을 알지 못한다.

진정성보다 더 심오한 것이 있는데, 자신의 영혼을 저버리는 것이다.

제18장

:

몽타테르

크로자[1]는 마시용[2]을 자신의 몽타테르[3] 성(城)에 맞아들여 숙식을 제공했다.

몽타테르Montataire는, 데상도시엘Descendau-ciel이 그렇듯이, 기막히게 놀라운 이름이다.[4]

그곳에는 지금도 여전히 그가 묵었던 방이 있다.

희미한 빛에 잠긴 마시용의 방으로 들어간다. 침대의 연장선 상에는 사제가 손님을 맞는 공간인, 두꺼운 벽을 파서 만든 작업실이 있다. 골방 구석의 안락의자에 앉으면, 왼편으로 고해실의 창 크기로 제격인 자그마한 천창(天窓)이 있다. 몸을 굽힌다.

몸을 굽히면, 흐르는 우아즈 강,[5] 비탈과 숲, 초원의 구불구불

---

1) Pierre Crozat(1661~1740): 프랑스의 부유했던 미술 애호가. 와토(프랑스의 화가)의 후원자였다.
2) Jean-Baptiste Massillon(1663~1742): 프랑스의 사제, 수사학 교사.
3) 프랑스 피카르디 우아즈 지역의 소도시.
4) Maontaterre는 Monte-à-terre(땅으로 올라감), Descendauciel은 Descend-au-ciel(하늘로 내려감)의 의미를 담고 있다. 동시에 진리라고 믿어온 것(땅으로 내려가거나 하늘로 올라간다는 믿음)을 뒤집는 역할을 하고 있다. Descendauciel은 기존의 지명이 아니라 키냐르의 신조어이다.

한 강줄기, 구더기처럼 보이는 살찐 암소들, 분홍빛 손톱처럼 길쭉한 지붕들이 보이고, 짐을 짊어진 개미 같은 사람들이 좁은 길을 가다가 사라져가는 모습이 보인다.

아주 작은 작업실은 난방이 무척 수월해서 발밑에 놓는 간단한 화로 하나로 충분했다. 마시용의 방에 인접한 작업실은 침대 바로 뒤편에 있어서 보이지 않거나 약간만 보인다. 작은 **보이지 않는 땅**. 그곳에서 책을 읽으면 누구의 방해도 받지 않는다. 그 집의 사람들과 친구들이 그곳을 '작은 사순절[6]'이란 별명으로 불렀다.

*

작은 사순절, 소론(小論), 덧없는 삶.

단장(斷章)은 지속되지 않는 만큼 강렬한 불길을 내뿜는다.

설교집의 텍스트는 훨씬 약하면서 오래 지속되는 불에 바쳐진다.

*

성의 본채 뒤뜰에는 회색빛 잉어들이 있는 커다란 연못이 있

---

5) 벨기에의 아르덴 고원지대에서 발원하여 프랑스의 이르송 북동쪽으로 흐르는 강. 센 강과 합류한다.
6) 일요일을 제외한 부활절 전의 40일.

제18장

었다.

*

큰 연못.
고광나무 수풀.

*

놀이옷을 입고 토시를 낀 아이가 푸른 머리 박새를 기억한다.

제19장

:

기쁨의 목록들

중국의 이태백은 이렇게 썼다.
"하늘은 출발지이다.
땅은 여인숙이다.
언어는 우차(牛車)이다.
시간은 돌아오지 않는 여행자이다."

*

떠돌이라는 별명을 지닌 아라비아의 사디[1]는 이렇게 썼다.

시간은 여자와 그녀 젖가슴에 얼굴을 파묻은 남자를 끌어당긴다. 음악가는 리라의 현들을 움켜잡는다. 시간이 여자 위로 엎드린 남자를 두들겨서 비통한 음악을 연주한다.

그들이 상처를 입을 때 내지르는 노랫소리가 다른 세계 한가운데 있는 동종(同種)들을 매혹한다.

---

1) Sa'di(1213?~1291): 페르시아의 시인.

제19장

*

그리스의 피리 주자(奏者) 마르시아스[2]는 만인의 눈앞에 알몸으로 쭈그린 채 있어야 했다.

그는 두 팔이 등 뒤로 묶인 채 고개조차 들지 못할 만큼 높은 곳에 매달렸다.

알몸의 살가죽이 통째로, 천천히, 머리끝에서 발끝까지, 음악가인 신에 의해 벗겨진다. 그는 울부짖는다.

---

2) 신화에 따르면, 마르시아스가 아폴론에게 리라 연주 시합을 제안했다. 심판관으로 뽑힌 미다스 왕이 마르시아스에게 유리한 판정을 하자, 이에 화가 난 아폴론이 미다스의 귀를 당나귀 귀로 변하게 했다고 한다. 또 다른 신화에서는 뮤즈 여신들이 심판관이 되어 아폴론이 이겼다고 판정하자 아폴론은 마르시아스를 나무에 묶고 살가죽을 벗겼다고 한다.

제20장

:

나는 문 열쇠를 잃어버리고 담장을 따라 어슬렁거리는 한 남자이다. 한 바퀴를 돈다. 배회한다. **사디처럼 떠돌며** 가고 있다. 나는 진홍빛의 작은 책들을 썼다. 점차 색이 흐려져가는 책들을 쓰고 있다. 어느 문장이나 모두 *problēma*(곶)에 지나지 않는다.

프랑스어 problème(문제)는 그리스어로 바다로 나간 갑(岬)을 가리킨다.

모든 논증은 머리를 어두운 심해로 향한 채 두 팔을 앞으로 뻗은 **패스톰[1]의 다이버**이다.

그것은 신명 재판[2]이다.

신명 재판이란 무엇인가? *problēma*에서 몸을 던지는 한 남자이다.

패스톰의 다이버란 무엇인가? 석관의 덮개이다.

석관의 덮개란 무엇인가? 시신을 에워싸는 어둠의 내부에 **이미지**를 가두는 문이다.

---

1) 이탈리아 남부 살레르노만 연안의 고대 도시 유적지.
2) 중세에 물, 불 따위의 시련으로 판결을 내렸던 재판.

제21장

:

 무심하게, 이미 세상을 떠난 누군가가 이곳을 몹시 그리워할 때의 그런 초연함으로, 나는 사람들과 조우하며 세상을 살아간다는 기분이 든다.

제22장

:

어떻게 과거가 쾌락이 될 수 있는가?

어떻게 과거가 쾌락이 될 수 있는가?

과거가 쾌락이었기 때문이다.

이 세계로 들어오는 문(門)은 출생이 아니다. 추위도 빛도 아니다. 별개로 분리된, 유성(有性)의, 버림받은, 숨을 내쉬는, 배설하는, 결핍된, 말을 하는 육체도 아니다. 허기도, 부족도, 욕구도, 집단도, 자연언어도 아니고, 집단의 목소리가 반향으로 울리는 의식(意識)도 아니다.

문은 기원이다. 기원은 동물적 쾌락 자체와 여전히 연관된 내면의 한 세계에서 발원했다.

나는 지금 본래의, 아오리스트적인, 방향성 없는, 전(前)형태적인 성적 쾌락에 대해 말하고 있다.

그런 것이 인간이 이 세계로 들어오는 문이다.

옛날jadis, 예전naguère, 시초, 시작, 기원, 출생은 구분되어야 한다.

시초는 성교이다.

시초에 선행하는 것, 그런 것이 옛날이다.

제22장

시작은 바로 수태이다.

발생 과정은 숙주인 어머니의 내부에 살아 있는 기숙자인 육체의 성장을 가리킨다.

쾌감은 타고난 것보다 더욱 본래적인 것이다.

시작이 촉발되는 기원 안에서 그것을 끊임없이 다시 손질해서, 그것의 방향성을 제시하거나 영속시키지 못할지라도, 그것의 기원이 되는 옛날 속에 다시 잠기도록 해야 한다.

*

살아 있는 존재 안에는 죽은 자들, 삶에 굶주린 유령들, 우리보다 훨씬 더 오래된 자들이 우글거리고 있어서, 우리가 그네들의 입으로 가져가고 눈에 쏟아붓는 거의 모든 것을 게걸스럽게 삼킨다. 박물관에 들어가면, 자신이 즐기는 게 아니다.

*

성적인 관조(觀照)는 옛날을 매우 좋아한다.

나는 관능이 쾌락에 속하는 것은 옛날이 과거에 속하는 것이라는 가설을 세운다.

*

제22장

과거가 즐기는 것은 오래됨이 아니라 원천이다.

이 세계의 나그네,

하늘의 한복판에서 노니는 하루살이,

탈바꿈,

얼굴 없이 솟아오르는 것.

*

헤로도토스[1]의 이야기에서 기게스[2]는 칸다울레스[3] 왕에게 이렇게 말한다.

"여왕이든 아니든 간에 여자는 속옷을 벗음과 동시에 거북함을 떨쳐버린다."

기게스가 왕 앞에서 사용하는 그리스 단어는 *aidôs*(수줍음)이다.

그녀는 인간의 수치심을 벗는 것이다.

어둠이 내리는 즉시 남녀 간의 찢김이 있을 따름이다.

프랑스어 déchirement(찢김)에 해당하는 라틴어 단어는 *sexus*

---

1) Herodotos(B.C. 484?~B.C. 430?): 그리스의 역사가. 최초의 이야기체 역사인 그리스와 페르시아 전쟁의 『역사』(『페르시아 전쟁사』라고도 함)를 저술했다.
2) Gyges: 리디아(아나톨리아 서부의 고대국가)의 왕.
3) Candaules: 리디아의 왕. 헤로도토스에 따르면, 칸다울레스가 아내의 아름다움을 지나치게 자만한 나머지 기게스에게 아내의 알몸을 보라고 강요했다고 한다. 기게스는 왕비를 몰래 훔쳐보았고, 이를 발견한 왕비가 그에게 왕을 죽이라고 위협했고, 그는 왕을 죽인 뒤 왕비와 결혼해서 왕위에 올랐다고 한다.

제22장

(성별)이다.

우리 내면에서 느껴지는 매 순간의 모든 것은 석탄기[4]에서 비롯된다.

사회란 동물적 형태 그리고 사회의 재생산을 위한 끊임없는 분리의 잔혹성을 가리는 얇은 베일에 불과하다.

문명화된 관습과 예술은 끊임없이 다시 자라는 발톱을 깎은 것에 지나지 않는다.

우리는 서로 사랑하지 않는다. 서로 이빨을 부딪칠 뿐이다.

*

그리스어로 진실은 *alētheia*이다. 도저히 망각되지 않는 것이 진실이다.

발톱처럼 절대 잊힐 수 없는 것은 새로운 명칭으로 불릴지언정 ─가령 griffe가 아닌 ongle[5]로─ 고쳐지지 않는다.

*A-lētheia*는 '망각되지 않는 것'이다. *A-oriston*이 '끝나지 않은 것'이고 *A-idēs*가 '보이지 않는 것'인 것과 마찬가지이다.

그리스어 *alētheia*(망각에서 끌어내기)를 라틴어로 옮기면 *re-*

---

[4] B.C. 3억5천만 년~B.C. 2억7천만 년까지의 시기.
[5] 두 단어 모두 발톱(손톱)을 가리키지만 griffe는 공격 수단으로서의 의미가 강하다.

velatio[6](천*velum*을 벗기기)이다. '비-망각'은 과거 위에 덮인 베일(*velum*)'을 제거한다. 진실의 근원은 알몸이다. 다음은 역시 기게스의 말이다. "옷을 벗는 여자는, 여왕이든 아니든 간에, 동물의 형태를 가린 착의식vélation을 벗어던지는 것이다."

사회가 자신을 가두거나 억류하는 신분과 역할을 집어던지는 것이다.

옷을 벗을 때의 여자는, 여왕이든 아니든 간에, 진짜 여자—옛날의 여자, 잊을 수 없는 여자—로 보인다.

*

고대 그리스 전설의 주인공들은 존재했던 자들을 소생하는 자들과 가르는 강을 레테[7]라고 부른다. 망각의 강을 건너야 한다. 므네모시네[8]는 입문시키는 요정이다. 본원(本源), 즉 존재했던 무엇이면서 존재하지 않는 무엇을 알게 해준다.

고대 그리스어 Aiôn[9]은 존재—철학자들이 존재를 분리된 시간의 축 중의 하나로 국한하기 이전의 존재—의 토대가 되는 일시적 긴장이다.

---

6) 노출, 폭로, 계시의 의미.
7) Lèthé: 추상적 개념으로서의 망각의 화신 혹은 망각의 강.
8) Mnemosyne: 기억의 화신 혹은 기억의 강.
9) 제71장의 주 2, 5 참고.

제22장

Aiôn 위에 덮인 베일을 걷어 올리는 것이 바로 므네모시네이다. 라틴어로는 사투르누스[10]에 관한 기억.

프랑스어 souvenir(기억) 안에 포함된 venir란 단어는 *lēthé*, 흐려짐, 소멸, 무의식이다.

과거는 양수와 흡사하듯 죽음의 물과도 흡사하다.

*

존재했던 자들의 기억 속으로 들어가려면 그들과 우리를 가르고 있는 죽음의 강을 건너야 한다.

공간의 여기là에 육체를 고정시키는 시간의 여기là를 녹임으로써 온전한 것을 되찾는 기억.

폭발성 기억.

기억하는 자는 누구나 도망치고, 장소를 파기하고, 계절을 떠난다. 시선이 멍해지고 표정도 변한다.

오르가슴을 느끼는 자는 누구나 기억한다. 그의 육체는 쾌락을 느끼고 있는 과거이다.

*

---

10) Saturnus: 로마 신화에서 씨앗 또는 씨 뿌리는 신.

제22장

출생의 느낌을 주는 것이 아니라면 불쑥 솟구치는 과거란 없다. 끔찍한 악몽을 꾸는 중에 돌연 나타나는 죽은 자의 모습조차도 사라진 것을 되찾은 비극적 기쁨을 (비명과 더불어) 느끼게 한다.

*

이 세계에서 인간의 육체가 느끼는 온갖 종류의 쾌락의 흔적, 그것은 쾌락을 느낄 때는 시간에 대한 의식이 사라진다는 사실이다.

내 생각으로는 시간과 관련된 황홀경에 네 가지가 있다. 즉 관능, 최면 상태, 독서, 발견.

지금은 몇 시인가?

시간을 묻는 질문에 대한 답변의 불가능성이야말로 기쁨의 근원이다.

기쁨의 정의(定議)이기도 하다.

시간과의 '거리-없음'이 기쁨이다. élation[11]이란 예측할 수 없는 공시성, 솟구치는 옛날로 돌아가는 것이다.

기쁨을 느끼는 자는 범람하는 시간의 원천 속에 완전히 다시 잠기고 있는 자이다.

---

11) 라틴어 elatus(높은, 높아진)에서 비롯된, 오래전부터 쓰이지 않는 프랑스어 고어이다. 키냐르는 이 단어를 시간(통시성)을 초월해서 공시성에 이르는 개념으로 사용하고 있다.

제23장
:
전격적인 기쁨에 대하여

사람이 늙어감에 따라, 시간도 더 많이 흘러간다. 시간이 더 흐를수록, 시간의 체험은 더 느껴졌다. 시간의 체험이 더 느껴질수록, 시련으로 인한 행위들은 연륜이 지배하는 무한한 하늘로 가지들을 내뻗었다. 옛날은 시시각각 더욱 넘쳐흐르고 깊어져갔다. 기억은 주어지는 상황에 더욱 도취감을 부여하고, 시야의 전경에 나타나는 이미지에는 후광이나 반향을 제공한다. 심지어 진부한 이름이나 진저리 나는 관습, 사라졌다고 여긴 추억, 나이보다 더 오래된 세월, 이런 것들에게조차 새로운 가능성을 나누어 준다. 겪어보지 않은 단계들은 거기서 느껴지는 시간을 통해 체험된다.

*

탐구는 과거의 방향이다.
라틴어 *investigatio*(탐구)라는 단어에는 *vestigium*(자취)이란 말이 들어 있다.

제23장

 자취는 사라지고 없는 대상의 과거의 존재를 증명하는 기호를 규정한다.

 동물의 경우에는 발자국.

 흔적은 원래 흔적으로 보일 수 있는 것이 전혀 아니다. 더 이상 여기 존재하지 않는 무엇의 표지로서 탐구될 때만 보이는 것이다.

 모든 흔적은 부재하는 한 마리의 짐승, 보이지 않는 무엇을 잡을 수 있는 사냥이다. 오로지 기다림만이 흔적을 찾아낸다. 나는 두 가지 견해를 제시하고자 한다. 모든 글쓰기의 상류에는 독서가 있다. 기호가 자연언어에 앞서 존재하는 것과 마찬가지이다.

 결여된 이미지가 언제나 선행한다.

 비-우울증 환자는 하찮은 자연주의적 기쁨을 좇고, 존재자 내면의 부재자를 좇는 한정된(경계 지어진) 사냥을 하게 마련이다. 그는 겨울에 봄을 사냥한다. 그리고 먹는다.

 우울증 환자만이 부단하게 (아오리스트적으로) 사냥을 한다. 오직 그만이 끊임없이, 도처에서, 놀라운 것의 사라진 흔적, 여왕의 자취, '실물'의 족적을 본다.

 오직 우울증 환자만이 자의적이고 전격적인 기쁨을 지니고 다닌다.

*

제23장

탐구는 인식이나 회상이 아니라 탐색의 영역에 속한다.

우울증 환자는 사라진 것이 되찾을 수 없는 것 안에서 끊임없이 솟아오르는 것을 본다.

그는 끊임없이 시간을 관조한다.

*

사냥꾼은 내면에서 통렬하게 갈망하는 présence(있음)를 탐색하는 자이다.

Présence(l'être-près[가까이 있음])는 자신이 갈망하는 존재의 곁에 있으려 하는 육체가 느끼는 욕망을 의미한다.

사냥꾼은 외눈으로 꿈을 바라보면서 꿈을 만사에 투영하는 자이다.

상처는 자신의 칼을 추구한다. 충동은 자신을 엄습하는 충격적 장면을 추구한다. 시신은 자신의 사고(事故)를 추구한다. 죽은 자는 완전히 죽어야 한다. 되살아나려면 자신의 죽음을 다시 겪어야 한다.

*

라틴어 *desideratus*(욕구)는 검은색을 좋아하는 사람을 잘 표현해준다. 별들 *sidera*조차 자신의 어둠 속으로 사라진다.

제23장

별빛조차 없는 어둠은 자궁 속의 어둠이다.

*

빛이 유한한 속도로 여행하는 까닭에, 우리 눈에 보이는 것은 먼 곳에 있을 뿐만 아니라 전(前)-시간적이다.

눈에 보이는 것은 무엇이나 우리의 바라봄보다 오래된 것이다.

이미 섬광이 흩어지는 사물들을 주시하려고 우리는 눈을 깜박인다.

시간은 사라지는 것을 만들어낸다.

시간은 존재했음을 구체화시킨다.

'비공시성'은 공간적인(구체적인, 구체화된) 깊이보다 더 깊은 공간을 구축한다.

오직 과거만이 지속된다. (현재도 미래도 조건법[1]도 지속되지 않는다).

우리는 자신이 사랑에 빠지는 남자나 여자의 일화들에 참여함으로써 과거를 바꾼다. 우리가 드러내고 발견하고 이해하고자 애쓰는 상대방의 경험은 두 살 때 언어를 습득하듯이 획득되는 것이다.

둘 다 자신의 삶을 돌연 너무도 그럴듯하게 말하는 바람에 그

---

[1] 영어의 가정법에 해당한다.

들의 삶이 새로운 것으로 변한다.

과거에 대한 끝없는 의사소통 없이는 상대방을 이해할 수 없다. 그것은 과거에 도달하는 게 아니라 불시에 과거를 포착하게 해준다. 기게스가 벽 귀퉁이에 숨어, *in angulo*(구석에서) 여왕을 엿보는 것은, 여왕이, 아니어도 상관없지만, 침대 가장자리에서 드러내는 무엇, 최고의 지위를 능가하는 무엇을 노리는 것이다.

두 과거의 교환은 서로 다른 두 성기의 접촉에 앞서 이루어진다. 바로 그런 논점에 의해, 시간의 구조 안에서, 현재의 개념이 문제시되는 것이다.

*

프랑스어 souvenir(기억나다)에서 venir(오다) 앞에 붙은 접두사 'sous(아래)'는 percevoir(감지하다)의 접두사 *per*(통하여)를 통과한다.

모든 포식(捕食)은 **형태 없는 재회**의 지배를 받는다.

토대가 되는 옛날이 없다면 이해 가능한 것은 아무것도 없다.

사랑에 빠질수록 과거는 더욱 변모된다. 이것은 겐코의 역설을 표현하는 다른 방식이다.

*

제23장

    계절이 바뀔 때마다, 다시 솟아오르는 것을 바라보며 영혼은 회고한다.
    육체는, 동일한 시기에, 자신의 상태에 대해 간직된 기억 속에서 선행하는 모든 순간 및 그에 따른 상황을 다시 떠올린다. 그렇게 함으로써 슬픔처럼 보이지만 실은 깊이에 다름 아닌 감정에 빠지게 된다. 라일락의 어느 싹에도 예전에 살았던 모든 라일락들이 다시 발현한다. 모든 새잎은 저마다 전체를 새롭게 한다. 책 가운데 폴리오 판[2] 신간은 어느 것이나 완전히 새로운 시작이다. 고대 일본의 사고는 인도의 불교적 사고와 정반대이다. 우주에 주기적으로 찾아오는 것은 무(無)가 아니라, 매년 한 번씩 지구 표면에 그리고 태양과 인류 사이에 위치한 매개 공간에 다시 찾아오는 새로운 생명인 것이다. 고대 일본인이 진짜 공간으로 여기는 것은 태양 광선이 퍼지는 공간이다. 불현듯 켈트족의 신화가 떠오른다. 그 신화에서는 섬광의 도정(道程)이 하늘과 땅의 중간 지점에 자신의 결실, 이를테면 기막힌 끈끈이나 폭풍우처럼 자신의 진짜 얼굴을 드러내는 시간의 정액 같은 겨우살이 관목을 내려놓는다고 말한다.
    벼락. 폭풍우.
    사실상 시간의 출구 없는 issir(나가기)를 가장 잘 표현하는 폭풍우.

---

2) 프랑스의 포켓판 서적.

제23장

Tempus(시간)의 중심에 깃들어 있는 힘을 과시하면서, 뇌우나 기세등등한 강풍이 일어나는 비시간적 어둠 속에서 돌연 무시무시한 광풍으로 드러나는 *tempestas*(폭풍우).

제24장
:

홍학, 갈매기, 들오리, 비스케이 만[1]의 고래는 잘 때 한쪽 뇌(腦)만 잠든다.

돌고래가 대기의 접촉면까지 헤엄쳐 올라와 머리부터 내밀지 못한다면, 더 이상 숨을 못 쉬어 익사할 것이기 때문이다.

양쪽 뇌는 동기성(同期性)이 소멸되었을 뿐 아니라 시간적으로도 대립된다.

그렇기 때문에, 1억5천만 년 전에 태생동물과 새 들의 수면 내부에 슬그머니 끼어든 역설수면 중에, 꿈의 환영으로 인해 다른 시간대의 기쁨을 느끼는 것이다.

---

1) 서유럽 해안에 만입된 북대서양의 넓은 만. 동쪽은 프랑스 서해안, 남쪽은 스페인 북해안에 둘러싸여 있다.

제25장

:

시간의 무방향성inorientation에 대하여

시간의 집합에는 동쪽orient이 없다.

끊임없이 새로워질 가능성이 잠재된 형태들의 잇따름에는 방향이 없다.

형태들의 전파(傳播)에는 방향이 없다.

과거보다 더 불안정한 것은 없는데, 현재가 자신을 부양하는 것을 계속해서 재정리하기 때문이다. 하지만 사실상 유지, 반동, 보존으로 재정리되는 경우는 드물다. 과거가 확장되면서 흔적을 동결하고, 나이 든 자들을 마비시키거나 죽이고, 폭발로 인해 예측 불가능하게 외부세계에 쏟아진 용암을 끊임없이 냉각하기 때문이다.

오직 옛날만이 과거를 으깨서 그 질료를 원래의 유동성으로 환원시킨다.

옛날로부터 기원이 눈사태처럼 쏟아진다. 기원은 우리 위로 쉴 새 없이 쏟아져내려 그 부피와 총량을 증가시킨다. 우리를 차례로 끝없이 집어삼킴으로써 기원은 총량을 증가시킨다.

제25장

*

　본래 시간은 공시적이 아니다. 시간에 선행하는 '비공시적' 이미지에 불쑥 나타나지 않는 한 지속은 공시적이 될 수 없다. 하지만 '소멸하는-공시성'인 시간은 그럼에도 수태에 선행하는 장면에 연루된다. 도처에서, 보편적으로, 언어를 사용하는 자들은 다음과 같은 사실들을 증언한다. 즉, 눈에 보이는 것을 이해하려면 보이는 것만으로는 충분하지 않다. 가시적인 것은 비가시적인 것과 관련지을 때 비로소 해석이 가능해진다. 흔적, 찌꺼기, 자국, 털, 사소한 것은 맹수가 지나갔음을 알려준다. 눈에 보이는 것은 **예전의 자신**을 구걸하고, 멀어진 것을 필요로 하고, 밤마다 꿈을 꾸고, 다른 세계를 왕래하고, 방향을 달리기의 방향처럼, 낙하의 방향처럼, 흐름의 방향처럼, 방황의 방향처럼 기능하게 만든다.

*

　타고난 상상력(꿈)은 언어의 기초가 된다.

*

　음악이란 무엇인가?
　옛날에 '옛날 옛적에'가 있었다.

제25장

육체는 거기서 최초의 귀를 되찾는다. 자신이 소리의 생성에 끼어들 수 있는 내부의 숨결조차 없는 채로.

육체는 소리의 수동성을 회복해서 소리의 열정을 되찾는다.

그것은 가시적인 것이 없는 청력의 회복이다.

*

모든 음악에는 그 상류에서 소리쳐 부르는 무엇이 있다. 최초의 울부짖음 이후로, 폭풍우, 새, 짐승, 아이들은 자신들에게 '오라고 부르는 무엇'을 탐사한다.

*

라틴어 *infantia*(유아기)[1]는 *puerita*(소년기)[2]에 대립된다. 그것은 마치 언어가 숙달된 연후에, 그래서 언어가 일으켜 세우고, 말끔하게 비우고, 동일시하는 총체적 육체에 일종의 의미가 투사된 연후에, 습득된 언어가 비언어적 의사소통과 대립되는 것과 마찬가지이다.

예술은 절대로 습득된 언어에 속하지 않는다.

예술은 비의미론적이다.

---

1) '말하지 못함' 혹은 유아기의 의미.
2) 7~8세부터 14~17세까지의 시기.

제25장

그것은 결코 미숙하지 않다. 항상 어린애 같을 뿐이다.

라틴어 *lapsus*는 추락을 뜻한다. 아담과 이브가 에덴동산을 떠나면서 '추락 이후의 시기'가 시작되었다. 예술은 *lapsus*이다. 그것은 에덴동산의 문틈으로 슬그머니 들어간다. 그것은 대립하지 않는다. 반복하지 않는다. 반복을 가린 베일의 주름과 구김살을 통해 교묘하게 끼어든다. 그리고 시간을 흔든다. 어린애로 남는다.

예술은 옛날 같은 것이다.

반복하는 어머니들이나 같은 소리를 되뇌는 갓난애들이 있을 따름이다.

예술가들이 있다.

기쁨과 행복은 구분되어야 한다.

행복은 과거에 속하고, 기쁨은 옛날에 속한다.

*

내가 하는 장인의 활동에서 나는 필사가라기보다는 *auctor*(작가)였다.

나는 형태 없는 형태를 원기 왕성하게 만들고자 했다.

원기가 사라진 형태에 다시 원기를 불어넣었다.

행복이 증가한다. 기쁨이 솟아오른다.

욕구는 대상을 탐욕스럽게 먹어치워 자기 것으로 만드는 반면에, 충족된 욕망은 상대방 안으로 사라진다.

*

우리는 물질세계의 시간기호 chronosémie를 수립하지 못한다.

왜냐하면 그 본성이 *circulus*(원)이지 *linea*(선)이 아니기 때문이다.

시간의 방향을 정하려면 자체(字體)의 선을 도입할 필요가 있다. 인간들은 한 사냥꾼의 여행 및 그 귀환과도 같은 태양의 수평선을 읽었고, 발견했고, 창안했다.

밤하늘의 표면에 그려지는 황도(黃道)[3]의 선.

손바닥의 생명선.

잡은 짐승을 부위별로 잘라낼 때 제물을 다루는 칼의 윤곽선.

세계, 생명, 자연, 우주, 질료와는 이질적인 자체의 선.

찾아낸 것이 아니라 별자리의 운행을 바라보며 고안된 황도의 선. 별자리도 어둠 속에 투영된 동물의 형상으로 고안된 것이다.

최초의 선은 아마도 매혹적인 발기일 것이다.

그다음은 인간과 곰을 곧추세우는 반(反)자연적 직립 자세.

그리고 암곰과 그 새끼들이 동굴의 내벽에, 그들의 해골 더미에 남긴 할퀸 자국. 곰들은 겨울잠을 자고 새끼를 낳느라 그곳에

---

[3] 지구에서 보아, 태양이 지구를 운행하는 것처럼 보이는 천구상의 대원(大圓).

은둔한다. 사람들이 불을 피워서 그곳에서 곰들을 내몰았다.

나무 위에서 새가 하나의 선을 그리듯이.

새들 위에서 태양이 전진하듯이.

흥에 겨운 말이 울음소리를 내며 질주하고, 돌진하고, 뛰어오르고, 그리고 지나가듯이.

*

하나의 방향만을 지닌 것은 모두 회귀를 상정한다.

가족의 집.

기억 속의 어머니.

닫힌 정원.

티투스 황제[4]가 파괴한 사원의 벽.

오래된 강가의 오래된 도시국가, 그 중심의 오래된 궁전의 오래된 성벽 뒤에 숨겨진 비밀, 보물, 박물관.

옛날의 안식처.

*

초기의 활들은 끈에 묶인 화살들을 쏘았다. 고대 중국의 신

---

4) Titus(39~81): 70년에 예루살렘을 정복한 로마의 황제.

제25장

화에서는 주인공 이(李)가 줄로 연결된 화살들을 손에 들고 등장한다.

*

『회남자(淮南子)』[5]에 나오는 대목이다. "해와 달은 자신의 일주(一周)를 뒤쫓는 반면에, 시간은 인간을 따르지 않는다."

(이 말이 의미하는 바는, 인간의 존재 내부에서 시간이 주기를 버리고 그것을 계보가 드리운 그림자 같은 선, 개인의 죽음의 수평선 같은 선으로 대체한다는 것이다.)

시간의 두 원천이 다시 역사의 원천에 맞선다. 역사는 글에 의해 불리기보다는 글을 소리쳐 부른다. 인간에게(그리고 아마도 대부분의 태생동물에게) 시간은 사라진 것이다. 자연에게(특히 식물에게) 시간은 되찾은 것이다.

*

동물의 매혹은 이미 그 작용에 있어서 시간적이다. 그것은 벼락처럼 작동한다. 예전 단계의 느닷없는 귀환이다.

예전 형태가 보다 복잡하고 보다 최근의 형태를 덥석 붙잡는다.

---

[5] 중국 전한의 회남왕인 유안(劉安, 한고조 유방의 손자이자 한무제의 삼촌)의 주도하에 학자들이 저술한 백과사전적 개론서이자 도교의 주요 지침서.

제25장

그것은 벼락을 치는 퇴화이다.

그것은 진행 중인 형태학의 퇴보이다.

마찬가지로 어느 예술 어느 작품의 내부에도 스스로를 모색하는 매혹이 있어 다음과 같은 미학적 감동을 안겨준다. 즉 수천 년 혹은 수 세기 전에 사라진 것을 다시 솟아나게 하는 기쁨, 사라진 것의 화신과 다시 만나는 느낌, 존재를 멈춰버린 것에 대한 향수, 옛날의 현현(顯現).

제26장

:

밤[夜]

시작 없는 한 과거가 있어 밤마다 우리의 행위 안으로 귀환한다.

어떤 시간이 되면 오래된 동일한 파도를 수천 년이 다시 무너뜨린다.

지겨운, 미지근한, 짐승 같은, 경이로운, 검은 파도가 다시 일어나서 다시 무너지는데, 거기에 허기, 죽음, 잠, 꿈, 두려움, 욕망이 섞여든다. 그때 옛날이 말을 잃은 지 오래된 목소리로 아주 부드럽고 지극히 익숙하며 의미 없는 단조로운 선율들을 발음해서 말을 한다.

제27장

:

베르하임[1]

고양이가 내 장딴지에 머리를 비비는 게 느껴졌다.

마침내 나는 책에서 눈을 떼고 발쪽을 내려다보았다.

내가 저를 쳐다보는 것을 보자, 고양이는 앞발로 고사(枯死)한 작은 메를로[2]를 내 앞으로 밀었다.

---

1) 프랑스 알자스 지방의 도시.
2) 적포도주용 재배 포도나무의 일종.

제28장

동일한 강에서 물을 길어봐야 소용없다.
물은 예전의 강에서 흘러오는 것이므로.
가족이 동일한 소유물을 지니고 있어봐야 부질없다.
각자의 운명은 예전의 삶에서 비롯되는 것이므로.
어느 나무 밑이든
우리가 몸을 피하는 그늘은 더 이상 존재하지 않는 한 몸통에서 비롯된 것이다.

제29장
:

  로자가 방금 다림질한 아직도 따뜻한 손수건을 두 손으로 쥐고 있었다. 쇠 냄새 그리고 여전히 김이 나는 젖은 빨래에서 풍기는 기막힌 냄새, 어린애의 냄새, 머리를 어지럽게 하는 너무도 고즈넉한 냄새가 났다.

제30장

:

다음은 콜레트[1]의 글이다. "병이 깊어져 살날이 얼마 남지 않은 사람들은 큰 소리로 '바쁘다'고 말하지만, 소리를 죽여 '쫓기고 있다'고 말한다."

가파른 언덕 — 아래쪽은 잘 보존된 퓌제[2]의 멋진 숲으로 둘러싸인 — 위에 위치한 생소뵈르[3] 출신의 작가는 죽음의 선이 끊어지기 시작하는 지점을 가리키고 있다.

시간의 불가역성은 시간 속에서 스러진다.

시체 안에서 육체는 포식(捕食)의 *linea*(선)을 떠나 물리화학의 *circulus*(원)에 합류한다.

로마인들은 이렇게 말했으리라. "시소가 움직이면 황소가 수사슴으로 변한다(공격이 도주의 움직임으로 변한다)."

절대왕정 초기에 고대 로마인들의 사고의 중심에는 이러한 대립이 자리 잡고 있었다. 왕은 수사슴의 도주가 자신에게 옮을까

---

[1] Sidonie Gabrielle Colette(1873~1954) : 프랑스의 소설가.
[2] 프랑스 부르고뉴 지방 욘의 도시.
[3] 완전한 명칭은 생소뵈르-앙-퓌제. 콜레트의 고향이다.

(비겁함에 감염될까) 두려워서 사슴을 사냥하지 못했다. 멧돼지만이 왕의 사냥감에 적합한 짐승으로 여겨졌다(왕의 힘, 폭력, 공격성, 위력을 증가시킬 수 있으므로).

수사슴과 멧돼지, 연어와 거위, 남자와 황소, 이런 것이 진짜 대립이다. 올바른 대결이다. 진정한 긴장이다.

*

regressus ad uterum(모태로의 퇴행)은 **자연스러운** *naturelle* 고안물이다. 폭풍우가 몰아치는 하늘의 벼락처럼 자연스러운 것이다.

연어들. 거북이들. 장어들.

퇴행은 **원래부터** *d'origine* 주도적인 모든 종(種)들에서 나타난다.

영혼을 지닌, 회고하는, 퇴화기에 이른 종들의 의기소침한 그리움.

자기 집(자신의 사냥, 질주, 식물 채취, 기원을 이야기하는 곳)으로 돌아가기.

regressio(회귀)와 *recapitulatio*(회고)는 꿈의 *hallucinatio*(환영)에 선행하고, 언어의 환영(내면에서의 모음 발성, 의식)을 만들어 낸다.

환영의 강렬한 쾌락, 그런 것이야말로 과거의 황홀한(반시간적인) 향유이다.

에스키모 사냥꾼들은 자신들이 **돌아와서 무리를 침묵하게 만들며**

제30장

누리게 될 쾌락을 위해 사냥한다고 주장한다.

옛날에 있었던 무엇(**그것이 있었다**)의 이야기를 들으려고 조바심치는 모든 이들의 애간장을 태우기.

"그래서?"라는 말은 아마도 신석기 시대의 끈 달린 화살에 묶이게 될 끈fil이리라.

나 자신은 이야기의 실마리fil를 놓치지 않도록 조심할 것.

인간은 출발 지점으로 돌아와서 자신의 표적, 쓰러지는 먹잇감, 흐르는 피를 이야기하는 화살이다.

"그래서?"

상류로 귀환하는 지점 혹은 순간으로서 2년마다 오는 지(至).

철새들의 이동과 그 경로는 깃털과 색깔로 알 수 있다.

*

매일 뜨는 태양은 여정을 반복하고 밤마다 원천으로 돌아간다.

동물의 퇴행에는 선회적(旋回的) 기원이 있다.

하늘 속의 땅.

우리 속의 곰.

우리 속의 호랑이.

새장 속의 새.

옷 속의 성기.

두려움 속의 영혼.

제31장
:
멀리서인 듯이

오! 나는 그대의 볼을 찾는다,
비단처럼 보드라운 그대의 볼을.
나는 그대 볼의 냄새를 찾는다.

*

Wie aus der Ferne. 멀리서인 듯이.
다음은 슈만이 기록해놓은 연주법 지시이다. **마치 피부 밑에서 들리듯이**.

제32장
:
희미한 진주의 광택에 대하여

행복은 귀환에 관련된다.

먼저 슈바르트[1]의 *Rückblick*(회상)이 있고, 그러고 나서 슈베르트의 *Rückblick*[2]이 있다.

먼저 뮐러[3]의 *Auf dem Wasser*(물가에서)가 있고, 그러고 나서 슈베르트의 *Auf dem Wasser*[4]가 있다.

언어는 모든 면에서 혁명적이다.

언어 때문에 인간은 절대로 곧장 가지 못한다. 자신이 언어를 배웠던 여인의 입술을 되찾으러 가기 때문이다.

*

---

1) Christian Friedrich Daniel Schubart(1739~1791) : 독일의 시인.
2) 슈베르트의 연가곡 「겨울 나그네」의 여덟번째 곡.
3) Wilhelm Müller(1794~1827) : 독일의 시인. 슈베르트의 연가곡 「아름다운 물방앗간의 아가씨」와 「겨울 나그네」는 그의 시에 곡을 붙인 것이다.
4) 슈베르트의 연가곡 「겨울 나그네」의 일곱번째 곡. 원래는 「시냇가에서 *Auf dem Fluße*」이다.

제32장

인간은 절대로 곧장 가지 못하고 빙빙 돈다. 돌면서, 원을 하나 그리다가, 그 중심을 파고든다. 꿈의 이미지들도 똑바로 전진하지 못하고, 빙빙 돌면서 집중된다. 이런 *involutio*(회선, 回旋)가 꿈이다. 꿈의 내선상(內旋狀)의 기원은 음악적 시간과 그 원무(圓舞)에 앞서, 언어적 시간과 그 귀환에 앞서, 시각적 시간의 역설을 만들어낸다. 모든 환영은 두 시간 사이의 단락이다.

상태와 이미지 사이의 단락.

기다림과 이미지 사이의 단락. 이미지는 욕망이나 허기를 충족시키지 못하고 사라진 것의 형상화로 잠시 달래줄 뿐이다.

*

시간의 무방향성의 정면에서 **희미한 진주의 광택**이 생겨난다.

과거는 증가한다. 그리고 자신의 내면에 언어가 자리를 잡은 탓에 생각이란 것을 하게 된 사람의 사고에도 그가 읽는 서적이나 그가 뒤지는 지하실에 비축된 과거가 점증된다.

사상가, 예술가, 학자, 고고학자, 계보학자, 글 쓰는 자에게 시간이란 누가적(累加的)이다.

그는 시간의 누적에 이끌려간다. 그러다가 죽는다.

희미한 진주의 광택은 마지막 숨결에서 흩어져 사라진다.

또한 시간의 개화마저 사라진다. 덧없는 자산이 방향성 없는 거품 속에서 소멸된다. 시간에는 지나가는 사람의 과거 이외의 다른 방향성이 없기 때문이다. 지나가는 사람을 쓰러뜨리는 과거 뿐이기 때문이다.

과거가 전진한다거나 미래가 후퇴한다고 말할 수는 없다. 과거가 증가한다고 말해야 한다. 행복이 높아진다고 말해야 한다. *vestigia*(발자취)가 계속 늘어난다고 말해야 한다.

*

서기 21세기에는 보물의 크기가 엄청난 규모에 이르렀다.

*

과거 특유의 행복이 있는데, 아오리스트적 기쁨과는 별개이다.
과거의 행복은 위에서 언급된 희미한 진주의 광택에 근거한다. 그 행복은 연륜, 쾌락의 반복, 쾌감의 재생산에서 비롯된다.

그것은 좋아하는 음식의 황홀한 목록이다.

그것은 빌어먹을 상황, 억제할 수 없는 행위, 흥분을 유발시키는 대상의 퇴폐적 목록이다.

점점 수가 늘어나는 추진력을 지닌 기억된 관습들이다.

점점 빈번해지는 산보와 관조이다.

너무 강박적이어서 풍속(風俗)의 소나타로 변하는 조심성과 과민성이다.

리듬감 있는 이런 움직임은 전달이 가능하다.

과거는 물신(物神)에게 자신의 오래된 환희의 시퀀스가 전달되기를 고집한다.

*

만일 이런 행복이 주어진다면, 그로 말미암아 과거의 행복과 기쁨을 대립시킬 필요성이 생겨난다.

옛날만의 고유한 행복이 있는데, 그것은 억누를 수 없는 기쁨, 너무 순간적이라 간직될 수 없는 행복, 소멸되는 공시성, 선(先)인류의 너그러움이다. 예측 불가능한 지고의 행복, 즉 비가시적인(예견 불가능한) 것 안에서 빼내면서 느닷없이 채우는 무엇이다. 새롭게 하고, 기습하고, 앞당기고, 강요하고, 갱신하는 무엇이다. **제2의 시간** 속에서 바라보기이다. 출생 후에도 그 장소를 비추는 태양이다. 하류(河流)로서의 삶이다. 불가해한 기쁨의 폭발, 얼굴에 서리는 느닷없는 홍조, 뜻밖의 성적 욕망이다. 전(前)성기기의 홍분, 어린애의 홍분, 동성애의 홍분, (성기를 지닌) 대상조차 부재된 홍분이다. 억누를 수 없는 조바심, 용서할 수 없는 파렴치함, 과거도 습관도 없는 뻔뻔스러움이다. 공휴일들이다. 앞섰다기보다는 방향성이 없으며, 인간적이라기보다는 자연적인 생명력의 기념일을 기리는 날들이다. 언어 이전의 호기심이 다시 생겨나는 날들이다.

제32장

*

끝으로 과거가 **지나갈 때** 느껴지는 특유의 쾌락jouissance을 낱낱이 살펴볼 일이 남아 있다.

우리가 뒤쫓는 짐승들이 남긴 배설물과 모든 *litterae*(글자들, 즉 털, 발굽, 기호들) 앞에서 느끼는 쾌락은 그 자취에서 쫓기는 짐승의 환영을 보며 느끼는 쾌락과 구분되지 않는다. 그래서 시차의 쾌락과 사냥꾼의 상상적 소유 및 흥분이 발생한다. 시간은 이탈한다. 사라진 카르타고 주교의 *distentio*(팽창), 17세기 초엽에, 고대 로마 세계의 불타버린 폐허 속에서 그려진, 데지데리오[5]의 화폭 한가운데 있는 미세한 장난감.

취한 순간이 순간 저 너머에서 비틀거린다.

순간이 취한 까닭은 사냥꾼이 선구자의 경험에 취한 때문이다. 그는 흔적들에서 읽히는 짐승의 환영을 보는 중에 시간의 개념을 상실한다. 지나간 짐승이 머물 때 남긴 시간이며, 불현듯 그의 여행의 방향을 결정짓게 되는 시간, 짐승이 지나는 곳을 따라간 지나간 시간의 배설물에 취한다. 그는 란슬롯[6]이고, 페르스발[7]

---

[5] Desiderio: 16세기 말부터 17세기 중엽까지 활동했던 프랑스의 두 화가 프랑수아 드 노메François de Nomé와 디디에 바라Didier Barra를 일컫는 가명. 앙드레 브르통에 의해 초현실주의의 선구자로 간주된다.

[6] 크레티앵 드 트루아(Chrétien de Troyes, 1135~1185)가 쓴 5편의 아서 왕 이야기 중에서 『란슬롯, 혹은 수레 탄 기사』의 주인공.

[7] 아서 왕 이야기의 하나인 『페르스발, 혹은 성배 이야기』의 주인공.

이고, 브르타뉴 지방의 이뺑[8]이거나 에레크[9]이다. 『지금과 옛날 이야기(今昔物語)』[10]라는 제목의 일본 설화집에 나오는 모험을 찾아 떠도는 모든 사무라이들이다. 현재는 과거에 취한다. 주인공들은 비틀거린다 (적어도 넘어졌다가 다시 일어선다). 그것은 유랑으로서, 땅에 전념하다가 땅 위에서 실현되는 샤먼의 여행이다.

*

해나 아렌트[11]는 아우구스티누스 성인의 책들부터 명상하기 시작했다. 그녀가 쓴 글이다. "미래의 행복한 삶을 기대하려면, 모든 대상에 앞서 이 삶을 이미 경험했어야 한다." 기원에 근접하는 기쁨을 느끼려면 기원의 기억이 있어야 한다. 태생(胎生)은 기쁨의 근거가 된다. 태생, 즉 아오리스트적, 비시간적(배고픔, 갈증, 헐떡임, 호흡, 목소리, 사색, 기다림 같은 것이 없는), 즉각적인 다른 세계.

욕망의 가능성은 낙원의 존재를 상정한다.

---

[8] 아서 왕 이야기의 하나인 『이뺑, 혹은 사자를 이끄는 기사』의 주인공.
[9] 아서 왕 이야기의 하나인 『에레크』의 주인공.
[10] 미나모토 다카쿠니의 편집설도 있지만 흔히 지은이 미상으로 간주된다. 일본, 중국, 인도로 나뉘어 모두 1천여 편의 이야기로 구성된 설화집(1106).
[11] Hannah Arendt(1906~1975): 독일 태생의 미국 작가.

제33장
:
기쁨의 두번째 목록

 1873년 6월17일 하인리히 슐리만[1]이 히사를리크[2]의 땅을 팔 때의 기쁨. 헬레네[3]의 유골을 발견할 때의 기쁨. 유골 주변에 매장된 헬레네의 보물을 발굴할 때의 기쁨.
 1802년의 어느 날, 그로테펜트.[4]
 1821년의 어느 날, 샹폴리옹.[5] **너무 행복해서 요절하는** 샹폴리옹.
 1843년의 어느 날, 로린슨[6]……

---

1) Heinrich Schliemann(1822~1890): 독일의 고고학자.
2) 트로이가 위치했던 지역으로 추정되는 터키의 마을.
3) 그리스 전설의 가장 아름다운 여인. 트로이 전쟁의 간접적 원인 제공자.
4) Georg Friedrich Grotefend(1775~1853): 독일의 문헌학자. 설형문자의 해독을 시도한 최초의 학자들 중 하나.
5) Jean-François Champollion(1790~1832): 프랑스의 이집트학자. 영국의 토머스 영과 함께 로제타석(비문이 새겨진 이집트의 돌)의 상형문자를 해독했다.
6) Henry Creswicke Rawlinson(1810~1895): 영국의 동양학자. 설형문자의 주요 해독자.

제34장
:
렘브란트

렘브란트의 수많은 화폭에는 몹시 절박한 현존이 담겨 있다.

화폭이 주는 선물, 일간지에서 읽은 정보에 실려 오는 현재보다 더 활기차고 더 현행의 현재.

광명보다 더 집요한 빛.

스톡홀름의 박물관에서 겨우 칠해진, 가까스로 거무스레한 색깔이 도는 렘브란트의 대형 화폭이 있다.

밤이 될 듯 말 듯한.

시간의 지배를 받는, 시간에서 비롯되지만 17세기에서 비롯되지는 않은, 거무스레한 공간의 이곳저곳을 흥건히 적시고 있는 이 시간은 어떤 것인가?

수잔은, 예루살렘에 있는 남편의 비밀 정원에서, 담장으로 남자들의 시선을 피해서, 튜닉을 걷어 올리고 물속에 발을 담근다.

마찬가지로 우리가 노출하는 신체의 일부는, 몸에서 천들을 떨쳐냄으로써, 몸의 구석구석을 비추는 원천과는 다른 원천으로 인해 반짝이고, 부풀어 커지고, 낮과 도시와 역사의 시간들에서 분리되는 어떤 시간을 떠오르게 한다.

제34장

과거에서 분리되는 시간.

수잔이 손으로 가리는 무엇과도 같은 옛날.

제35장
:

 옛날과 행복들 간에 유지되는 관계 중에서 프랑스산 포도주의 특수성에 대해 언급할 필요가 있다. 프랑스산 포도주가 육체를 엄습해서 황홀하게 만드는 힘의 근원은 그것이 과거와 맺은 관계에 있다.
 로마인들에 이어 프랑스인들은 계절이 지닌 유일한 것을 병에 넣음으로써 계절을 보관하기로 결정했다.
 모든 포도주는 교환 불가능한 한 해이다. (그런데 동전이 아니라면 교환 가능한 것은 아무것도 없다는 사실을 덧붙여야겠다. 그 나머지는 전부 교환 불가능하다.)
 하나뿐이며 말로 표현될 수 없는 지나간 것의 쾌락, 그것은 행복이다.
 죽은 자들이 이러한 쾌락을 그들의 삶 너머로 우리에게 제공한다.
 이 세계의 북쪽에 사는 사람들처럼 이렇게 말할 필요가 있다. '옛날과 관련해서 사발은 오래된 해골바가지이다.'

제36장

프랑스

프랑스에서 사람들은 유령처럼 교활하다. 그들은 유령처럼 거짓말쟁이들이다.

어부들의 버들광주리에 들어 있는 가장 어린 잉어들의 나이가 8백 살이다.

버섯들의 갓 밑에서 순록 뼈로 만들어진 빗들을 줍는다.

진회색 조개탄을 들출 때마다 그 밑에 깔린 지하실의 흙더미에서 금화가 한 닢씩 나온다.

*

프랑스는 유령이 출몰하는 나라이다. 그곳에서 과거가 새어 나온다.

그곳의 하늘은 오래된 섬광(閃光)이다.

아주 미미한 발광(發光)이 조그만 이 나라의 종탑과 지붕들로 퍼지는 투명하고 거침없는 빛에 추가된다.

녹색 평원의 외딴 마을들에는 숨어 있는 흔적들이 산재한다.

제36장

외호(外濠)에 남겨진 로마의 폐허, 빵집 부근의 두 눈이 상반된 코르시카-사르데냐[1]의 석재 입상, 강가에 설치된 토르[2]의 망치, 성당 아래 자리한 메로빙거 왕조의 무덤, 최초의 인간들에 의해 채색되고 가시덤불이나 언덕의 키 작은 떡갈나무로 입구가 가려진 동굴, 물속 깊이 가라앉은 그리스 항아리, 캅카스[3]에서 바스크[4]로 곧장 전해지는 옛 노래, 도처에 보이는 로마의 예배당들이 있다.

프랑스, 그것은 나라가 아니라, 시간이다.

*

독일 아래쪽에 노르망디가 있다.
베르하임 아래편에 모르파[5]가 있다.

*

성당 근처, 원기둥 모양의 낡은 탑 부근, 죽은 자들에게 바쳐

---

1) 이탈리아 반도 서쪽 해상의 섬들로서 코르시카는 지중해에서 네번째로, 사르데냐는 두번째로 큰 섬이다.
2) 초기 게르만 민족의 신. 벼락을 상징하는 그의 쇠망치는 그를 연상시키는 특징이다.
3) 러시아 남부에 위치한 볼쇼이 캅카스 산맥.
4) 프랑스 남서쪽 끝에 위치한 지방.
5) 프랑스 일드프랑스 지역의 마을.

제36장

진 기념물 가까이, 마을의 중심에 있는 집, 옛 사제의 사택, 엄마가 심은 보리수, 보리수 냄새를 풍기는 검은 그림자, 정원의 나지막한 담장에 앉은 꾀꼬리, 개암나무 수풀 바로 뒤편의 세계를 발견하자 동그래진 아이들의 눈, 도처에 흐드러지게 핀 하얀 카네이션, 베르하임의 제단 한가운데 놓으려고 꽃병에 꽂아 온 빨간 글라디올러스.

제37장

:

자연이란, 그 자신의 '왕국'에 고유한 세 개의 '계(界)' 이쪽에서 인간이 펼치는, 빛을 발하는, 해가 비치는, 대기의, 출생의, 지상 최대의 쇼라는 것이 나의 주장이다.

그것은 협상되지 않은 합의이다. 경험이 흘러들고, 점진적 일체화에 힘입어 팽창시키는 합의이다.

그것은 오락이다.

그것은 우리 내면에 원천을 재현한다.

그것은 자신의 *prius*[1] 안에서(자신의 본래 형태 안에서가 아니고, 특별한 시기나 이미 경험된 단계들 안에서도 아닌) 원천을 재현하고recrée 즐겁게 한다récrée.

Natura(자연)는 *idem*(동일자) 안에서 모색되는 어머니이고, 숲과 산을 돌아다니는 자가 피로에 지쳐 숨을 헐떡이며 휴식을 취할 때, 의미론적이 아니라 전(前) 언어적으로, 전 문화적으로, 전 인류적으로 문득문득 알아보는 어머니이다.

---

1) '먼저' '예전에' '옛적에'를 뜻하는 라틴어 단어.

제37장

(진짜 오락은 잠과 모든 여행의 모델인 꿈이므로.)

계(界)는 감각이다. 냄새, 색깔, 질료, 체액, 피는 출생의 사건에서 발견을 되풀이하는 발견의 영혼에 관계된다. 그것은 알아봄 reconnaissance이 아니라, 글자 그대로, 해체된 음절 그대로 다시–함께–태어남 re-co-naissance이다.

모르는 것과 더불어 모르는 것의 발견을 반복하기.

공제되지 않는 선(先)양도의 반복, 그것은 '이미 알았던 것으로 판단하기'라는 의미에서 알아보거나 '정체성이나 부자 관계를 드러내기'로서 알아보는 게 아니다. 그것은 다시–함께–솟아오르기 re-co-surgir로서 다시–함께–태어나기 re-co-naitre이다.

*

오락이라기보다는, 알아봄이라기보다는, 아마도 더 단순하게 재용출(再聳出)이라고 말하는 편이 낫겠다. 우리는 추방된 자로 태어남으로써 솟아오르는 자로서 태어났다.

*

언어가 부재하는 유아기에는 시간이 길게 느껴지지 않았다.

액체의 세계에서는 참을성도 욕구불만도 언어도 의식도 정체성도 존재하지 않았다.

제37장

　동화 나라의 시간은 정태적 시간의 나머지, 시간 이전의 나머지 시간성, 배고프면 먹고, 꿈꾸면서 마시는데, 늘 배고픈 탓에 노는 시간이다.
　권태, 끔찍한 권태는 전혀 어린애다운 것이 아니다. 전적으로 미숙한 것이다.

*

　나중에, 마찬가지로, 나이가 들어 쇠약해진 육체. *infans*(말 못하는 유아)에게는 놀이가 있지만, *puer*(미숙한 자)에게는 권태가 있다. 언어의 영향권에 있는 것은 모두 지겨운 것이다. 언어 없이 지내는 것은 모두 회귀해서 다시 육체와 감각과 격정의 밀도를 높인다.

*

　과거는 꿈의 시간이다. 꿈은 출생을 다소 되찾는다. 날마다 밤이 끝날 즈음에 꾸는 꿈이 여자들에게서 어미의 해산이 아니라 어린애의 출생을 되풀이하는 그만큼 말이다.
　밤이 끝날 즈음에 꾸는 밀실 공포증을 일으키는 무서운 꿈은 육체를 깨워 다시 하루를 맞도록 한다. 꿈은 사라진 자들이 깨어나는 시간이다. 새들은 죽은 자를 깨우고 살아 있는 자를 잠들게 한다.

제37장

어떤 노래는 살아 있는 자를 잠재운다. *regressus ad uterum*(모태로의 회귀)는 살아 있는 자가 자신을 수태시킨 흥분된 장면과 자신을 세상에 태어나게 만든 고난의 장면으로 돌아가는 귀환이다. 밤은 그것의 내용물인 꿈처럼 흘러간다. 자궁 속의 삶처럼 지나간다. 살아 있는 자는 쾌락의 짧은 신음 소리를 통해서만 자궁 속의 삶을 경험할 수 있다. 신음 소리가 자궁 속의 삶을 시작하게 만들기 때문이다.

우리는 낙원의 여파 속에서 일어나는데, 그 낙원의 이름이 옛날이다.

*

마랑데가 루이 13세 치하에서 썼던 글을 여기 옮겨보겠다. "기억은 인간과 짐승에게 공통된 것일지라도, 적어도 레미니상스[2]만은 인간의 특성이라고 말할 수 있다. 그 이유는 레미니상스가 사실 오래전의 잉걸불의 흔적 위에서 언어의 충격으로 우리 내면에 형성되는 어떤 크림이나 거품과 본질적으로 다르지 않기 때문이다."

---

2) reminiscence: 과거의 일이 돌연 상기되는 무의지적 기억.

제38장
:
아하가르의 동쪽에서

 사하라가 언제나 사막이었던 것은 아니다. 아하가르[1] 동쪽의 타실리나제르[2]에는 붕괴상(崩壞狀)을 띤 거대한 풍경이 높이 솟아 있었다. 울퉁불퉁한 거대한 암석들의 하부에는 사냥꾼들의 사회에 이어 목동들의 사회가 새겨놓은 사자, 해마, 코뿔소, 코끼리의 모습들이 그려져 있다. 초라한 은신처의 여명 속에 감춰진 이들 야수의 그림들은, 채색 보존의 공로자인 방해석(方解石)에 가려진 채 명상에 잠겨서, 자신들을 바라보는 눈길조차 거의 없는 고독 속에서 살아남았고, 시간의 소멸시효와 불모의 열기를 버텨 냈다.

 웅크린 한 사냥꾼이 암소의 쇠똥을 훑고 있다.

 코뿔소보다 훨씬 덩치가 크고 얼굴을 가린 한 인물에게 위협당하는 코뿔소에게 한 사냥꾼이 비역질을 한다.

 겨울이 삼켜버린 것을 봄이 재생하는 일은 생명 유지에 필수적이다.

---
1) 사하라 중북부 북회귀선 상의 넓은 고원지대.
2) 사하라 중부(알제리 남부)의 고원지대. 19세기에 선사 시대의 동굴벽화가 발견된 곳.

제38장

 시간이란 사계절로 이루어진 하나의 원이었다. 모든 계절은 시간을 돌아오게 하는 데 쓰였다. 즉 어둠 속에 태양이, 겨울 안에 식물이, 하늘에 지(至)를 나타내는 별자리가, 이주에 철새들이, 소생하는 식물 속에 작은 곤충들이, 죽음 속에 조상의 재생이 나타나게 하는 데 쓰였다.

*

 메삭[3]의 암벽화에는 바닥에 등을 대고 누워 두 팔을 들어 올린 한 남자와 그의 두 다리 사이에서 그의 페니스를 입에 물고 있는 개 한 마리가 그려져 있다.
 선사학자 이브 고티에[4]는 오늘날도 오럴 섹스용으로 개를 사육하는 종족에 대해 언급한 바 있다.
 와디 임라웬[5]의 괴석은, 마녀 잔 다르크가 루앙에서 화형을 당한 지 295년 후에, 즉 구체제 하에서, 프랑스의 그레브 광장에서 행해진 마지막 화형을 떠올리게 한다.
 1726년 5월 25일이었다.
 데쇼푸르라고도 불리는 갈색 옷을 입은 프레오 후작은, 비역

---

3) 리비아 남서쪽의 고원. 선사 시대에 새겨진 암벽화가 있는 곳으로 유명하다.
4) Yves Gauthier: 프랑스의 선사학자.
5) Messak Mellet(백색 고원)이 아닌 Messak Settafet(흑색 고원)에 있는 wadi(사막 지역에서 볼 수 있는 말라버린 물길 중의 하나.

제38장

질용 개를 암거래했다는 죄목으로, 한마디 변명의 기회조차 없이 목 졸려 죽은 후에 불태워졌다. 고소장에 의하면, 자칭 후작이라는 므시외 데쇼푸르가 무프타르 거리의 장 도르궤유의 상점에서 쾌락용으로 훈련시켜 파는 개들을 구입했다는 것이다.

*

사라진 시간에게 기별하는 것은 사라진 시간이다. 사하라는 이제 자갈들의 방목장에 불과하다. 그곳을 방문하는 일은 숱한 비명 소리와 엄청나게 흘린 피의 덕분으로 어느 정도 금지되었다. 우리의 세계도 돌멩이 숲으로 변했다. 우리가 만든 커다란 강철 새들이 머리 위로 지나가며 요란한 소리를 낸다. 우리가 만든 네 발짐승들은 철판으로 되어 있다. 저 아래, 뜨거운 암석들에 뚫린 구멍 안에서는 채색화의 기린들이 3천 년에서 1만4천 년 전 이래로 침묵에 잠긴 채 물의 추억을 지키고 있다.

제39장
아침

해면(海綿) 안에서 과거는 쾌락이다.

아주 부드럽고 말랑말랑한 해면은 원생동물 마술사이다.

잠이 깨서 아침에 하는 목욕—미지근한 양수를 떠올리며 하는 물의 세례.

제40장

:

낙원

트래헌[1]은 1660년에 시집 『수백 년 *Centuries*』를 출간했다. 그의 글이다. "시간은 삶이 지속되는 내내 우리를 지상의 마지막 낙원에 머물게 한다. 원죄는 여자와 남자 들에게 주어진 낙원이다. 우리 모두는, 즉 여자와 남자 들은 그런 줄도 모르고 줄곧 에덴에서 살아간다."

*

나의 스승[2]은 포르뷔르흐[3]에서 이렇게 썼다. "우리는 행복 안에 포함된다. 우리의 삶은 기쁨이었던 옛날의 무엇을 소비한다. 기원 안에서 우리 모두가 생생한 지복(至福)의 폭발과 일체를 이루었었다."

---

1) Thomas Traherne(1637~1674): 영국의 시인.
2) 스피노자(17세기 네덜란드의 유대인 철학자)를 가리킨다.
3) 네덜란드 헤이그 부근의 도시. 스피노자는 이곳에서 7년(1663~1670)간 살았다.

제40장

그는 히브리력으로 5393년 키슬레브 달[4]에 태어났다.
기독교력으로는 1632년 11월에 태어났다.
모세도 히브리 달력을 알지 못했다.
그리스도도 기독교 달력을 알지 못했다.
어머니의 이름은 한나 데보라였다.
그녀는 그가 여섯 살 때 죽었다.
그는 에덴동산의 문을 다시 열었다. 그는 파문당했다. 그날 이후로 라틴어로, 즉 죽은 자들의 언어로 돌아섰다. 그 언어로만 글을 썼고, 그 언어로만 말했다.

*

9세기에 모술[5]의 사제였던 모제스 바르 세파스는 고대 시리아어로 세상에서 가장 아름다운 책을 저술했다. 그 책은 7백 장(章)으로 구성된다. 모제스 바르 세파스는 자신의 메모장들을 총망라하여 『낙원에 대한 해설』이란 제목을 붙였다.
모제스는 행복에 관련된 온갖 세부 묘사를 책 안에 전부 기록했다.
에덴동산에서의 행복.
최초의 육체적 쾌감.

---

4) 그레고리력으로 11월과 12월 사이의 달에 해당된다.
5) 이라크 북서부 니네베 주의 주도.

제40장

이브와 아담이 알몸으로 나무숲 속에서, 뱀들 옆에서, 열매를 고르면서, 나뭇잎들을 어루만지며 느꼈던 최초의 행복.

*

우리는 어머니의 배 속에서 알몸이었다.

우리는 나체이기에 앞서 알몸이었다. 우리가 모방하다가 대체하는 목소리의 명령에 앞서 알몸이었다. 획득된 목소리에 불복하기에 앞서 알몸이었다. 그룹의 목소리가 내면의 목소리(수치심)로 되기에 앞서 알몸이었다. 죽음에 앞서 그리고 신의 땅 끝에 있는 서방을 향한 시간의 방랑에 앞서 알몸이었다.

*

에덴, 머나먼 나라, 산꼭대기의 동굴, 독수리 둥지, 파괴된 신전, 파괴된 신전의 벽, 고사리들이 자라며 녹색 메꽃 잎들이 뚫고 나오는 부서진 신전의 벽, 탑의 내부에 있는 금지된 방, 수사슴, 암사슴, 곰, 멧돼지, 늑대, 매, 독수리들이 우글거리는 거대한 숲 속 깊은 곳의 희끄무레한 외딴 성.

행복했던 그곳으로 돌아가려는 욕망이 늘 우리의 마음을 설레게 한다.

경이롭고 어두컴컴한 그곳이 어디인지 이제 우리는 잘 알지 못

제40장

한다. 우리가 대기의 공기와 처음으로 접촉하던 때로 거슬러 올라가면 공간 속에 있으리라 믿을 따름이다.

*

인디언 수족[6]의 말이다. "갓난애가 어머니 심장의 고동 소리를 좋아하는 것과 마찬가지로 우리는 이 땅을 좋아한다."

*

내가 누구보다 좋아하는 우리 가문의 일원이며, 지난 세기의 수용소에서 돌아온 한 남자가 내게 말하기를, 기억의 활동은 너무 생생한 힘이어서 공포를 불러일으킬 수 있다고 한다.

의도적인 회상의 즐거움은, 노화로 인해 구속을 받긴 하지만, 되살아나는 비탄보다 훨씬 큰 것이다.

사람들은 두려움보다 훨씬 강한 기억들이다.

[6) 북아메리카의 인디언 종족. 라코타, 나코타, 다코타라고도 불린다.

제41장

:

 우리가 어디에 있든 무엇을 보든 시선에 지속적으로 남는 얼굴들이여.

 사랑의 시초는 언제나 이미지이다.

 끈질기게 보이는 이미지.

 낮에도 무의지적으로 보이고(환영), 무의지적일 뿐 아니라 밤에도 (꿈에도) 보이는 이미지. 아랍 설화의 한 주인공이 느닷없이 사랑에 빠지고 있는데, 바야흐로 자신이 사랑하게 될 여인의 얼굴을 뚫어지게 바라보며 희한하게도 이렇게 중얼거린다. "지각이여, 이미지가 되어라. 이미지여, 작아져라. 이미지여, 내 눈꺼풀 아래의 네 길을 가라. 이미지여, 내 심장의 핏속으로 들어가라."

제42장

나는, 보게 되면서가 아니라 출생 이후로 줄곧, 어둠 속에서 동트는 새벽을 좋아한다. 잠에서 깨어나, 옅어지는 어둠 속에서, *visibilia*(볼 수 있는 것들)의 출현을 바라보는 것을 좋아한다. 그래서 재빨리 침대에서 나온다. 나는 밤의 꿈을 좋아하는 만큼 낮의 꿈을 싫어한다. 어둠을 뚫고 들어와, 곧 찢어발기는가 싶은데, 어느새 어둠을 지워버리는 빛이 좋다. 희미한 빛이 형체 없는 동물처럼 어떻게 어둠을 갉아먹는지 그 방식이 궁금하다. 구름 한 점 없는 빛은 어느 것이나 으뜸가는 뜻밖의 선물로서, 이내, 재빨리, 절대 진정되지 않는 기쁨으로 변한다. 마음속에서 빛의 본성에 대한 의혹이 생겨났다.

빛은 보이고 싶어 한다.

꽃들의 빛은 보여주고 싶어 한다. 태생동물들의 빛은 서로 바라봄을 보여주고 싶어 한다. 빛은 놀란다. 새들의 빛은 동트는 시간에 지저귐으로 변한다. 인간들의 빛은 심지어 엿보기의 대상이 되려고 한다. 그들이 동굴로 내려와 스스로를 알아보고 엄청난 감동에 휩싸이고, 부활과 귀환의 느낌을 받을 정도로.

제42장

　동굴 깊숙이 숨었던 아마테라스[1]가 불쑥 나타나 다시 세상을 비춘다.

　눈총은 모험을 추구하며 맹위를 떨치는 태양의 연이은 폭발의 결과이다.

　내가 제기하고자 하는 문제를 아스텍[2] 사람이라면 이렇게 표명했으리라. "'눈총으로 죽이다'는 그로 인해 가능해진 육식 습관보다 선행한다."

　포식자(捕食者)의 바라보기는 만족을 모르게 된 기쁨이다.

---

1) 아마테라스(天照) 혹은 아마테라스 오미카미(天照大御神)는 일본 신화에 등장하는 태양신으로 일본 고유 종교인 신토 최고의 신이다.
2) 15세기부터 16세기 초까지 멕시코 중부와 남부에서 큰 제국을 지배했던 부족.

제43장
:
흰색에 관한 개론

최초의 정자는 분출하는 순간에 더욱 희다. 투명성이 정자를 위협한다. 차츰 죽음처럼 퍼진다. 온기가 줄어든다. 그러고 나서 냄새가 사라진다.

아오리스트는 흰색에 끌린다.

노화 그리고 아오리스트적 희어짐.

대기(大氣)에 나와서 먹는 최초의 음식, 그것은 아직 젖의 양태로서의 어머니이다.

젖의 아오리스트적 흰색.

*

가장 오래된, 기억할 수 없는, 사고(思考)의 빈칸들blancs인 흔적들의 하얀blanche 초시간성.

*

제43장

프랑스의 왕 앙리 4세[1]와 그의 흰 수염에 관해서 두 가지 설이 전해진다.

1585년 7월에 프로테스탄트 신앙을 금지하는 내용의 공문서[2]를 읽고서 앙리 4세의 콧수염 절반이 갑자기 희어졌다.

파리에서 성 바르톨로메오 축일[3] 하룻밤 새에 나바라 왕의 콧수염이 하얗게 세었다.

*

왕은 "내일, 내일, 또 내일, 날마다, 잿빛 죽음의 길에서" 흰 수사슴을 사냥한다.

시간이 하얘진다.

---

1) 부르봉가 출신으로는 최초로 프랑스의 왕이 되었다(재위 1589~1610). 원래는 프로테스탄트였으나 종교전쟁이 끝난 뒤 파리를 얻고 프랑스를 재통일하기 위해 가톨릭으로 개종했다(1593).
2) 1854년 앙리 3세의 동생 프랑수아(왕위 계승권자)가 죽자, 위그노(프로테스탄트)의 지도자인 나바라의 왕 엔리케 3세(재위 1572~1589. 후에 앙리 4세가 된다)가 왕위 계승권자가 된다. 그러자 긴장한 로마 가톨릭 세력들이 기즈 공작의 주도하에 신성동맹(16세기 말 프랑스 종교전쟁 당시 로마 가톨릭 신자들이 모여 만든 단체)을 재결성한다. 신성동맹이 스페인의 후원을 받으며 프랑스 전역에서 대중의 지지를 얻게 되자, 궁지에 몰린 앙리 3세는 하는 수 없이 회유 차원에서 프로테스탄트 신앙을 금지시키는 '느무르 협약'(1585년 7월)에 서명하게 된다.
3) 프랑스의 가톨릭 귀족과 시민들이 카트린 드 메디시스의 음모에 따라 파리에서 위그노들을 학살한 사건(1572년 8월 24~25일).

제43장

*

백발은 어디에 소용이 있을까?
웃기는 데.
날치를 유인하는 데.

*

눈(雪)은 최초의 신들이 있을 때부터 줄곧 내리건만,
오늘 아침의 눈처럼
이렇게 새로운 적은 결코 없었다.
고대 일본인들의 속담에 의하면 그런 게 바로 옛날이다. 줄줄이 이어지는 대용 현재들보다 옛날은 훨씬 더 현재의 기원이다.

*

겨울이면 세상이 희어지기를 멈춘다.
시간 자체가 겨울의 색깔을 고백한다.
앞발로 신발 끈을 움켜쥐고서 뒷발로 걷는 체하는 자들의 발꿈치가 푹푹 빠지는 해변에서, 점점 더 희어지는 거품이 수면 위로 솟은 축축한 시커먼 바위 위로 다시 떨어진다.

제44장
:
2002년 초 욘[1]에 내리는 백설(白雪) 소나타

닉스[2]가 얼어붙은 작은 원반이 되어 겨울 햇빛에 반사되어 반짝이며 떨어진다.

눈은 강 표면의 얼음 위로 그리고 분설(粉雪)에 덮여 고요한 강가의 정원 위로 내린다.

하늘의 한 부분은, 구름 한 점 없이, 몹시 새파랗다.

나머지 하늘은 전속력으로 흘러서 멀어지는 어두운 회색 구름에 덮여 있다.

*

정원의 한끝에 있는, 강가의 개암나무와 사과나무 바로 맞은편의 외딴 집이 온통 하얗다. 내가 사는 집이다.

*

---

1) 파리 남동쪽 110km에 있는 지방. 이곳의 군청 소재지 상스에 키냐르의 집이 있다.
2) Nix: 게르만 신화에 나오는 반인반어 모습의 물의 요정.

제44장

점점 하얘지고 낮아지고 얕아지며 줄어드는 하늘을 바라보는데, 저 위에서 뭔지 알 것 같은 소리가 들려왔다.

소리를 더 잘 느끼려고 나는 눈을 감았다.

그 소리는, 어린 시절에 세상에서 내 마음을 사로잡는 유일한 것이라고 온몸으로 느끼며 귀를 기울이던 음악과 마찬가지로 감동적이고, 절대적이고, 애절하고, 약간 떨리면서, 비장했다.

희미한 소리이다.

그 소리에는 모든 음악에서처럼 소멸하는 무엇이 있다.

눈(雪)이 움푹 꺼지는 소리를 말하는 것이다.

*

제 안에서 스스로 용해되어 사라지는 눈의 노래는 합창이다. 합창 소리가 들리는 곳으로 나는 차츰 다가간다.

나는 겨울이 오면 밖으로 나가 합창을 듣는다.

*

자연언어로 뭐라고 말하든, 눈은 녹는 게 아니다. 눈 자체의 무너짐, 눈 구조의 와해, 그것이 소위 녹는다는 것이다.

융해는 소리 없이 진행되지 않는다.

제44장

날이 포근해지면 나는 길을 나서지도 집 안에 박혀 있지도 않는다. 늙으면서 점점 더 예민한 사람이 돼버렸다. 사그라지는 눈의 소리, 쇠(衰)하는 흰색의 소리를 들으러 나간다.

눈이 결별을 고한다.

자신의 구조물을, 말하자면 역순으로, 리듬에 맞춰 분해하고 자신의 질료 안에서 분해되면서 더욱 다공질이 되고 더욱 투명해진 눈이 '아듀'라고 말한다.

*

베르하임의 세계에 관한 첫번째 책에 나는 이렇게 썼다. "제자리를 잡았던 모든 것이 차츰 대칭적으로 해체되었다."

앞으로 나갔던 모든 것이 뒤로 물러섰다.

모든 것──존재, 색깔, 사물, 감정──이 허위로 변했다.

*

모든 것이 이상하게도 줄어들면서──소멸하면서──바스락거린다.

*

제44장

눈을 뜨고서 음악을 듣기가 내게는 무척 어려운 일이다.

*

눈이 녹는 것을 바라보아도 대단한 것은 보이지 않는다.

녹을 때, 적어도 눈 밑으로 작은 물고랑들이 생기기 전까지는 말이다.

추위 속에서 나는 눈꺼풀을 닫았다.

이따금 간신히 눈꺼풀을 들어 올리고, 내 발치에서 눈이 물웅덩이로 변하는 모습을 지켜보았다.

눈에 구멍이 뚫리면서 수많은 작은 물웅덩이가 생겨나더니 이내 톱니 모양으로 들쭉날쭉해지며 차츰 넓어졌다.

눈은 또렷이 한 음씩 이어지는 조율이 잘된 정확한 소리를 냈는데, 주파수가 낮은, 거의 콘트랄토[3]로 자주 내려가는 이 소리에 돌연 부딪치는 소리가 섞이는가 싶더니, 느닷없는 침묵에 뒤덮였고, 붕괴된 결정(結晶)들 아래로 물이 쏟아지면서 눈에 구멍이 뚫렸다.

뒤늦게 메아리가 울렸다.

번개와 천둥이 일치하지 않는 것처럼, 돌연 솟구치는 빛과 요란한 굉음이 폭풍우의 오페라에서 결코 서로를 예시할 수 없는

---

3) 여성의 최저 음역.

것처럼.

 눈 밑에서 진행되는 용해와 표면에 구멍이 뚫리는 소리는 동시적(同時的)이지 않다.

 마치 지상에서는 두 세계가 결코 정확히 부합할 수 없을지라도, 두 성(性)이 심연처럼 무한한 만큼 쾌락적이기도 한 가능성 내에서 그럭저럭 짝을 짓듯이, 서로에게 다소 짝이 될 법한 반영들을 되는대로 맞춰보는 것과도 같은 것이다.

 쌍을 이루지 못한 동시적이 아닌 반향으로써 두 세계는 서로에게 자신의 우레나 용해를,

 자신의 용암이나 빙화(氷化)를,

 자신의 번개나 두 눈[目]의 존재를 알렸다.

 오직 사라짐이나 돌풍 속에서만 두 세계를 서로 열망하게 만드는, 자취들과 흡사한 대립된 세계들,

 이러한 비동시성은 죽음 자체를, 물 자체를 끊임없이 망설이게 한다.

*

 처음에는 10상팀 동전만큼 뚫렸던 구멍들이 10프랑짜리 옛날 동전만큼 커졌다.

 둥그레지는 두 눈.

 Hallucinari[4]는 고대 로마에서 통용되던 수수께끼 같은 말이

다. 어원을 알 수 없는 단어.

*Allu*는 바다표범들이 두꺼운 얼음 표면에 뚫어놓는 구멍을 가리키는 에스키모 말이다. 바다표범들은 밤이나 낮이나 그 구멍을 통해 숨을 쉰다.

*Allu*는 에스키모어로 시선을 의미하기도 한다.

얼음 위에 뚫린 바다표범들의 *allu*는,

지상의 표면에 다다른 저 세계의 시선들이다.

아리에쥬[5]의 동굴에 살던 구석기인들은 산의 얼굴에 난 이상한 균열을 그렇게 불렀을 것이다.

시선이라고.

그리고 그곳으로 들어갔으리라.

---

4) 라틴어 동사 hallucinor의 원형. 꿈같은 생각 속에서 헤매다, 환상에 사로잡히다, 헛된 상상에 속다, 라는 의미.
5) 프랑스 피레네 중부의 산악 지대.

제45장
:
아오리스트

나라는 사람이 언제나 단순과거[1]로 글을 쓰는 이유는 무엇인가? 그것은 내가 단수(單數)로 글을 쓰기 때문이다.

일반적인 것은 무엇이나 반드시 역사적 장면, 즉 내가 솟아나게 하려는 가상의 장면으로부터 전개되어야 한다.

아오리스트는 닿는 것마다 모조리 변형하며 내리는 눈과 마찬가지로 서서히 올라오는 멜랑콜리이다.

아오리스트는 가르쳐주지 않는다.

그것은 사라진 것의 뜻밖의 출현이되 출현 자체도 사라진 것이므로 사라진 것의 출현을 막을 수는 없다. 사라진 것으로 정의된 것은 귀환하지 않는 것이기 때문이다.

옛날의 숙소를 소개하겠다.

Fuit(존재했었노라).[2]

---

[1] 역사적 사실이나 속담, 격언처럼 객관적 진리를 기술할 때 쓰는 과거 시제. 과거의 진리는 현재나 미래에 있어서도 진리임을 시사한다.
[2] 죽음에 대해 노골적으로 언급하지 않기 위해 쓰였던 라틴어 표현. 귀환할 수 없는 존재에 대한 이 표현을 프랑스어로 옮기면 Il n'est plus이다. 옛날은 이 표현 속에 들어 있다.

제45장

Il n'est plus(더 이상 존재하지 않노라).

*

두 살이 끝나갈 무렵 내가 말을 해야 할 순간이 오면 이상하게도 온몸이 긴장으로 완전히 뻣뻣해지는 것이었다. 내게 언어를 가르쳐준 여인이 내 삶에서 사라진 순간 나는 그녀에게서 습득한 언어를 버릴 셈이었을까?

남아 있는 가족, 기억, 여전한 고통, 온갖 흔적들이 더 이상 나를 통해 말하지 않기를 원했던 것일까?

답은 영원히 알 수 없으리라(언어를 버리고 시간에 합류할 수 없으므로).

나는 신화를 만들어내지 못했다.

사라진 옛날에 바짝 달라붙었다.

사라진 언어는 독일어였다.

사라진 여인은 프랑스어를 배우려고 왔던 베르하임의 젊은 독일 여자였다.

나는 욘의 강변에서 아직도 물기로 번들거리는 학대받은 암고양이 옆구리에 몸을 붙이고 옹크린 새끼 고양이 꼴이었다.

고양이의 헐떡임이 차츰 잦아든다. 털에 남아 있던 눈마저 물기에 녹아내린다.

그러다가 얼어서 검은 털에 달라붙는다.

제45장

새끼는 사라지는 온기에 제 몸을 비빈다.

*

사라진 것과 더불어 사라지기.

내가 침묵했던가? 차라리 과거로 언어를 되돌려 보냈었다는 생각이 든다.

언어는, 내가 다시 돌아오자, 사라진 것의 유적(遺跡)으로 변했다. 그리고 내 곁을 떠나버린 그토록 아름다운 금발 여인에 대한 거부로 바뀌었다. 언어의 습득이 예측 불능의 유기(遺棄)와 동시적으로 이루어졌다. 결코 돌려보내질 수 없는 자연언어 속에는 스며든 미움의 흔적이 끈질기게 남아 있다.

*

거트루드 스타인[3]이 물었다. "왜 반과거[4]로 글을 쓰면 행위가 더 완벽한 현재로 느껴지는가?"

그 이유는 반과거가 시간을 바꾸기 때문이다.

루크레티우스[5]는 자신의 대 저서를 이런 문장으로 시작했다.

---

3) Gertrude Stein(1874~1946) : 미국의 시인, 소설가, 극작가.
4) 과거에 있어서의 행위, 상태의 지속이나 행위의 반복, 습관을 나타내는 과거 시제.
5) Titus Lucretius Carus(B.C. 99?~B.C. 55?) : 고대 로마의 시인, 철학자. 유일한 장

제45장

"거리를 두고 지켜보는 것이 중요하다."

왕유[6]는 과거의 자국들이 존재하는 모든 것의 우연성을 *a posteriori*(귀납적으로) 강조한다고 생각했다. 역사상 발생했던 잔혹 행위는 그것에 대한 인식이나 두려움보다 더 감동적이다.

*

Il était... Il allait... Il aimait... Il voulait...[7] 점선 부분을 채워 넣기만 하면 된다. 과거의 용법이 소설 자체이기 때문이다. ait와 lait에 내재된 운(韻)은 사라진 것이 귀환하는 바로 그 순간의 마술적 운이다. 모든 동사에 붙은 동일한 접미사가 동사들을 음(音) 안에 집결시킨다.

빵집에 들어가더니entrait 1백 그램의 효모를 주문해서demandait 서너 번 접은 부드러운 기름종이에 그것을 다져 넣었다tassait.

문장 내에서 접미사가 붙은 동사들의 *inflatio*(팽창).

젖가슴이 부풀듯이 팽창하는 동사들.

부풀어서 곤두서는 성기처럼 커지는 동사들.

"-ait"가 소리쳐 부르는 것은 다른 시간이다.

편시 「사물의 본성에 대하여」로 유명하다.
6) 王維(701~761): 중국 당나라 시대의 시인, 화가, 음악가, 고위 관리.
7) 그는 ……이었다. 그는 ……로 가고 있었다. 그는 ……를 사랑하고 있었다. 그는 ……를 원하고 있었다. 동사의 시제가 반과거이다.

제45장

따스한 시간.

다른 시간은 이곳에, 그리고 자신의 은신처에 있다. 그래서 새로운 세계, 즉 느닷없이 울부짖음, 추위, 젖, 갈증, 허기를 알게 된 세계는 어둡고, 따스하고, 멀리서 여인의 목소리가 들리는, 갈증이 즉시 해소되고 허기가 곧바로 충족되는 예전 세계의 환각을 일으킨다.

더 멀리, 좀더 거슬러 올라가면, 자궁 속의 세계 이전의 다른 절대 세계, **태아**로서 어린애가 체험했던 세계보다 앞선 세계, 보이지 않는 세계가 있다. 성적인, 알몸의, 욕망의 세계가 있다. 환각이 아닌 상상의 세계, 원초적 이성애적 장면의 세계가 있다. 즉, 옛날이 있다.

*

아오리스트의 빛에서, 그 희소성에서, 접미사들의 강한 모음에서 전격적인 기쁨이 번쩍이고 완전히 새로운 빛이 발산된다.

그것은 강도 아니고 바다도 아니다. 제 접미사와 운(韻)을 흥건하게 적시는 원천이다.

멀리, 아주 멀리, 지구의 기원까지 거슬러 올라가면 불을 뿜는 원천이 있어서, 불이 산을 찢고, 지진을 일으키고, 거대한 덩어리를 가른다.

옛날의 분출 가능성. 옛날의 눈부심. 옛날의 쇼크sidération. *Sidera*

는 어둠이 드리워지면 빛을 발하기 시작하는 별들을 가리킨다.

*

아오리스트는 비시간achronie에 연관된다.

단순과거passé simple[8]라고도 말할 수 있다.

매우 단순해서 시제를 작동시키는 유일한 차이가 본래적으로 여겨지는 그런 과거passé.

성적 욕망의 아오리스트는 단순한 존재Simple의 얼굴을 지니고 있다.

프랑스어 *simple*(단순한)은 라틴어 *semel plex*(단 하나의 주름)에서 유래했다.

주름이 하나인 영혼들이 있는 것처럼 주름이 하나뿐인 시제.

단순한 존재들은 언어에서 단어들이 서로 변별되고 분극되듯이 상호 대립하지 않는다.

*

몹시 단순한, 거의 아오리스트적인 단순과거의 *simplicitas*(단순성)와는 대조적으로 아주 복잡한, 너무 복합적이어서 거의 해체

---

[8] 프랑스어의 단순과거는 완전히 지나간 과거의 순간적 행위, 역사적 사실, 진리를 나타내는 데 쓰이는데, 복합과거 사용의 확대로 말미암아 요즘은 주로 문어에서만 쓰인다.

적이라고까지 말할 수 있는 복합과거 passé composé[9]가 있다. 그것은 언어의 과거이다. 이행의 결과로서의 과거이다. 챈도스 경은 (호프만스탈[10]이 그를 위해 1603년 날짜로 1902년에 쓴 허구의 편지에서) 언어야말로 자신이 접촉하는 모든 것을 공격해서 곰팡이가 슬게 만드는 것이라고 말했다. 라틴어로 말하자면 *horror*(공포)로서의 단순과거. 불현듯 모든 것이 늙었다.

명명하기는 세계를 늙게 만든다.

아오리스트적으로 말하면 세계가 젊어진다.

지연(遲延)의 효과로서의 기억, 현실과의 탈동기화(脫同期化)의 격렬한 행위로서의 기억. 항해에 관한 켈트족의 전설은 어느 것이나 사자(死者)들의 세계에서의 동일한 귀환을 환기한다. 선원들이 해변 위에 발을 딛자 모래처럼 바스라진다. 모든 것이 해체된다. 그것이 복합과거이다. 가루가 되는 것은 배이다. 선원들은 자신들이 모래가 되어 사라지는 해변 이야기를 꾸며낸다. 책에 생겨난 회색 반점들이 검게 변한다. 빛이 가늘어진다. 꽃들이 시든다. 얼굴에 주름살이 생긴다. 더 이상 제 얼굴조차 알아보지 못한다. 처음으로 녹음된 제 목소리를 들으면 전혀 자기 목소리로 여겨지지 않는 법이다.

---

[9] 원래는 현재완료를 나타냈으나 사용이 확대됨에 따라 과거의 동작을 나타낸다. 어미만 변화하는 단순과거와 달리 조동사를 필요로 한다.

[10] Hugo von Hofmannsthal(1874~1929): 오스트리아의 시인, 극작가. 그의 작품 『챈도스 경의 편지』(1902)는 언어의 위기를 겪는 작중인물인 작가가 1603년 8월부터 프랜시스 베이컨(영국의 철학자)에게 쓴 허구의 편지들을 그 내용으로 하고 있다.

제45장

*

복합과거에 뒤이어 단순과거가 불시에 나타나게 하려면 전자의 지나감을 느낄 필요가 있다. 어미(語尾)가 탁탁 끊어지는 소리를 내게 하려면 과거가 겨우 감지될 만큼 재빠른 순간으로 강렬하게 사라지는 것을 느낄 필요가 있다. 또한 과거가 지나가는 고통 속에서도 과거와의 동행을 포기해서는 안 된다.

성적 쾌락에서처럼 똑같이 터져 나오는 외침을 억누르지 않을 것.

왜냐하면 이 외침, 목소리에 담긴 인간이 아닌 무엇의 흔적이 기쁨을 배가시키고, 슬픔을 없애주므로.

아오리스트는 이 외침 안에 있다.

모든 목소리를 아오리스트의 외침에 속하도록 할 것.

어떻게 하면 우리의 행위(포옹)가 다른 세계(희미한 지속적 깊이)로 옮겨가게 되는가? 내가 (사회적 무리를 이루고 분화된 작업을 하는 구성원들 간에 합의된 현실에 비해) 다른 세계라 부르는 것, 그것은 동일한 세계이면서도, 공간과 시간에서, 도래와 귀환에서, 상류와 하류에서 좀더 깊고 좀더 강렬하다.

어떻게 하면 돌이킬 수 없는 소년기를 그것이 대체한 매우 심층적인 말 못하는 유아기에 일치시킬 수 있는가? 어떻게 하면 사투리, 모국어, 자국민으로 동화하는 자연언어를 해체하고, 전(前)-언어, 강렬한 언어, 문어(文語)를 되찾을 수 있는가? 그리고

제45장

세상의 풍경에서 옛날이 역력히 드러나게 할 수 있는가?

짧은 접미사에 의해서다.

로[11] 대주교의 거북이는 102세까지 살았다고 한다. 거북이는 주교의 손바닥보다도 작았다. 거북이는 입을 크게 벌리고 요란하게 숨을 내쉬었다.

짧고 거친 숨결이었다.

그리고 등껍질 속으로 머리를 집어넣었다.

*

로 대주교 예하의 백 살 넘은 거북이의 짧고 거친 숨결은 아오리스트를 이룬다.

*

순수 아오리스트가 의미하는 바는, 더 이상 신경쇠약 증세가 없다는 것이다. 시간의 매 순간은 다시는 돌아올 수 없는 장소이다. 미련은 흩어진다. 회한도 더 이상 남지 않는다. 야수의 쩍 벌린 아가리 같고, 지옥의 입구와도 같은 *uterus*(자궁)조차 제게서 나온 육체를 노리지 않는다. 언어에 덧붙이는 사라진 것의 부적

---

11) Laud: 6세기 프랑스의 사제.

인 접미사 덕분에 앞으로는 숨 막히는 해저의 삶도, 대기권 공기의 숨 가쁜 발견도, 불쑥 나타나 아연실색케 하는 친숙한 얼굴들도 우리를 위협하지 못한다.

*

언어의 개입으로 영혼에는 더 이상의 순수 현재가 존재하지 않게 되었다. 배고픔, 만족, 만복(滿腹)상태, 배변의 전적인 동시성이 다른 세계와 더불어 사라진 것이 사실이다. 하지만 어떤 조급한 즉각성은 *infantie*(내가 사용하는 16세기 프랑스어에 속하는 이 단어는, 라틴어 번역가들이 *infantia*의 의미를 담아내기 위해 사용하던 것으로, 소년기를 의미하는 *pueritia*에서 유래한 puértie와 구분하기 위해서였다)[12] 안에서 지속되었다.

자연언어——소년기의 나이, 즉 일곱 살부터 전폭적이고 의식적으로 습득된 언어——에서는 온갖 감동, 맛, 지각, 욕구가 즉시 소급력을 지닌다. 인간의 언어는 그것을 습득하는 육체를 반작용으로 끌어들인다. 분리하는 기호 체계에서 비롯된 누적은 기억을 만들어낸다. 하지만 언어로부터는 반작용이 있을 뿐이다.

언어를 습득하면서 우리는 '순수 현재'를 떠나 '단순과거'를 만난다.

---

12) 라틴어 infantia는 말하지 못함, 유아기, puerita는 소년기를 의미한다.

제45장

볼 수 없는 장면을 위해서.

활발한 퇴적작용.

모든 작품은, 어떤 언어로 씌었든 간에, 표현하는 바와 무관하게 절대적으로 말한다. 음영시인의 노래 속에서 오디세우스가 눈물을 흘리는 것처럼 프랑스어 안에서 라틴어가 말한다.

*

학식 있는 자는 오랜 세월이 흘러도 고대인들의 작품을 읽는다. 그렇게 해서 개인의 삶은 기원 고유의 힘으로 보강된다.

현대 공동체와 그것의 집중된 갈망(사회의 현 상태 유지)에 비한다면 학식 있는 자는 인간으로 육화된 아오리스트이다. 그는 유주성(遊走性)이고, 접미사성이고, 문자성이고, 주변성이다.

*

그리스어 *horistès*는 독일어로 *endliche*(유한한)이다.

아오리스트, *unendliche*(무한한).

*

장엄하고 몹시 하얀빛.

제45장

모든 육체가 붉어져 있다.

사물에 입혀진 색들이 모조리 빛을 발한다. 여기가 어디인가? 다른 세계에 온 것일까? 다른 세계에 닿았는가? 알몸을 힘들게 밀어내며 느끼는 단순한 옛날. 앞으로 나아가는 그곳을 더럽히지나 않을까 살핀다. 신이 거기 있다는 느낌. 가슴이 더 세게 두근거린다. 공기가 너무 순수해서 고통스럽다. 모조리 살피며 천천히 전진한다. 눈이 확대된다. 동공이 아주 하얗다. 눈〔雪〕만큼이나 희고, 눈처럼 빛을 반사하며. 보이는 것과 마찬가지로 새롭다. 눈〔目〕에 보이는 모든 것은 완전히 새로워진 아주 오래된 것, 천연 상태의 습관성, 갓 부화해서 헝클어진 기원 같은 것이다. 껍질을 깨고 나와 세상에 낯선 발을 내미는 새끼 악어 같은 것이다. 이 접미사는 태어나는 구석기 시대이다.

*

거북이들은 작달막하고 가운데가 볼록한 소형 새끼 악어들이다.

지붕의 기와처럼 배열된 가죽 비늘들.

네 발로 전진하는 **아오리스트식 옛날**이다.

어린애였던 나는 모든 동물에게 줄기찬 애정을 지니고 있었다. 하지만 이 세상에서 (형제들보다 더 우애 깊은) 올챙이와 거북이들이 단연 애정의 특혜를 누렸다. 아브르 항구의 폐허에서 늑장을 부리다가 피아노 레슨을 받으러 가는 길에, 나는 항구 연안과 자갈밭 바로 위쪽의 생타드레스 거리에서 파는 민물 거북이 중에서 가장 어린 놈들을 사곤 했다. 거북이 장수는 새끼들만 따로 한 어항에 몰아놓고 지렁이 토막과 부스러기 고기를 먹이로 주었다.

전에는 선원이었던 장수가 묻곤 했다.

"새끼 남생이 한 마리 살래?"

거북이들은 늪의 거무스레한 늙은 개구리들보다 작았다.

갓 부화된 녹색의 새끼 거북이들.

매년 바캉스를 떠날 때마다, 나는 놈들을 늪에, 시냇물에, 뫼즈 강[13]에, 르와르 강에, 세브르의 장바티스트 륄리 관(館) 맞은편 안뜰의 연못에, 칸[14]의 설계도를 보고 만들어진 윗부분이 돌출된 일본식 작은 연못에 넣어주곤 했다.

*

클로드 르 로렝[15]의 회화, 클라우디오 몬테베르디[16]의 음악, 그들이 살았던 시기 사이의 관련성을 고려하기란 어렵다.

멀리서 들리는 놀라운 이 신음 소리, 그리고 멀리 퍼지는 이 빛은 (서로 만난다 할지라도) 대부분 예측이 불가능하다.

---

13) 프랑스 북동부의 강.
14) Louis Isadore Kahn(1901~1974): 에스토니아 출신의 미국 건축가.
15) Claude le Lorrain(1600~1682): 프랑스 로렌 지방의 화가.
16) Claudio Monteverdi(1567~1643): 이탈리아의 작곡가.

제45장

예술작품들의 주변에는 제작 시기를 초월하여 스스로 사유하고 우리로 하여금 자신들을 느끼게 만드는, 동시대가 아니거나 시대와 무관한, 무엇이 떠돌고 있다.

예술 안에는 이 세계에서 끌어낼 수 없는 무엇이 떠돌고 있다.

각 세기에 잠긴 채로 수 세기에 걸쳐 통용되는 예술작품들, 그것은 순수한 새것으로 피어나는 유일한 개화이다.

'계절과 무관한 개화'—인간의 성(性)이 계절성을 떨쳐버린 것과 마찬가지이다.

*

온기가 거북이를 밤 동안의 무기력 상태에서 벗어나게 한다. 거북이는 땅에서 나와 머리를 내밀고, 발들을 뻗어 돌아다닌다. 추위가 거북이를 다시 땅속으로 밀어 넣는다.

작은 파충류는 등껍질 안에 발들을 집어넣고, 머리를 밀어 넣은 채, 꿈속에서 겨울을 피한다.

거북이에게는, 자신 있게 말하건대, 매장(埋葬)이 죽음으로부터 보호받는 길이다.

발들의 활동 시기로 보자면 일조(日照)와 운동성은 같은 것이다.

흐르는 시간의 편린.

第46장
:
*aorista*라는 그리스어 단어에 대하여

2세기 초 알렉산드리아[1]의 아폴로니오스 디스콜로스[2]는 부정(不定)명사들의 집합을 *aorista*라고 부르기로 결정했다. 아폴로니오스는 그리스어에서 찾아낼 수 있는 '가장 아오리스트적인 명사(*onoma aoristotaton*)'의 예로 *tis*를 들었다.

*Tis*는 그리스어로 어떤 사람, *quidam*은 아무 사람, 즉 x를 뜻한다.

그것은 고대 일본에서 옛날이야기를 할 때 서두에 의례적으로 나오는 말이다: 옛날에 어떤 사람이……

*Tis*는 *personnae*(윤리적 얼굴들, 즉 로마 사회의 가면들)보다 더 막연한 사람을 가리킨다. 라틴어에서 그렇듯이 그리스어에서도 '얼굴들'은 나, 너, 라는 인칭대명사이다.

아폴로니오스에 의하면, 아오리스트는 **얼굴들에 대조되는 것을** 정의했다.

---

1) 이집트 북부의 주요 항구도시.
2) Apollonios Dyskolos: 2세기에 활동한 그리스의 문법학자.

제46장

*

*To horizon*은 공간 내에서 지역의 경계를 이루거나 설정하는 것을 정의한다.

*To a-oriston*은 경계가 없는 것이다. 이 말은 경계가 없어서 더 이상 지평선도 없는 것을 정의한다.

*To ek-statikon*은 제자리의 밖에 있는 것을 정의한다. 자신을 벗어나 있는 것. 온갖 상황이 확장되는 지역.

ek-statique[3]라는 단어는 시간 자체를 정의한다.

*

백거이[4]는 이렇게 썼다. "경계가 전혀 없는 옛날."

*

우리는 삶의 초기에 자신이 종속되었던 **아오리스트적 이미지**에 의거해서 살고 있다. 다음은 플로티노스[5]가 『에네아데스』 제3권

---

[3] 프랑스어 extatique(황홀한)를 ex-statique(정태를 벗어난)으로 풀어 썼다.
[4] 白居易(772~846): 중국 당나라의 시인. 당 현종과 양귀비의 사랑을 노래한 「장한가(長恨歌)」의 저자이다.
[5] Plotinos(205?~270): 그리스의 신플라톤학파 철학자.

에 쓴 놀라운 문장이다. "우리는 **아오리스트적 이미지에 따라** *kata aoriston phantasma* 살아간다."

그의 말에 의하면, 에로스의 본질에는 언어가 없는 동시에 경계도 끝도 없다.

Alogos, aoristos, apeiros, 이런 단어들은 플로티노스의 용어이다.

신화의 시간은 지나갔고, 제우스의 정원처럼 고요하고 회의적이다.

서술은 이야기가 생산되는 시간 안에서(*merizein chronois*) 장면들을 '분리하도록' 강요받는다.

존재는 항구자(*to aei*)의 관점보다 존재자(*to on*)의 관점에서 묘사되기가 더 어렵다.

*

끝으로 플로티노스는 플라톤의 텍스트에 아주 치밀한 논평을 덧붙였다. "플라톤이 반과거를 사용했다면, 기원 자체가 자신이 계속해서 드러나는 항구자보다 존재자에 훨씬 더 가깝기 때문이다."

*

그들은 식초가 흠뻑 밴 스펀지를 매달았다. 그리고 그것을 입술 가까이 가져왔다. 그러자 인간의 조건 안에 있던 신이 고개를 숙이고 아랍어로 과거를 중얼거렸다.

그러자, 고개를 떨구고, 그는 숨을 거두었다. (*Et inclinato capite tradidit spiritum.*) 그리스어로도 말했다. "태생동물들이 사는 두 번째 세계의 특성인 대기(大氣)에 그는 자신의 *psyché*(영혼)를 되돌려주었다."

*

Consummatum est. 모든 것이 이루어졌다.[6]

이 말은 신을 정의한다.

신만이 죽음 안에서 무엇을 이룬다.

(신들의 경우에 죽음이란 물론 가짜이다.)

신만이 완결된 아오리스트적 삶, 어떤 경우에도 절단에 의한 훼손이 불가능한 본성을 지닌 무한성 안에서 절단된 삶을 살 수 있다.

인간의 경우에는 삶이 (1) 완성될 수 없고, (2) 중단되고, (3) 예측 불능의 절단으로 여일하게 고통 받는다. 그런 것이 인간에게 적용되는 시간의 조건이다.

여자와 남자 들은 성(性)에 의한 단락에 의해 아오리스트적 삶

---

6) 십자가 위에서 한 그리스도의 말.

을 살게 된다.

무한한 탄식과 더불어 언어로 인해 상실된 것의 노래를 부르게 된다.

*

형태에는 경계가 있다. 형태가 변할 때는 경계가 사라진다. 형태들은 *aorista*가 된다. *aorista*의 수평선에는 형태가 없다. 그것이 시간이다. 칼리스토[7] 안에서 눈이 큰 암곰이 다시 태어난다. 악타이온[8]은 자신을 물어뜯는 개들이 자기 사냥개들이고, 놈들이 찢어발기는 육체가 자신이 사냥을 할 때 자신과 동일시하던 바로 그 육체임을 알아본다. 사냥이 계속될 때 그에게는 며칠이고 육체만 보였고 그것만을 쫓아다녔었다. 악타이온은 이렇게 말하고 싶다. "나는 불행하도다! *Me miserum!* " 하지만 말하려는 욕망을 실현시켜줄 목소리가 없다. 그는 사슴의 울음소리를 낸다. *Vox illa fuit*(바로 그것이 목소리였다). 그의 육체가 갑자기 사슴으로 변한 것처럼 순간적으로 옛날의 기습을 받은 것이다.

---

[7] 그리스 신화에 나오는 요정. 제우스가 칼리스토와의 불륜을 숨기기 위해 그녀를 곰으로(혹은 큰곰자리로) 만들었다.
[8] 그리스 신화에 나오는 사냥꾼. 아르테미스의 목욕 장면을 엿보았기 때문에, 아르테미스가 그를 수사슴으로 만들어 그가 데리고 다니던 50마리의 사냥개에게 쫓겨 죽게 했다고 한다.

제46장

*

형태가 변할 때는 아오리스트가 승리한다.

*

꿈은 육체가 다시 옛날에 잠기게 한다. 즉 불가분(不可分)한 원초적 상태, '자궁-안' 삶의 즉각적 만족 상태에 빠지게 한다. 잠은 Ego(자아)가 용해되어 다시 숨으러 오는 늙은 육체의 주인이다. 잠자는 사람은 옛날로 빠져드는 게 아니라 녹아든다. 옛날 속으로 사라진다. 옛날 깊숙이 용해된다.

제47장

:

별들 한가운데 있는 조그만 땅. 수면 위로 떠오른 땅들의 집합이 일종의 섬을 형성한다. 바다가 그 섬을 끊임없이 침식한다.

바다가 하루에도 몇 번씩 핥아대고, 사람들이 가능한 한 그 쇠퇴를 심화하는 생명의 섬.

대양의 바닷물 너머로, 보이지 않는 곳에 허구의 선으로 그어진 수평선의 경계에서, 불그스름한 시간의 천이 육지 자체를 죄며 뒤덮는다.

수평선은 에레보스[1]의 기슭이라고 엔키두[2]가 말했다.

이 경계선 뒤편에는 햇빛을 빼앗긴 사람들의 세계가 있다고 길가메시[3]가 대답했다.

망자(亡者)들, 킴메리족[4] 사람들, 영원한 어둠과 추위의 피한 객들, 그들이 떠도는 가장자리, 그곳에서 그들은 떨고 있다.

---

1) 카오스의 아들로서 암흑의 신.
2) 『길가메시 서사시』에서 길가메시의 친구이자 동반자로 나오는 야생 인간.
3) 고대 메소포타미아의 영웅. 『길가메시 서사시』에 묘사된 그는 신성과 인성을 함께 지녔고, 위대한 건설자이자 전사였으며, 땅과 바다에 대해 모든 것을 알고 있는 자로서, B.C. 3000년대 전반기에 남부 메소포타미아의 우르크 지방을 통치했다.
4) 캅카스 지방과 아조프해 북쪽에 살던 고대 종족.

제48장

기원의 아들

타히티인들의 신화에서는 아오리스트가 기원의 아들이다. 다음은 어떤 난해한 노래의 가사이다.

"오 형태 없는 자여! 무정형(無定形)인 자여! 아오리스트여!

(그는 탄느 신 자체이다!)

어떻게 형태 없는 것을 만질 수 있는가?

(만질 수 없고 형태도 없는 신은 하늘이다.)

아오리스트는 절대 만질 수 없는 신이다.

(피부 뒤편에 존재하는 어린애. 가면 뒤에 존재하는 신. 거품 뒤에 존재하는 힘.)

기원, 그대야말로 시간(폭풍우 속에서 바다와 거친 물결이 뒤섞이는 곳)이로다.

제49장

:

옛날에 나는 그녀의 말을 이해하려고 그녀의 시선을 찾곤 했다. 시선은 찾을 수 없었다. 얼굴의 윤곽조차 알아볼 수 없었다. 그녀는 빛을 등지고 앉아 있었다.

등 뒤에서 비치는 눈부신 햇살의 강렬한 흰 빛이 이통 강을 향한 방 안으로 쏟아져 들어왔다.

아무리 애를 써도, 꼼짝도 않고 말을 하는 두루뭉술한 모습, 무릎의 맨살 위에 정물처럼 놓인 길고 하얀 손밖에는 보이지 않았다.

그녀의 말이 더 이상 귀에 들어오지 않았다. 나는 침묵했다. 움직이지 않는 손, 무릎 위 혹은 두 무릎 사이에서 빛나는 매우 아름다운 손을 바라보았다.

제50장

테오돌린다 왕비[1]는 울필라스[2]의 복음서를 제멋대로 고쳤다. 피핀[3]의 아들인 샤를마뉴의 군대는 검으로 작센족과 슬라브족을 개종시켰다. 그들은 사라센과 터키의 군대를 물리쳤다. 그리고 공국의 영토를 교황에게 주었다.

799년 성탄절, 교황 레오 3세는 성베드로 성당에서 프랑크인들의 왕의 성유식을 집전했고, 그를 Augustus(아우구스투스)로, 그런 다음 Imperator(황제)로, 그러고 나서 Sanctus(성인(聖人))로 선포했다. 지독하게 모호하고 황당한 방식으로, 너무 고어(古語)라서 부분적으로 불가사의해진 말들을 사용해서였다.

*

---

1) 롬바르드(568~774년에 이탈리아 반도의 한 왕국을 다스렸던 게르만족의 일파) 왕 아길롤프의 아내.
2) Ulphilas(311?~382?) : 아리우스파의 주교. 고트족(게르만족의 일파)을 그리스도교로 개종시키고, 복음서를 고트어로 번역했다. 고트 문자의 창시자이기도 하다.
3) 프랑크 왕국 카롤링거 왕조 최초의 왕 피핀 3세를 가리킨다.

제50장

12세기에 로마의 인구는 4천 명이었다.

아무도 라틴어를 말하지 않았지만 누구나 테베레 강에서 몸을 씻었다. 말라리아가 창궐해서 그들을 고통의 울부짖음과 함께 죽음으로 내몰았다. 폐허가 된 고대 포럼의 벽면과 사원의 대리석 기둥 사이에서 암염소들이 풀을 뜯었다.

이곳에서는, 무성한 토끼풀을 뜯었다.

저곳에서는, 파란 꽃을 뜯었다.

제51장
:

연인들은 열정을 재배한다. 지식인들은 속임수를, 어머니들은 불평을, 사제들은 죽음을, 공안원들은 구속을, 교수들은 일반교양을, 아내들은 질투를, 친구들은 시샘을, 전사들은 증오를, 농부들은 땅을, 어린애들은 옛날을 재배한다.

제52장
:

아오리스트는 어떤 빌미로도 시간의 차원을 넘어설 수 없는 순간을 정의한다.

아오리스트는 분출된 흰 정액 방울을 정의한다. 어둠 속에서, 참는 중에 혹은 기다리는 중에 예기치 않게 뿜어져 나온 정액.

Fons temporis. 시간의 샘.

아오리스트는 화산의 분화(噴火)를 정의한다. 비구획화는 분화적 관계 자체로서, 질주하는 동물들의 동작, 사계절의 땅의 모습, 별이 총총한 하늘의 궁륭, 어둠이 들어찬 공간의 한복판, 그런 것들의 동기성(同期性)을 소멸시킨다.

제53장

예옛날 Jaadis

옛날에 한 사람이. むかし おとこ, 이렇게 일본의 옛날이야기는 시작된다. 옛날 옛적에 한 사람이……

축자적으로 옮기면, Jadis homme(옛날에 한 남자가)……

Jadis *tis*(옛날에 어떤 사람이)……

*

프랑스어 jadis(옛날)의 형태는 Ja-a-dis로 분해되어 그 자체로 Déjà/ il y a/ des jours(이미/전에/수많은 날들)로서 표현될 수 있다. 원천은 앞선 원천을 돌아보게 만든다. 그렇게 옛날은 앞선 것으로서의 시간을 구조화한다.

까마득히 거슬러 올라가면 두 선조 간의 포옹이 있었다.

우리가 볼 수 없는 포옹은 그 자체의 순간보다 최근의 포옹의 순간들 속에서 더 오래 지속된다.

계보는 유성(有性)인 존재들에게 시간의 근거가 된다. 우리는 지금의 우리가 아니다. 우리는 누구나 옛날의 흔적으로서 대기 속에서 나아가고, 빛 속을 뚫고 지나간다.

항상 Toujours (모든 날들 tous les jours) 안에는 어느 하루 *dis*(라틴어로는 *dies*[1])가 있었다. 즉 un jour-avant-le-jour(그날-보다-앞선-하루)가 있는 법이다.

어느 새벽에나 선재(先在)하는 빛이 있어서 여명이 비롯되고 그로부터 차츰 새벽이 자신의 빛을 지니게 된다. 다른 곳의 빛.

*

순전한 exodie,[2] 빛으로 나가기, 밀고 나가기, *phuein*,[3] 샘, *fons*(원천), ek-sistence,[4] issir(나가기)로서의 옛날.

*

프랑스어로 "상식에 아주 어긋난 일이다"라는 표현은 그리스어로 "강물이 원천으로 거슬러 흐른다"는 말로 번역된다.

---

1) '하루'를 뜻한다.
2) 절대 과거를 지시하기 위한 키냐르의 신조어 exodie(ex-dies)는 흐르는 '날(현재)의 밖으로 나가기'를 의미로 짐작된다.
3) '피어나기, 나가기, 밀고 나가기, 낳기'를 의미하는 그리스어 동사.
4) existence(존재)의 어원(sistere, ……의 밖에 있다)을 강조하기 위해 하이데거 같은 철학자들은 'ek-sistence'라고 쓰기도 한다.

제53장

*

옛날은 과거에 비해 반드시 우리가 살았던 적이 없어도 된다는 것이 첫번째 특성이다. 옛날이 존재하는 자들의 수나 존재했던 자들의 수로 나타나지 않는 이유는 아직도 계속해서 솟아오르고 있기 때문이다. 옛날은 과거 전체(한때는 현재였던 과거를 말하고 있다)보다 더 거대한 우물이다. 원천에 한 이미지가 결핍되어 있는 것처럼, 모자라는 한 과거가 있는 것이다. 마찬가지로 물리적 통시성과 인간의 시간을 상반되는 것으로서 대립시켜야 할 것이다.

*

옛날에는 전혀 '예전-플러스Jamais-plus'라는 게 없다. 그날 하루Jour가 있을 뿐이다. 이미 있었던 어느 하루jour. 다시 또 하루. 보다 정확히 말하자면 밤에 대비되는 낮(이러한 인식이 선-인류적이라 할지라도)마저도 없다. '옛날 옛적에'가 있을 따름이다.

원천으로 집중되는 이면에는 분출하기가 있다.

(예전-플러스, 기간 만료, 과잉, 죽음, 귀환 불능은 과거를 구성한다.)

*

제53장

어떻게 하면 인간을 존재로부터 떼어놓을 수 있는가? 과거로부터 떼어놓을 수 있는가? 유전(遺傳)으로부터 떼어놓을 수 있는가? 사회의 영향력으로부터 떼어놓을 수 있는가? 암시적 간과법으로부터 떼어놓을 수 있는가? 과거와 옛날을 대립시켜야 한다.

어떻게 사슬의 고리를 끊을 수 있을까? 인간을 탈사회화할 수 있을까?

회귀로서, 결합으로서 존재에서 나오기는 순수 외출로서 존재에서 나오기에 대립된다. 분출하기 Jaillir로서 존재에서 나오기. **옛날의 솟구치기** *Jadir*로서 존재에서 나오기.

*

메가라[5] 출생의, 에우클레이데스[6]의 제자 스틸폰[7]은 이렇게 말했다. "사고(思考)는 옛날이다."

그는 포도주 원액을 한 잔 마시고 죽었다.

스틸폰은 플라톤주의자로 자처하는 아테네의 한 시민에게 이렇게 말했다.

"당신이 진열대에 늘어놓은 저 야채는 천년도 더 전에 존재했던 것이라오. 따라서 지금 저것은 당신이 보여주고 있는 그대로

---

5) 그리스의 도시.
6) Eucleides(B.C. 450?~B.C. 380?): 고대 그리스의 철학자.
7) Stilpon(B.C. 360?~B.C. 280?): 고대 그리스의 철학자.

제53장

가 아니오. 어느 존재나 모두 자신의 선조란 말이지요. 옛날이 본질보다 우세하고, 일체의 관념화보다 선행한다는 점을 이해하시겠소?"

*

우리는 원천이 아니다. 볼 수 없는 포옹이 우리보다 먼저 있었고, 그리하여 자신에게만 안 보이는 볼 수 있는 포옹들이 끊임없이 반복되었다.

그렇다, 출생 이전에, 삶 이전에, 존재들 이전에도 태양빛이 솟았다.

그렇다, 그날에 앞선 하루, 시간보다 더 오래 지속되는 어떤 하루가 있었다.

Ja y a Dies(이미 어떤 날이 있었다).

*

교육할 수 없는 옛날.

맹목적인 나가기.

Présauvage(선(先)야생의), 더 자연스럽게 말해서 *ante-silvaticus*(야생 이전의).

Antébiologique(선생물체의).

제53장

분화(噴火)하는, 악착스러운, 솟구치는, 길들일 수 없는.

집이 없는, 거처가 없는, *domus*(숙소)가 없는, 예속시킬 수 없는.

위치를 정할 수 없는, 무한한, 단속적인, 충동적인, 예측 불능의 것.

*

옛날은 항구자 le Toujours 안으로는 흘러나오지 않는 것이다.

*

로마에서 플루토[8]는 사자(死者)들의 신이 되었다.

하지만 로마 역사 초기에 고대 로마인들은 그저 디스Dis라고 그를 불렀다.

묘석에는 D.M.이라고 적어 넣었다.

이 두 *litterae*(글자)는 *Dis manibus*(죽은 혼령들의 신들에게)를 의미한다. 죽은 혼령들의 신들이란 사후에 밀랍 모형으로 만들어 보존하는 신격화된 조상의 머리들을 가리켰다. 이런 모형들

---

[8] 그리스 종교의 하데스(지하세계의 신)의 다른 이름. 로마 종교에서는 죽은 자들의 신으로 바뀌었다.

은 *imagines*라 불렸다. 프랑스인들이 사용하는 'lettres(글자들)'와 'images(이미지들)'의 별로 알려지지 않은 어원.

*

시간은 갱신 불가능한 자원이다. (한 방향으로만 흐르는 풍부.) 순수 옛날은 순전한 시대착오이다(이미지가 대상의 부재인 것과 마찬가지로).

*

프랑스의 생시몽[9] 혹은 중국의 조설근[10]의 책들의 논거를 파악하려면, 옛날에 대한 가설로서 하나의 가설을 세울 필요가 있다.

잃어버린 절대 시간의 탐구. 사라진 놀라운 것을 쫓는 추적. 우리가 그 흔적들을 전달받는 어느 아오리스트의 전집. 그 모두가 소리 나는 보석 같고, 보물 창고 같고, 부장품 같고, *agalma*[11] 같은 단순과거, 대과거[12] 그리고 접속법[13] 반과거들.

---

9) Saint-Simon(1675~1755): 프랑스의 군인, 작가. 『회고록』(1694)은 그 시대의 중요한 역사 자료로 간주된다.
10) 曹雪芹(1724?~1763): 중국 청나라 시대의 장편소설 『홍루몽(紅樓夢)』의 저자로 추정되는 인물.
11) 고대 그리스에서 신의 조상(彫像) 혹은 신에게 바치는 봉헌물을 가리키는 말로서 마음을 사로잡는 멋진 대상물을 의미한다.

제53장

현실 아래의 일종의 지옥.

이 세계 아래의 다른 세계.

현실을 떠나지 않는, 현실을 살게 해주는, 존재보다 삶을 강조할 셈으로 미끼 새 역할을 하는 샹젤리제.[14]

순조로운 현재 상태 아래의 폭발성 삶으로서의 어느 옛날.

존재론적 *statue quo*(현상) 아래 선재(先在)하는 야수.

지각(地殼) 밑에서 철이 끓는 것과 마찬가지로.

---

12) 프랑스어에서 어떤 과거를 표준으로 그보다 앞선 과거를 나타내는 동사 시제.
13) 프랑스어에서 주관적 판단에 속하는 사실을 표현하는 데 쓰이는 법mode으로서, 접속법 반과거는 주절의 동사가 과거일 때 종속절에서 쓰여 현재 또는 미래를 나타낸다.
14) 그리스 신화에 나오는 저승의 장소. 영웅이나 덕 있는 자들이 죽음 후에 휴식을 취하는 곳이다.

제54장

:

아시리아-바빌로니아의 모든 신들에 대해, 바벨의 제식서(書)와 노래들은 그들이 불가사의하다고 말한다.

신들의 몸은 *melammu*(위험한 아름다움, 광채)로 둘러싸였다.

사람들을 매혹했던 광휘, 그들이 가장 번쩍이는 물질로 우상을 만들어 모방했던 신들의 몸에서 발산되는 광휘는 그들을 즉사시켰다.

(신들임을 알려주는 눈부신 **아우라**는 신들을 바라볼 수 없게 만들었다.)

본래 아오리스트적인 **아우라**.

신들의 이름이 불가사의하다면, 신들의 성격도, 사고도, 의도도 마찬가지이고, 육체에서 발산되는 힘으로서의 죽음도 마찬가지이다.

신들과는 반대로, 죽은 인간들에게는 힘도, 후광도, 아우라도, *melammu*도 없다.

인간들의 몸을 감싸는 것은 먼지, 허약함, 희미한 빛, 침묵이다.

인간들은 빛을 보지 못한다.

더 이상 빛을 받지도 못한다.

고대인은 옛날 사람의 반대이다. 먼지는 빛을 발하는 황금의 반대이다. 죽은 자들은 과거를 규정한다. 신들은 기원을 규정한다.

제55장
:

　마음속을 들여다보노라면, 어느새 알지 못하는 한 계절을 바라보곤 한다. 그것은 일련의 잡다한 상태로서 내 과거와는 무관하다. 나 자신의 한가운데 자리 잡은 나와 무관함이 나를 불안하게 했다가, 불안이 사라지면서, 안달을 하게 만든다.

제56장

꿈은 부재하거나, 먼 곳에 있거나, 사라졌거나, 죽은 사람들을 이곳에 있는 것처럼 나타나게 해주는 것이다. 이곳이기는 하나 그들이 머무는 '이곳'은 공간의 차원(살아 있는 자들의 경우)도 시간의 차원(죽은 자들의 경우)도 아니다. "그는 꿈속에서 이곳에 있다"라는 말은 시간 이전(그가 꿈속에 있으므로)이며 공간 이전(그가 꿈속에 있으므로)의 어느 이곳을 가리킨다. 꿈속의 '이곳'은 태생동물들이 출생으로 내던져지는 대기 중의 '이곳'보다 앞선 곳이다. 시간은 '이곳'을 찢으러 올 뿐 가져다주지 못한다. 개체 발생이나 계통 발생과 별개로 한 '옛날'이 있는 것이다. 내가 이곳을 옛날이라 부르는 이유는 옛날을 과거 전체와 구분하기 위해서다.

제57장

:

Veni, vidi, vici(왔노라, 보았노라, 이겼노라)[1]

 유마족[2] 인디언들은 살아 있는 사람이라면 누구나 옛날 사람이라고 말한다. 사람은 밤마다 하데스[3]의 세계로 내려가 더 크고 더 빛나는 이미지로 변한다. 아침이 되면, 이미지들에 의해 자극을 받은 연후에, 더 크고 더 부풀어서 돌아온다.

*

 강렬한 현재는 생생한 옛날에 속한다. 진짜로 생생한 현재는 예전에 지구의 중심을 이루었고 지금도 이루고 있는 철의 용암 속에 다시 녹아들어간 끝장난 과거에 속한다. 옛날의 자국은 재용해되어 액체로 변한 이 과거이다. 이렇게 해서 과거는 옛날을 느끼는 자를 자극하고, 감동시키고, 마치 육체의 말단 부위에 나

---

1) 로마의 율리우스 카이사르가 보스포루스의 왕 파르나케스 2세와의 전쟁에서 승리하고 대중들 앞에서 외친 말.
2) 미국 애리조나 주 서부, 캘리포니아 주 남부, 멕시코의 바하칼리포니아 주 북부에 살던 인디언 부족.
3) 어두운 지하세계의 왕.

제57장

타나듯 동사들의 어미에 나타나는 것이다.

*

카와이브족[4]의 꿈들은 과거를 샘으로 만든다. 꿈 이야기를 하기 위해 그들은 샘을 가리키는 접미사를 사용한다. 그들의 언어로 말해지는 **꿈 고유의 아오리스트**의 표지는 *rau*이다.

*

꿈의 시간은 시작의 시간인가? 꿈은 손대는 것마다 모두 살아 움직이게 만든다. 눈앞에 없는 것을 두 눈의 표면에 미리 현실화하는 앞당김이다. 입과 이[齒]에 결여된 것을 나타나게 하는 배고픔이다. 그것은 절대 현재 혹은 적어도 절대 소환으로서, 그리스어의 아오리스트 형태를 지니고 있다.

꿈은 현재의 현재이다.

*

프랑스에서 옛날이야기를 시작할 때 사용되는 시간성은 *Il était*

---

4) 브라질의 마투그로수에 사는 남아메리카 인디언. 투피어를 쓴다.

une fois(옛날 옛적에)이다. 신화의 옛날은 지시하는 것의 부재 속에서 행해지는 직설법[5]현재 —— 꿈 이야기의 속성—와 다르다.

Ce fut(있었다)거나 *Il était une fois*가 증대시키는 환각성의, 불균질한, 확대하는 시간성.

옛날, 곤두세우는 욕망, *einai*(존재)[6]의 하류를 떠나면서 그것은 밀어내려고(그리스어로 *phuein*) 오는 상류의 경험을 고양시키고, 제 가지들을 자라게 하고, 확대되고, 증가되고, 언제나 이미 있었던 과거로서 존재한다.

*

옛날에 목소리도 언어도 기억도 없는 어두컴컴한 융합이 있었다. 동굴이 있었다.

목소리의, 대기의, 욕망하는, 언어의, 기억 가능한 놀음에 걸린 상류에서의 판돈.

정체성에 앞선 판돈 걸기.

꿈은 시간에 앞선 시간이다.

자신에 앞선 사증(査證)이 있는데, 믿기이다. 믿음은 선(先)정체성이다.

---

5) 주관적 감정이 개입되는 접속법과는 달리 동작이나 상태를 현실에 따라 객관적으로 서술하는 법(mode).
6) 그리스어 존재동사(영어의 be동사에 해당)의 부정법infinitif 현재.

제57장

기원에 앞선 사중이 있는데, 매혹되기, 삼켜지기, 먹히기, 용해되기이다.

책은 독자를 인접한 세계들로 빠져들게 만든다. 즉 믿음에, 의미의 섭동(攝動)[7]에, 아연실색에, 삼키기에, 흡수에, 기호들 이전의 의미 작용에.

믿음이란 무엇인가? 신뢰는 나$_{je}$를 함입(陷入)한다.

허구는 다시 빠져든다. 동물학의 함축된 의미 속으로.

의미의 자연스러운 함축 작용(*simplicité*는 최초의 주름인 *semel plex*를 펴서 평평하게 만든다)[8]속으로. 허구는 믿음이라는 융합적 간접 수단을 통해 경계가 없는 것, 즉 *aoristos, aïdēs*의 무한으로 다시 빠져든다.

*

옛날은 가시세계에서의 관람자의 출현에 **선행하는** 영역을 규정한다.

그런데, 그 영역이 기억되기 위해서는, 영역이 잇따라야 한다.

이 지역은 비가시성(가시성 및 그에 따르는 시각을 지닌 자에게)의 특성을 지닌다. 선가시적(先可視的) 세계, 비가시적인 데다 순전히 언어의 분야인 탓에 인류는 원초적 장면을 본능적으로 상

---

[7] 태양계의 천체가 다른 행성의 인력으로 타원 궤도에 변화를 일으키는 일.
[8] 프랑스어 simplicité는 단순성, 라틴어 semel plex는 단 한 차례의 꼬임을 의미한다.

상하는 데 몰두한다. 시간은 예전에서 비롯된 자에게 보이는 예전의 지속적 증여이다.

모든 인식의 상류에 결여된 이미지.

뒤이어 온 자는 언어를 통해서만 정보를 얻을 수 있는 영역.

비가시적 세계에 대한 비현실적 정보들.

*

유마족의 말에 의하면, 노래는 그 자체가 꿈으로서 육체 안에 자기 것이 아닌 다른 육체들을 불러들인다. 때로는 노래가 꿈에 의한 흥분의 열매이기도 하다. 즉, 노래하는 자의 몸에 아홉 달 동안 어린애가 거주하기도 한다. 모든 노래(모든 꿈)는 이렇게 끝난다. "고향을 떠나 나는 가노라. 고향을 떠났노라, 보았노라, 말했노라." 그것은 한 장소에서 나오기이며 과거로 넘어가기이다. 사냥 이야기와 매우 흡사하다. 카이사르가 했던 지극히 간단한 세 마디의 과거 *veni, vidi, vici*와 무척 흡사하다. 왔노라, 보았노라, 죽였노라, 그리고 지금 이야기하노라. '이겼노라'는 다름 아닌 그 장면의 생존자라는 뜻이다. 생존자란 다름 아닌 그 줄거리를 이야기하는 자라는 의미이다.

*

제57장

우리가 아만티우스에 관해 아는 것이라고는 카이사르가 파르나케스를 물리치고 승리했음을 알리려고 그에게 2음절의 짧은 세 마디—*veni, vidi, vici*—를 했다는 사실뿐이다.

말하자면 야수들의 소리 없는 포식(捕食)을 나타내는 세 개의 동사: 정위치, 매복, 달려듦.

*

어째서 이야기는 사라진 것을 알려주는 아오리스트가 되는가? 인간의 허구에 단순과거가 사용되는 이유는 서술이 서술되는 이야기보다 나중에 이루어진다는 인식 때문이다. 시간은 '시간의-방향성이-확정된-형태'의 모든 이야기에 선행한다. 말해지는 모든 이야기는 서술하는 목소리보다 과거이다.

"모든 사냥 이야기는 오로지 생존자의 목소리에 의해 집단에 전해진다"라는 문장은 "모든 생존자의 목소리는 치명적이"라는 뜻이다.

소위 말하는 "영웅"은 "살인자"를 의미한다.

*

소포클레스나 에우리피데스의 작품에서는 어느 사건이든 모두 극이 시작되기도 전에 발생된 것들이다. 비극은 과거로 맹렬하게

제57장

달려드는 옛날이다. 미지의 것은 미래가 아니다. 끔찍한 방식으로, 느닷없이, 우리가 알게 되는 바는 지나간 상황들이며, 그로 인해 옛날이 몸으로 엄습하여 흘러넘친다.[9]

*

아오리스트, 그것은 "실바누스가 온다"는 말이다.
이 말은 네로 황제의 말이다.
이 말은 소(小)세네카[10]의 말이기도 하다.
"실바누스가 온다"는 말은 "죽음이 임박했다"는 뜻이다. "죽음이 임박했다"는 말은 "과거가 내 몸의 지척에 있다"는 것을 의미한다.
옛날에 네로의 사신(使臣)인 실바누스라는 자가 목욕 중인 세네카에게 와서 말했다.
"자진하라."

*

---

9) 예를 들면, 오이디프스의 경우 과거가 밝혀지면서 두 눈을 잃게 된다.
10) Lucius Annaeus Seneca(B.C. 4?~A.D. 65): 대(大)세네카의 아들로서 로마의 철학자, 정치가, 연설가, 비극 작가. 65년 네로에게 역모를 의심받자 스스로 동맥을 끊어 자살했다.

제57장

  1840년 9월28일 스탕달이 작성한 유언장에는 묘석에 쓰일 최후의 *tag*(메모)가 이렇게 적혀 있다. "*Arrigo Beyle, Milanese, Visse, Scrisse, Amo*(아리고 베일, 밀라노 사람, 그는 살았고, 글을 썼고, 사랑했노라)."

*

  앨프리드 히치콕[11]은 1939년에 「레베카」를 촬영했다. 이 영화는 다프네 뒤모리에[12]가 쓴 소설의 첫 문장으로 시작된다. 조앤 폰테인[13]의 목소리로 화면 밖에서 이렇게 말해진다.
  "*Last night I dreamt I went to Wanderley again.*"
  밤이다.
  시선이 공원의 철책을 통과한다. 방치된 공원의 무성한 풀숲을 헤치며 나아간다.
  달빛 속에서 작은 성이 솟아오른다.
  이내 구름이 달을 가린다.
  지난밤, 나는 꿈을 꾸었다. 즉, 나는 돌아갔다.
  (1) 다른 세계가 있다.

---

11) Alfred Hitchcock(1899~1980): 영국 태생의 미국 영화감독.
12) Daphne du Maurier(1907~1989): 영국의 소설가. 『레베카』(1938)는 전통 심리주의적 기법의 공포 소설이다.
13) Joan Fontaine(1917~): 미국 여배우.

(2) 꿈이 있다.

(3) 귀환이 있다.

"옛 장소"가 있다. 꿈에서 무엇보다도 거론되는 것이다.

'화면-밖에서-아득하게-들리는-여자의-침울한-목소리'는 언제나 사람들의 상류, 그들의 육체가 준비되는 곳에서 떠돌고 있다.

*

노(能)[14]는 주인공의 죽음 **이후에** 수백 년이 지나서 시작된다. 모든 행위가 이미 오래전에 완결된 탓에 이제는 적극적으로 관심을 가질 수조차 없다. 바라보는 자는 관객의 입장이므로 전혀 개입할 수 없다. 그의 눈물은 헛될 뿐이다. 관람하는 비극이 너무 오래전에 발생했기 때문이다. 눈에 보이는 모든 것이 지극히 먼 곳, 아득히 먼 옛날, 꿈과 죽음 사이, 끝없는 욕망과 접근 불가능한 다른 세계 사이에서 일어나는 일이라는 느낌을 준다.

*

삶은 언어가 환상적인 과거 시제를 써서 꾸며내는 것과 아무런

---

14) 일본의 전통적인 연극 형식.

제57장

상관이 없다.

 삶은 자신의 무수한 형태나 무한한 단언에는 그다지 괘념치 않는다.

 불멸성이 살아 있는 자의 우선 과제가 되는 이유는 무엇인가?

 (1) 살아 있는 것은 살아 있지 않은 것에서 벗어나려는 계획에 힘을 쏟지 않기 때문이다.

 (2) 분출하기, 달려들기, 먹어치우기, 개화하기, 이런 행위들은 그 한계에서 쾌락을 얻기 때문이다.

 (3) 불멸성은 그것을 파기한 살아 있는 자의 분화이기 때문이다. 또한 형태학상의, 먹어치우는, 집어삼키는, 필멸의 운명을 지니게 된 복제나 반복이나 매혹이기 때문이다. 그 역은 성립되지 않는다.

*

 사람은 끝이 있는 생존이고 끝이 없는 말(言)이다. 자연언어는 인간들의 역전 불가능하고 마칠 수 없는 끝없는 시간성으로 이루어져 있다. 언어는 반대 극에 대립되듯이 그것을 습득하는 육체에 대립된다. 사람의 내면에는 심연까지 이어진 한 장소가 있다. 한 사람 안에 양극이 대립하는 수평선과 아오리스트, 타나토스와 로고스 사이의 긴장이 있다.

 책은 말을 하는 죽은 자이다.

제57장

*

아테네의 언어로, *nostos a-oristos*(부정과거로의 회귀).

라티움의 언어로, *regresssus in in-finitum*(무한으로의 퇴행).

밀레[15] 출신의 아낙시만드로스[16]는 제1원리가 무한이라고 생각했다.

혼란, 무한, 종료 불가능, 아오리스트는 마르셀 모스[17]에 이어 조르주 바타유[18]가 연속이라고 부르기를 선호했던 것에 부합한다.

변모, 질병, 신체장애들 somatoses은 기억 없는 회상 작용이다.

기억상실증 환자의 a-mnésiques 기왕증(旣往症)[19]에 대해 말할 필요가 있다.

한계가 없는 a-oristiques 줄거리(분할하는, 성을 분리하는, 경계를 짓는, 먹어치우는, 죽이는 생생한 본성 너머로 넘치는 까닭에 끝이 없는 줄거리)에 대해 말할 필요가 있다.

---

15) 고대 그리스의 도시.
16) Anaximandros(B.C. 610~B.C. 546) : 그리스의 철학자. 그는 세계를 무한자 apeiron라는 지각할 수 없는 실체로부터 이끌어내는데, 이 상태는 온냉, 건습 같은 대립된 성질로 분리되기 이전의 상태로서 모든 현상의 원초적 통일을 나타낸다고 말한다.
17) Marcel Mauss(1872~1950) : 프랑스의 사회학자, 민족학자.
18) Georges Bataille(1897~1962) : 프랑스의 작가.
19) 환자가 지금까지 경험한 질병.

제57장

*

밤마다 자기 전에 신문을 읽는 것은 독자들의 인식에 무엇을 보탤 수 있는가?

일간지들의 정보는, 몇몇 곁다리 장식들을 제외하면, **강경한** 아오리스트에 관한 것이다.

신문을 읽으면 사람들이 무제한의 집단 폭력을 애지중지한다는 것을 알게 된다.

끝없는 지배의 쾌락을 좋아한다는 것을 알게 된다.

이득의 **뿌리칠 수 없는** 유혹에 굴복한다는 것을 알게 된다.

온갖 쾌락의 **무한한** 추구를 탐한다는 것을 알게 된다.

죽음의 **영원한** 침묵에 매혹되었다는 것을 알게 된다.

*

이즈미 시키부의 말이다. "이 세상에서 이상한 일은
돌이킬 수 없는 사랑에는
끝이 없다는 것이다."

*

아오리스트는 끝이 없음을 뜻한다.

제57장

아오리스트는 인류에 선행하는 우주를 의미한다.

그런데 인간에게 시간이란 무엇인가? 끝을 지향하며 떠도는 것이다.

시간 안에서, 각 개인에게는 끝이 기다리고, 다가오고, 지배하고, 재촉하고, 개입한다. 개인을 집어삼키는 것은 시간의 중단일 따름이다. 끝이 아니다.

*

아오리스트가 삶에 앞선 것이라면, 원천의 끝없음, 무한함은 불시에 지역에 나타나거나 육체에 접근하면서 접촉하게 되는 것을 빛나게 한다.

이 세계에서 기반이 되는 것은 죽음밖에 없다. (한 술 더 떠 이렇게 말할 수도 있다. "옛날은 기반이 되고, 죽음은 수평선이 된다.")

옛날은 영혼 안에서 라투르[20]의 그림들 안의 불길 같은 것이다. 옛날은 장식이나 접힌 자국들을 없앤다. 주름들까지, 과거에서 기인된 일체의 것들을 모조리 지운다. 알몸으로 만든다. 그리고 그것들이 침몰해 들어가는 기반으로 에워싼다.

---

20) Georges de La Tour(1593~1652): 프랑스의 화가.

제57장

*

 옛날이 지우는 것은 성의 차이가 아니다. 그것은 불길이다. (성의 차이가 불길 속에 표현되어 있다.)
 고대 타이티 사람들의 경우에, 그것은 물결이 거친 시간이다.
 바다에 파도가 높이 일었고 날이 저물었다. 억수 같은 비에 이어 우박이 내렸다.
 바다에 파도가 높이 일었고 날이 밝았다. 넓고 편편한 구름이 나타났고 좋은 날씨였다.
 바다에 파도가 높이 일었고 날이 저물었다. 하늘에는 달무리 뒤편으로 붉은 기운이 나타났다.
 바다에 파도가 높이 일었고 날이 밝았다. 번개가 하늘을 갈랐다. 폭풍우가 쏟아졌다.
 그러자 땅 위에 더욱 아름다운 것이 솟아올랐다. 태양과 전쟁.

*

 파랑(波浪), 죽음, 모든 해체와 모든 재구성 너머의 비형태. 그렇게 해서 죽음에 박혀 있던 살아 있는 자의 뿌리가 모든 계절 너머에서 그리고 모든 봄 저편에서 뽑혔다.
 '유한한 존재'로서 살아야 하는 당위성이 죽음에서 뽑혔다. 필멸의 당위성이 시신에서 사라졌다.

제57장

 유한한 존재로서 살아야 하는 당위성에는 언제나 결여된 이미지 하나가 따라다닌다. 그리하여 볼 수 없는 장면은 유한한 존재에게 운명으로서 죽음을 가져다준다.

언어 그리고 **침묵이** 죽은 육체로부터 사라진다.

 결여된 이미지 역시 육신과 함께 사라진다. 죽은 자의 과거는 생존자들에게 이미지로 간신히 남는다. 라틴어 *imago*는 임종의 순간——죽음의 문턱에서 혹은 죽음 직후에, 즉 삶과 죽음의 접경에서——에 무기재료나 밀랍으로 뜬 얼굴 모형을 말한다.

 그렇게 해서 문법의 시제에 아오리스트가 **추가된다**.

 죽음이 과거로 옮겨가기로서 아오리스트에 추가된다.

 '추이적(推移的)' 이동이 아닌 '과거로의 이동'이다. 아오리스트로의 이동이다. 무한한 절대 이동이다. 그것은 넘는다. **사선을** 넘어간다. 완전히 넘는다. 미완의 삶이 남을 가능성이 심연 속으로 무너져 내리게 한다. 그리스어 *a-oriston*(무-경계)은 그리스어 *abeimo*(심연)를 가리킨다. 심연은 죽음에 대한 현기증의 아오리스트이다. 현기증은 공간으로 변한 아오리스트이다. 지평선 없는 공간에는 바닥도 없다. 아오리스트의 무(無)방향은 **고인**(사선을 넘어간 자)이 된 죽은 사람 모두에게 확대된다.

*

 호라티우스[21]는 자신의 세번째 오드에서 이렇게 말했다. "스

제57장

스로의 주인이 되어 자기 삶을 즐겁게 보내는 자는 날마다 '살았노라'고 말해도 좋다."

Vixi(살았노라).

내일은 하느님 아버지께서 하늘을 먹구름으로 뒤덮으소서. 눈부신 햇살이 퍼지도록 하소서. 하느님도 존재했던 것의 *Ce fut*(존재했었음)을 존재 없는 것으로 만들 수는 없을 터이므로.

신은 덧없는 시간으로 인해 초래되는 일이 발생하지 않게 할 따름이다.

---

21) Quintus Horatius Flaccus(B.C. 65~B.C. 8): 아우구스투스 황제 시대에 로마에서 활동한 뛰어난 서정시인, 풍자 작가.

제58장

:

모르파[1]의 늙은 손

2000년 2월 퓌이제와 부르고뉴의 접경지대인 욘에서 있었던 발굴 작업에서 티투스 라비에누스[2]라는 이름이 적힌 로마 시대 투석기의 납으로 된 탄알 아홉 발이 발견되었다. 말 없는 야생인의 외딴 오두막 부근에서였다.

*VIXI*라고 적힌 탄알이 여섯 발이었다.

*

나는 그녀의 손을 잡았다. 야위고, 약하고, 차가운 손가락들을 꼭 쥐었다. 그녀를 잡아끌었다. 추위가 전날 밤보다 더 매서웠다.

귀가 떨어져 나갈 것처럼 화끈거렸다.

결빙된 예인로(曳引路)의 얼음이 눈부신 빛을 발했다.

---

1) 프랑스 일드프랑스 지역의 마을.
2) Titus Labienus(B.C. 100?~B.C. 45): 로마의 장군.

제59장

:

　마르쿠스 아우렐리우스[1]의 단장(斷章)이다. "오늘날에도 만사는 우리가 무덤에 묻어버린 자들의 시대에서 그랬던 것처럼 진행된다. 이상스러운 것은 모두가

　경험에 의해 통상적인 것으로,

　시간에 의해 덧없는 것으로,

　소재에 의해 비루한 것으로,

　원천에 의해 가슴 벅찬 것으로 바뀌었다."

---

1) Marcus Aurelius(121~180): 로마의 황제. 스토아 철학이 담긴 『명상록』의 저자.

제60장
:

황수선화에서 고독을 찾아낸다.
라벤더에서 순종을 알아본다.
접시꽃에서 활짝 펼쳐진 비애를 발견한다.

제61장
:
Sprick[1] *proverbes*(속담)

속담은 시간의 내벽에서 한 방울씩 떨어져 내린다. 사람들이 입을 갖다대면서 차츰 언어가 벽 위에 응고되었다. 중얼거림이 반향되면서 소리의 안개가 쌓여갔다.

속담은 언어의 종유석이다. 그런 의미에서, 다른 세계에서 흘러내린 방울이다.

속담은 대수롭지 않은 정리(定理)이다. 하찮은 경험론적 비밀들은 태고의 사냥꾼들에 의해, 그리고 옛 농사꾼들에 의해, 마침내 근래의, 신석기 시대의, 정말로 동족상잔의, 거의 동시대인이라 할 최초의 전사들에 의해 속삭여져왔다. 그것은 생명 유지에 필수적인 요리의 조리법, 기상의 추론, 경이로운 짧은 단락, 불확실한 일반론에서 돋아난 최초의 풀이다.

일반론의 암중모색이다.

쇠는 달았을 때 두드리라고 권하는 십만번째 대장장이는 엄청난 과오를 저지르지 않는 법이다.

---

[1] Sprich의 오류로 보인다. 독일어 sprechen(말하다), sprichworter(속담) 참조.

제61장

땅은 우리 발밑의 쇠를 한순간도 쉬지 않고 두드려서 뜨겁게 유지한다.

땅 위에서 옛날은 자신의 맨틀[2]을 집어삼켜서 융합 상태를 유지한다.

*

나는 아주 오래된 보물인 이런 비밀들을 좋아해서 끊임없이 그것들의 도움을 청했다. 부단한 독서로 지치긴 하지만 곡괭이질을 할 때마다 새롭게 매혹된다.

속담은 옛날이야기와 마찬가지로 역시 느리게 진행된 침적물이다.

그것을 처음 발견하는 어린 시절에는 영혼이 감동한다. 반복해서 그것을 먹는 행위는 정말로 구역질 나게 한다.

*

옛날이야기는 포옹과 마찬가지이다. 포옹하는 인물들은 거의 속담들이다.

---

2) 지구의 지각과 중심부 사이의 틀.

제61장

*

나는 야릇한 종류석들의 조공(朝貢)을 좋아했다.

종류석은 내벽을 떠올리기 때문에 속담을 정의하기에 가장 적합한 단어이다.

그것은 내벽의 열매이다.

단어 자체가 무덤이다. 작고 단단한 것들이다. 설명이 아니다. 부모를 공경하라. 너 자신을 알라. 이런 것들은 설득 수단의 반대이다. 경험이 습득된 언어 안에 밀봉한 목소리이기 때문이다.

불가해 안에서의 경이로운 명령이다.

불행한 사람은 논거를 제시할 수 없는 틀린 말이지만 마음을 아주 편하게 해주는 말로 자신이 견디는 시간에 용기를 불어넣는다. "마지막에 이기는 자가 진정한 승자다." 이러한 대홍수 이전의 맹렬한 종유석이 최후의 심판의 원천이다. 오직 강렬한 행복감과 그로 인한 육식 행위의 실행에서만 궁극에 도달하는 *post mortem*(사후의) 정액이다.

*

그대는 얼어붙은 물방울,

방해석의 하얀 얼굴만을 명상의 대상으로 제공하는 그대는 빛을 발하는 진주,

제61장

　명증성과 욕구불만의 계속되는 출현 너머로 비소여(所與)를 솟구치게 만드는 순간적 충동.
　사람들의 기억으로 긴 세월 동안 더디게 이루어진 종유석의 끝에 매달린 미래의 압축.
　그대는, 행운의 상징이 아니라면, 불행을 막는 부적이다.

*

　곰을 잡기도 전에 가죽 팔 생각부터 하면 안 되는 법이다. 이 말은 호메로스가 언급한 단호하고 즉각적인 격언 중의 하나이다. 아오리스트 안에 약간의 미래를 가져오는 말이다. 자기 삶의 이전에 대해 말하며 기원으로 거슬러 올라가는 자의 경험이 담긴 말이다.
　단도직입적인 말이다.

*

　불행을 겪으면 친구의 진가를 알게 된다. 간단한 이 문장은 조사에 착수하는 것으로 고통을 개선한다.
　몸을 기진맥진하게 만든 불행에서 한숨 돌리고 목록을 작성하게 만든다.
　미세한 반(反)사회가 이미 구축된 셈이다.

제61장

우정이 반(反)세계라는 멋진 공간을 형성한다는 것은 사실이다.

글 속에 (그리스어로는 *bibliotheca* 속에, 즉 벽감으로 파인 내벽 속에) 매장된 언어.

죽은 자들이 말을 하는 곳인 언어.

*

종유석이라는 간결한 표현의 내부에서 나는 비개인적이고 아득히 먼 원천을 모색했다.

비역사적 시간과 옛날의 중간 지점에 있는,

암석으로 이루어진 궁륭의 복판에 서린 김과 거리의 효과 같은 것으로서.

두개골의 궁륭 아래서 대칭을 이룬, 유사한, 결합하는, 언어의 묵주 알들 같은 것으로서.

하늘의 궁륭 위로 확장되면서, 최초의 인간들의 시선에 비치듯이, 멀리서, 기다림 속에서, 노란 원판으로 나타나는, 광이 나는, 떠오르는 태양 같은 것으로서.

나는 언제나 연결의 부재를, 상반되는 섬광을, 가장 오래된 언어가 세계를 처음으로 장악하던 때의 체계의 결여를 추구했다.

슈투트가르트 부근의 야그스트 강기슭에 있는 베르하임에는 반더[3]가 집필한 『독일 속담 사전 *Deutscher Sprickworter-lexicon*』 다섯 권이 있었다.

제61장

외할아버지께서는 출간된 문법서나 연구에 필요한 책들은 모두 소장하고 계셨다. 그중의 한 권도 내 수중엔 없지만, 나는 가장 하찮은 관용구, 극히 대수롭지 않은 어원에도, 그것이 어떤 언어이든, 어떤 기원에 속하든, 언제나 감동을 느끼곤 한다.

*

étymologie(어원)라는 그리스어 단어는 적확하다.

어떤 말이든 어원을 분해하면 진실vrai이 아니라 실재réel가 드러난다. *Réel*은 그리스어 *etymos*의 의미이다.

진실보다는 더 실재(實在)인 옛날.

낱말은 '실재-의-조상'으로 분해된다.

고생물학이란 말이 어원이란 말보다 더 어울릴 것 같다.

어원에 담겨 있는 말의 진짜 의미는 그 말의 아버지이다. 아오리스트는 계보적 의미 작용으로 각 단어의 의미를 도와 새롭게 만든다. 진정한 사상가라면 자신이 사용하는 단어들의 유래나 발생에 유념하며 사고할 필요가 있다.

고생물학은 아오리스트적 잔해들의 목록이자 명세표일 것이다. 인류, 시간, 언어, 존재, 자연, 천체들은 그것의 서열 없는 미세한 단편들에 불과하다.

---

3) Karl Friedrich Wilhelm Wander(1803~1879) : 『독일 속담 사전』(5권)의 저자.

제61장

 의미를 기록하는 문자에 담긴 모든 의미의 해체, 그로 인해 발생되는 혼란, 전적으로 오류의 영향 속에서 써내려가는 펜 끝의 움직임, 말의 동쪽과 글의 방향 상실과의 접촉 자체, 그런 것이 문학의 '의미'이다.
 문맥에서 이탈된, 방향성이 상실된 의미. 언어에서 비롯된 시간처럼 방향성이 결여된 의미.
 갈팡질팡하다가 자신의 원천에서 뒤로 나자빠지는 의미.

*

 제자리에서 맴돌다가 뒤로 넘어지는 의미.

*

 현행 담론에서 불쑥 나타나는 속담들의 의고적(擬古的) 표현은 부정(不定)과거를 가리키고, 그로 인해 담론의 권위는 절대적인 것으로 여겨진다.
 언어의 과거에 내재하는 한정(限定)의 부재는 문장을 심연으로 만든다.
 융합적인 언어는 두개골의 궁륭 아래에서 차츰 결핵(結核)되어 그곳에 매달린다.
 환각을 일으키는 희미한 목소리가 방울방울 떨어져 내리는 까닭에, 언어가 드러내는 시간의 인적 없는 비탈길에 차츰 일종의 길들이 패어간다.

이렇게 시간 밖에 놓인 시간은 옛날이야기의 시간 속에 자리를 잡는다.

속담은 분할되는 순간 **옛날 옛적에** *Il était une fois*의 시간에 속한다.

제62장

:

헤릿 다우[1]는 1613년 4월 7일 라이덴[2]에서 출생했다. 아버지는 유리 판화가였다. 그는 아버지에게서 처음으로 판화를 배웠다. 그러고 나서 동판화가였던 돌렌도의 도제가 되었다. 그런 연후에 판화를 그만두고, 유리에 그림을 그리는 카우베호른[3]에게서 회화를 배웠다. 그다음에는 목판과 화폭에 그림을 그리는 렘브란트의 제자가 되었다.

그는 1631년 말 암스테르담을 떠나 다시 라이덴으로 돌아왔고, 그곳에서 여생을 보내며 활동했다.

그는 독신이었다.

그에게는 여러 가지 괴벽이 있었다. 하나같이 몹시 꼼꼼한 특성을 지닌 버릇이었다.

그는 라이덴에서뿐만 아니라 세상에서도 아마 가장 느린 화가

---

1) Gerrit Dou(1613~1675) : 네덜란드의 화가.
2) 네덜란드 서부 조이트홀란트 주의 도시.
3) Peter Couwehorn(혹은 Kouwhorn)에 관해서는 알려진 바가 거의 없다. 헤릿 다우가 렘브란트의 제자가 되기 이전에(즉 15세 이전에) 그에게서 회화를 배웠다는 사실로 미루어 16세기 말 출생한 화가로 짐작된다.

로 알려져 있었다. 작업 조건에 관한 한 그에게는 까다로운 요구 사항들이 기록된 목록이 작성되어 있었다. 다우의 괴벽 중에는, 호우브라켄[4]에 의하면, 자기 작업실에 먼지가 내려앉기를 기다리는 버릇도 있었는데, 테이블에 먼지가 뽀얗게 쌓이고 나서야 비로소 그림을 그리기 시작했다고 한다.

하늘에서 노후가 떨어져 내렸다.

그곳에 옛날이 쌓여서 사물들을, 화폭을, 자신의 이마와 손등을 뒤덮기를 다우는 기다렸다.

*

이야기의 세부 묘사에서 우리가 감탄해마지않는 것은 말로는 표현 불가한 실재에의 근접성이다.

실재는 이해 불가한 것이다. 그것은 하늘에서 떨어진다.

시간은 예측 불가한 것이다. 그것은 지나간다.

호우브라켄의 상세한 설명은 납득 불가한 것이다. 그는 기다린다. ("다우는 자기 작업실에 먼지가 내려앉아 테이블에 뽀얗게 쌓이고 나서야 비로소 그림을 그리기 시작했다.")

*

---

[4] Arnold Houbraken(1660~1719): 판화가 야코부스 호우브라켄의 아버지로서 『네덜란드의 예술가와 화가들의 무대, 1718~1719』의 저자.

제62장

라이덴의 화가에게 묻는 질문들의 목록.

매번 새로운 그림을 그릴 때마다, 다우는 작업실을 말끔하게 청소했던 것일까?

주위 사람들이 보기에는 붓이나 연필에 손도 대지 않는 다우가 허송세월을 보내는 것처럼 여겨졌겠지만, 사실 그는 다음번에 그리고자 하는 그림이 자신의 내면에서 무르익기를 기다렸던 것이 아닐까?

그는 과거의 실질에 흠뻑 빠져 있었을까?

그는 지극히 미세하고 보드라운 먼지를 어루만졌을까?

혹은 매일, 아침마다, 사위가 고요해지기를 기다렸을까?

먼지를 날리는 어떤 움직임도 잦아들기를?

줄곧 북쪽에 위치한, 옛날에 열어젖힌 덧창에서 쏟아지는 햇살을 아무것도 거스르지 않게 될 때를?

*

지구, 별들은 어둠 속으로 쏟아지는 최초의 폭발의 먼지이다.

한 사람이, 자기 작업실에서, 무릎 위에 두 손을 얹고서, 지구와 태양과 달과 떠도는 혹성들과 은하계가 손 위에 내려앉기를 기다린다.

*

제62장

　허난(河南) 숲에는 왕질(王質)이라는 이름의 나무꾼이 있었다. 하루는 처마 밑에서 노인들이 바둑을 두는 것을 구경하느라 걸음을 지체했다.
　바둑 한 판이 끝났다. 그는 도끼 자루가 폭삭 썩어 먼지가 되었음을 알아차렸다. 수백 년이 흐른 것이다. 그가 얼굴을 문지르자 얼굴이 흩어져버렸다.

*

　피테르 카렐스는 성가대 가수였다. 그의 아들(파브리티우스)은 처음에는 목수였다. 피테르 카렐스 파브리티우스[5]는 1640년 겨울에 아엘트헤 판 하셀트[6]를 만났고, 1641년 9월 그녀와 결혼했다. 그 당시 파브리티우스는, 다우와 마찬가지로, 렘브란트의 제자였다. 그는 1654년 10월12일 화약고 폭발 사고로 죽었다.
　델프트[7]의 강변에 있던 화약고.
　가루가 된 델프트.

*

---

5) Pieter Carelsz Fabritius(1622~1654) : 네덜란드의 화가.
6) Aeltge Van Hasselt : 파브리티우스의 이웃에 살던 그곳 목사의 누이동생. 1643년 해산을 하다가 죽었다.
7) 네덜란드 서부의 도시. 1536년의 대화재와 1654년의 화약고 폭발 사건으로 큰 피해를 입었다.

제62장

인본주의의 엘레지.

45억 년 전 태양별과 그 궤도를 도는 혹성들은 외부에서 비롯된 요인들에 의해 기원이 유발되어 형성되었다.

이 요인들은 태양의 빛보다 앞선 것이다. 그리고 태양 주위를 도는 별이며, 우리가 발을 딛고 서게 될 지구보다 앞선 것이다.

탄화된 운석이라 부르는 어떤 운석들에는 앞선 시기의 흔적이 남아 있다.

바람이 공간으로 밀어내는 행성 이전의 희박한 물질을

원시행성[8]이라 부른다.

다우의 작업실에 떨어져 내리는 희박한 물질도 원시행성들이다.

---

8) 태양계가 형성되는 동안 옹축하여 행성이 되는, 회전하는 가스나 티끌 구름의 가설적인 소용돌이를 가리킨다.

제63장

:

 1753년, 한 농부가 자신의 밭에서 붉은 흙을 파던 중이었다. 보습의 날이 갑자기 무엇에 부딪히는 소리를 냈다. 그것은 그때로부터 16세기를 거슬러 올라간 8월의 어느 날 아침 10시 15분 전에 매몰된 도시[1]였다.

---

1) 79년 8월 24일 베수비오 화산의 폭발로 폼페이가 매몰되었다.

제64장

:

 기원전 20년 로마에서 할리카르나소스[1]의 디오니시오스[2]는 가공된 물품 위에 살짝 내려앉은 먼지, 빛바램, 약간의 마모가 주는 매력을 표현할 수 있는 그리스어 단어를 찾아내려고 했다.

 제일 먼저 고른 단어는 *pinos*였다.

 그다음엔 *chnous*를 선택했다.

 그러고 나서 *rhypos*[3]를 사용했지만 약간 지저분하면서 폐부를 찌르듯이 느껴지는 녹의 매혹을 정확히 나타낼 수 없었다. 녹은 사물의 형태에 보태진 세월의 흔적과도 같은 것으로서 사물로 하여금 물이 바랜 반투명성을 띠게 한다.

 정상적인 대기의 공기보다 효과가 덜하거나 덜 투명한 공기 같은 것,

 실질에 추가되는 수염이나 불투명성 같은 것,

---

1) 케라메이코스 만(지금의 터키 케르메 만) 연안의 고대 그리스 도시.
2) Dionysos(B.C. 60?~A.D. 8): 그리스의 역사가, 수사학자.
3) 고대 그리스어인 세 단어(pinos, chnous, rhypos)는 '때, 찌꺼기'를 의미하는 동의어이다.

제64장

반짝이면서 물리치는 소규모의 석회층 같은 것.

*

할리카르나소스의 디오니시오스는 말년에 *palaiotēs*라는 단어를 사용했다. '매혹적인-늙어가는-느낌'이라는 의미에서였다.

그 단어는 이렇게 정의할 수도 있다. '텁수룩하거나-해묵은-특징으로-감동시키는-느낌'.

훨씬 나중에 프론토[4]는, 그의 사고의 특징인 대단한 설득력을 발휘해서, *archaion*을 *palaion*[5]에 대립시켰다.

---

4) Marcus Cornelius Fronto(100?~170): 로마의 유명한 웅변가, 수사학자, 문법학자.
5) 고대 그리스어인 두 단어(archaion, palaion)는 '옛, 고대'를 의미하는 동의어이다.

제65장

:

성경에는 인간이 한 그루의 **벌레 먹은 나무** 같다고 씌어 있다.

인간의 영혼은 **궤 밑바닥에 개켜 넣은 좀먹은 옷**처럼 바스러질 것이다.

성경에는 이렇게 씌어 있다. "하느님께서 진흙으로 사람을 빚어 만드시고 코에 입김을 불어넣으셨다."

Et in terram pariter revertuntur(다 티끌에서 왔다가 티끌로 돌아가도다).

전도서에는 *similes bestiis*(짐승과 다를 것이 없노라)라는 말이 덧붙어 있다.

하느님께서 보시기에 인간은 **다른 짐승과 조금도 다를 것이 없다**.

다른 야수이신 하느님께서는 특별한 편애 없이 모든 야수들을 사랑하신다.

모두가 티끌에서 나와 티끌로 돌아간다. 그래서 전도서에서는 묻고 있다. 사람의 숨은 말을 할 때 위로 올라가고, 짐승의 숨은 아프거나 신음할 때 땅속으로 내려간다고 누가 장담하랴?

제65장

*

제비는 두 날개에 물을 적셔 와서 티끌로 일종의 진흙을 만든다.
제비의 시멘트.
제비가 제 둥지에 바르는 동굴의 먼 옛날인 입의 열락.

*

사냥꾼이 여자와 사랑을 나눈 후에는 바람을 거슬러 가는 탓에, 짐승들이 질투심을 느껴 그에게서 떠난다.
하느님도 약간 야수이므로 여자와 정을 통한 남자에게서 떠난다. 하느님은 더 이상 그를 먹지 않는다.

*

신수[1]는 노기가 가득한 얼굴로 혜능[2]에게 다가갔다.
그는 혜능의 몸을 밀며 이렇게 말했다.
"네 거울에 티끌이 덮여 있구나! 마음은 청동거울과 같은 것,

---

1) 神秀(606~706): 중국 당대(唐代) 중기의 승려. 북종선(北宗禪)의 창시자이다. 깨달음의 세계를 여는 방식으로 점오(漸悟)를 주장했다.
2) 慧能(638~713): 중국 선종의 제6대조. 남종선(南宗禪)을 창시했고, 돈오(頓悟)를 주장했다.

거울에도 마음에도 먼지가 끼지 않도록 하라!"

신수는 다시 한 번 혜능을 내려쳤으나 혜능은 어깨를 으쓱할 뿐이었다. 신수를 바라보지도 않은 채 이렇게 중얼거렸다.

"어떤 거울도 빛나지 않소이다. 이 세상에는 아무것도 없어요. 저세상에도 아무것도 없습니다. 어디에 먼지가 끼겠는지요?"

제66장
:

아르덴[1]의 숲 속에서, 지베[2] 위쪽에서, 초Chooz 마을에서, 뫼즈 강의 굽이에서 죽어가는 하루살이들이, 노란 천을 입힌 전깃줄을 풀어서 우리 할머니 마리 브뤼노가 식당 천장에서 내려뜨린 전등 아래 쌓여 있던 씨앗들처럼, 쌓여갔다.

할머니가 말을 하면서 손으로 쓸어내던 죽은 하루살이들의 가루 더미.

---

1) 프랑스 북동부 샹파뉴아르덴 지방의 주. 벨기에와 국경을 이루고 있다.
2) 아르덴 고원 계곡에 위치한 면.

제67장
:

삶에서도 역시
스웨터의 팔꿈치처럼
사랑하는 이들의 얼굴이 닳는다.

제68장
:

어떤 버섯들은 썩은 고기를 먹는 짐승이다.
그것들은 죽은 나무에서 붉은 잔의 형태로 번성한다.
티끌 너머에서 요지부동인 독수리들.
버섯이 먹어치우는 나무와 축축한 낙엽에서 줄기차게 풍기는 냄새를 맡는 독수리들.

제69장
:
카르케돈[1] 출신 크세노크라테스[2]에 관한 개론

    인생의 완숙기에 이른 그는 더 이상 본능적으로 욕망을 느끼지 않았다. 그는 자신의 생식기를 쇠붙이로 잘라내라고 지시했다.
    그리고 이렇게 말하면서 가르치기를 거부했다.
    "나는 더 이상 적임자가 아니오."
    마흔다섯 살이 되자 길을 가다가 발견한 참새들을 모두 데려다가 모이를 주기 시작했다.
    새들은 날아갔다.
    명상하기를 좋아했던 그는 긴 침묵에 잠기곤 했다. 종종 기복이 많은 밭에서 황소들이 그러하듯이.
    이따금 숲 한복판의 수령이 많은 고목(古木)들이 그러하듯이.
    그는 『아오리스트』라는 책을 집필했다. 다른 책의 제목은 『어린애』이다. 마지막 저술서는 『존재에 관해서』이다.
    크세노크라테스는 아테네 성벽의 그늘에서 저희들끼리 자위

---
[1] 터키 이스탄불 맞은편 보스포루스 해협에 있던 고대 해상 도시.
[2] Xenocrates(B.C. 396~B.C. 314): 그리스의 철학자. 플라톤의 제자이자 친구이며 그리스 아카데메이아의 원장이었다.

를 하다 그에게 발각되는 젊은이들을 황금시대의 생존자들이라 불렀다.

그는 매우 가난했다.

저술로 인한 그의 유명세에도 불구하고, 아테네인들은 그를 팔아먹었다. 거류 외국인 세를 납부하지 못해서였다. 아테네인들의 민주주의에서는, 국경 밖으로 던져버리고 싶은 사람의 이름을 굴 껍질에 써 넣기만 하면 그를 추방할 수 있었다.

사람들이 그의 이름을 굴 껍질에 썼다.

데메트리아스가 그의 몸값을 지불하고 세금을 납부했다.

크세노크라테스는 어느 날 밤 소변을 보러 가다가 구리 함지 속에 거꾸러져 죽었다.

제70장

:

바람이 불고 난 후에 오는 자

장수절[1]의 말이다. "황제[2]가 꿈을 꾸었다.

하늘 아래서 계속 바람이 불었다.

바람 소리는 명령을 내리는 목소리와 흡사했다.

초목들의 티끌이 바위 그늘을 떠나갔다. 나무껍질에서 빠져나왔다. 짐승과 인간들의 배설물이 사라졌다.

점쟁이가 황제(皇帝)에게로 다가가서 이렇게 해몽했다.

'당신이 지배한다는 꿈입니다.'

황제는 어깨를 으쓱하고 중얼거렸다.

'내가 그걸 모르는가?'

그리고 황제는 몸을 굽혀 티끌(塵垢)이라는 문자를 살펴보았다. 그는 垢(구)라는 표의문자의 우측 부분(后)을 가리키며 점쟁이에게 이렇게 말했다.

---

1) 張守節: 중국 당대(8세기 초)의 역사학자. 『제왕세기(帝王世紀)』의 저자.
2) 黃帝: 중국의 건국 신화에 나타나는 제왕으로 중국을 처음으로 통일한 군주이자 문명의 창시자로 숭배되고 있다. B.C. 2704년에 태어나 B.C. 2697년에 제왕이 되었다고 전해진다.

제70장

'이 부분(土)이 떨어져 나가면 이런 질문이 되오. 바람이 불고 난 후에 누가 오는가?'"[3]

---

3) 黃帝의 꿈에 관한 일화는 『사기(史記)』(五帝本紀)와 『제왕세기』에 전해진다. 후자에 기록된 내용을 소개하면 이러하다. "황제는 한바탕 큰바람이 불어 천하의 먼지가 모두 날려 사라지는 꿈을 꾸었다. 꿈속에서 또한 어떤 사람이 무려 천 균(무게의 단위)이 나가는 무거운 활을 들고, 만 마리도 넘는 양들을 몰고 가는 것을 보았다. 황제가 깨어나 감탄하며 말하기를, '바람은 호령을 뜻한다. 이는 집정자라는 뜻이다. 垢(때 구)는 土(흙 토)와 后(임금 후)가 합쳐져 만들어진 글자이다. 바람이 불어서 塵(티끌 진, 垢자의 흙토 변 土를 가리킨다)이 없어졌다는 것은 后자만 남게 되었다는 의미이다. 천하에 성이 風이고 이름이 后인 자는 어디 있을까? 더구나 천 균이나 나가는 무거운 활을 들고 있는 것을 보면 보통 사람보다 더 힘이 센 사람임이 분명하다. 만 마리의 양을 몬다는 것은 만인을 거느릴 자격이 충분하다는 뜻이다. 천하에 성이 역(力)이고 이름이 목(牧)인 자는 어디 있을까?' 그래서 황제는 점을 쳐보았다. 그리고 후에 바닷가에서 풍후(風后)라는 사람을 찾아내 그를 재상으로 삼았다. 큰 호숫가에서 역목(力牧)이라는 사람을 찾아내 그를 장군으로 삼았다. 역목은 목 씨의 조상이다."

제71장

:

고대 일본의 불교에서는, 별의 티끌이 매우 응축된 본성을 지니고 있기 때문에, 그것을 바라보는 자는 정신을 잃고, 두 팔을 머리 위로 올린 채로 뒤로 쓰러진다고 한다.

티끌은 어디에 내려앉을까?

더 이상 바라보는 시선이 없을 때 비로소 오는 것이 티끌이다.

현재 속으로 떨어지는 옛날이다.

옛날은 순수 형태로서 퍼지는데, 그것은 죽음이다.

그리고 나서 티끌은 공(空)의 형태로 별들 속으로 거슬러 올라간다.

*

미케네[1]에서는 항구적으로 밀어낸 것인 불가역적 시간을 $Aiôn$[2]

---

1) 펠로폰네소스 반도에 있던 선사 시대의 그리스 도시.
2) 존속(存續)의 어떤 기간. 인간의 일생, 한 세대(世代), 한 시대(時代), 우주의 한 주기를 의미하지만, 용법에 따라서는 영원을 의미하기도 한다.

이라 정의했다.

비엔나에서는 *Pulsio*.[3]

키트피크[4]에서는 *Big bang*.

순수한 폭발 현상.

시대를 알지 못하는 시대.

노년을 훌쩍 넘긴 사람을 연령을 초월한 자라고 하듯이 시대를 초월한 시대.

타히티의 산호대는 1만4천 년 훨씬 전부터 계속해서 성장하고 있다. 지금은 두께가 무려 80미터에 이른다.

매년 6밀리미터씩 팽창한다.

타히티의 산호대는 옛날에 바다에 퍼진 Aiôn[5]의 정액에서 태어났다고 한다.

*

베다의 에로스가 집무실 안에서 솟아올랐다. 집무실이라고는 하나 백조들이 다가오고 노랫소리를 내는 물가에 심어진 나무들 아래 있는 침실일 따름이다. 하얀 티끌, 하얀 재, 바다의 거품,

---

[3] '밀쳐냄'을 뜻하는 라틴어.
[4] 미국 애리조나 주 투산 시에서 남서쪽으로 80Km 떨어진 해발 2,100m의 파파고 인디언 보호구역. 이곳에 국립 천문대가 있다.
[5] Aiôn을 영원의 의미로 받아들이는 그노시스파에서는 신을 완전한 아이온이라고 부른다.

제71장

달빛에 싸인 신, 어렴풋한, 무한히 성욕을 자극하는 신이 밤의 아오리스트적 욕망의 광채에 휩싸여 다가왔다.

*

화창한 날 여자들은 손바닥을 쫙 펴서 자신의 몸을 두드린다. 먼지를 털어내려고 발을 구른다. 춤을 춘다.

우리는 꺼져버린 아궁이에서 꺼낸 재 같은 존재이다.

깨끗하고, 지극히 가볍고, 아직도 따스하고, 희끄무레하다.

가장 연한 피부처럼 보드랍다. 몸에서 가장 감춰진 곳에 있어 거의 빛조차 닿지 못한 창백한 피부처럼 보드랍다.

손가락을 갖다 대면 모든 게 사랑 속에서 부스러진다.

혹은 공기 중으로 떠올라 사라진다.

우리는 더 이상 아무것도 아니다.

죽은 나비들의 날개처럼 침대나 바닥에 널브러진 연인들.

제72장
:
비시간적인 것

　천국은 시간에 앞선 시간이다. 천국은 에덴의 서쪽에 위치한 이상한 장소로서 그곳에서 우리는 꿈을 꾼다. 우리가 지니고 다니는 것은 무엇인가? 나체의 그림자이다. 우리는 자신의 육체보다 더 오래된 육체들의 기억을 지니고 다닌다. 우리는 더 이상 존재하지 않는 한 장면의 생생한 흔적일 뿐이다.

*

　만남Rencontre은 수사슴의 머리를 가리키는 옛 명칭이다. 작품은 만남이다. 사랑도 만남이다. 사슴뿔은 매혹하면서 서로 얽혀든다. 깊게 팬 매혹적인 부분들끼리 끼워 맞춰지고 서로를 밀어낸다.
　뒤얽힌 둘은 교전에 들어간다. 성(性)이 다른 둘은 서로 끌어안았다가 찢어진다.

*

제72장

 예술에 찢어짐이 있는 까닭은 성적인 것이 찢어짐이기 때문이다. 찢어지게 만드는 출생 안의 찢어짐이 옛날이기 때문이다. 성적인 수태와 자궁 속의 세계가 출생으로 인해 갑자기 분리되기 때문이다.
 예술을 접근 불가한 식물의 용솟음에 견주거나, 옛날을 동물의 놀라운 비상에 결부시킬 때의 찢어짐.
 절벽. 땅끝. 이동.
 에로스 안에는 과거가 없다. 성교는 비시간적이다. (성교는 동시대가 아니다. 우리 모두가 비롯된 원초적 장면은 결코 지나가버린 게 아니다. 그것은 영원한 옛날을 이루는데, 그 영원은 음화(陰畵)이다. 시간의 음화인 모든 것이 그저 음화인 것처럼 그러하다. 우리가 그 결실인 장면은 절대 드러나지 않으면서 우리를 따라다닌다. 어떤 열매도 꽃들을 본 적이 없는 법이다.)

*

 유령의 존재를 믿어야 하는 까닭은 그들이 거리를 활보하고 우리들의 집에서 살기 때문이다. 우리 증조부모와 조부모는 2층 침실로 가는 계단을 무심코 오르내리는 우리보다 훨씬 더 자주 오르내린다. 한 여자와 한 남자가 사랑한다. 그들이 헤어진다. 여자의 말이다.
 "당신은 나를 꾸며냈던 거예요. 내 생각을 정확히 말씀드리면

제72장

이래요. 한 여자에게 말을 하는 한 남자는 더 이상 존재하지 않는 누군가에게 말을 하는 거라고요."

남자가 대답한다.

"당신도 나를 꾸며냈던 것이오. 나도 내 생각을 말하리다. 한 남자에게 말을 하는 한 여자는 남자로부터 자기 몸이 만들어지기를 바라는 어린애에게 말을 하는 것이라오."

그들은 진실을 말하면서 거짓말을 하고 있다.

그들은 이제 서너 살짜리 아이들이 교실로 들어가기 전에 운동장에서 둘씩 손을 잡고 줄을 서듯이 손을 잡을 수조차 없다.

그리하여 인간 사회에서의 시간은, 세대들의 잇따르는 연령층에서 짝이 맞지 않게 하듯이, 유성화(有性化)에서 짝이 들어맞지 않는 원천을 지니게 된다.

불안정한 만남과 불가능한 포옹이 그들을 엇갈리게 한다.

포옹, 그것은 사라지는 중인 동시성이다.

*

프란츠 카프카는 「시골에서의 결혼식 준비」에 관한 메모에서 우리가 줄곧 천국에 있다고 말하고 있다. 매 순간 천국에 있지만, 그 순간은 신이 그곳에서 우리를 쫓아내는 순간이라는 것이다. 영원의 양태는 출생으로서의 추방이다. 태생동물을 규정짓는 까닭에 영원히 영향을 미치는 빛 속으로의 방출이다. 인간의 특성이므로 영원히 영향을 미치게 되는, 출생에 뒤따르는 언어이다. 추방으로 인해, 의미 작용을 하는 언어의 극성에서 대립할 정도로, 영원히 이질적인 두 세계로 나뉜 자들에게 낙인처럼 찍힌 영원한 저주이다.

누구나 울음소리를 냄으로써 출애굽을 영원토록 반복한다.

누구나 성경을 읽음으로써 신이 끊임없이 우리를 쫓아내는 천국으로 영원토록 돌아간다.

카프카는 이렇게 덧붙이고 있다. "하지만 우리가 지속적으로 그곳에 있다든가 **이곳이** 아니라든가 하는 사실을 아는 것은 중요하지 않다."

이러한 카프카의 유보는 기이하다. 모든 논거가 부정하고 있는데도 다른 세계를 상정하는 셈이 되므로 모순이다.

*

사람은 가시세계에서는 드러나지 않는 알몸의 기념물이다.

Ut monumenta quae non apparent(드러나지 않는 기념물들처럼).

*

사진술은 찰나의 부동성 안에 시간을 동결하는 힘을 지니고 있다. 사실 현실에서는 이러한 마비가 불가능하고, 경험될 수 없을 뿐 아니라, 생생하지도 않고, 비시간적이며, 비현실적이다. 사진은 우리가 이 세계에 존재하지 않았던 때의 시간을 나타내고 있다.

사진은 우리를 만든 사람들이 우리를 만들기 이전의 모습을 보여준다.

기원의 장면이 전개될 당시의 부재는 표면에서 사라진다. 우리의 부재가 우리를 만드는 장면을 구성한다. 우리 자신이 없었던 탓에 부재를 기억할 수 없다는 것은 명백한 사실이다. 하지만 믿을 수가 없다. 그럼에도 그 장면이 실행되는 순간부터 그것은 진실이 된다.

그 장면이 노출되는 순간부터 그것은 *revelatio*(폭로)가 된다.

우리의 육체가 이러한 진실의 증거이다.

살아 있는 육체는 **자신의 성적인 내밀함보다 더 오래된** 성적 접근의 흔적으로서, 오직 전적으로 성적 성숙에 속한다.

*

노자(老子)는 80년간이나 어머니의 자궁 속에 있다가 자두나무(李木) 아래에서 태어났다. 자두나무 밑에서 태어났을 당시 머리카락은 이미 백발이었고 지나치게 늙은 모습이라서 사람들이 그의 삶을 염려했다. 그래서 출생 즉시 늙은 어린애를 뜻하는 노자라는 별명이 그에게 붙은 것이다. 그는 문왕(文王)[1] 치하에서 수장

제72장

실(守藏室)의 사관(史官)[2]이었다. 그리고 무왕(武王)[3] 치하에서는 산(山)에 대한 사료(史料) 편찬관을 지냈다.

그는 노자란 이름으로 페르시아와 인도에 갔다.

여행할 때는 언제나 푸른 소가 끄는 수레를 타고 다녔다.

국경 초소에서 목적지를 묻는 질문에는 이렇게 대답했다.

"내가 알지 못하는 곳으로 간다오."

직업을 묻는 질문에는 이렇게 대답했다.

"꿀을 거둬들이고 있다오."

그는 노담(老聃)이란 이름으로 무왕[4] 때 중국으로 돌아왔고, 공자(孔子)를 만났다.

진(秦)왕조 시대에는 치에(沁)[5] 강변에 내려가 은거했다.

원황제[6] 치하에서는 강성(康成)이라 불리었다.

---

1) 중국 서부 국경에 위치한 주(周)의 통치자였으나 은의 포로가 되었다. 그의 사망 직후 아들이자 후계자인 무왕이 은을 멸망시키고 주나라를 창건했다.
2) 사관은 오늘날 역사가를 의미하지만, 고대 중국에서는 천문, 점성, 성전(聖典)을 전담하는 학자였다.
3) 중국 주나라의 제1대 왕(B.C. 1169~B.C. 1116).
4) 주3)에서 설명한 주나라의 제1대 왕인 武王(roi Wen)과는 다른 인물. 원텍스트에 중국어 발음으로 기재된 roi Mouh를 한국어식 명칭으로 바꾸지 못하고 그대로 표기하였음을 밝힌다. 노자에 대한 기록이 거의 남아 있지 않은데다가, 키냐르가 신격화된 노자 이야기를 하면서 연대 자체도 상당히 부정확하게 기술해 확인할 길이 없어서였다.
5) 허난(河南) 성에 있는 강.
6) 주 4)와 동일한 이유로 empereur Wen을 원황제라 번역했다.

제72장

*

출생은 시작이 아니라 세계가 바뀌었음을 의미한다. 여행 중에 나타나는 하나의 경계에 불과하다. 연속에서 불연속으로 넘어가고, 숙주인 육체에서 단독 육체로 옮겨가는 것이다.

프랑스어 *on*[7]은 라틴어 *homo*(인간)에서 유래했다.

출생으로 시간성이 개시된다(모든 사회에서 출생 일자는, 그 선택 방식이 어떤 것이든 간에, 마치 빛으로 나오기 전에는 존재 안에 존재하지 않았다는 듯이 불쑥 나타나는 존재를 고정한다). 출생은 만인 중시하에 과거를 불러들여 난폭하게 둘로 갈라서 단절한다. 또한 족보와 사회의 계보로 하여금 출생 자체를 설명하는 이야기를 꾸며내게 해서 자신의 존속을 보장받는다.

하지만 출생이 다른 식으로 시간성을 개시하기도 한다. 출생으로 인해 한 생존자에게서 더 오래된 다른 생존자에게로 이어지는 절대 동시성이 사라진다. 갑자기 어미와 자식이라는 두 생존자, 단일시간체monochrones로 변한 두 존재가 생겨나기 때문이다. (전(前)시간antéchronie을 복원하는 실마리는 언어와 그 시제이다. 동시성에 상당하는 것이 대화라는 관습이다. 이렇게 해서 그룹의 언어는 출생한 자를 재동기화(再同期化)하고, 대기(大氣) 중의 가시(可視)사회의 이익을 위해 길들인다.)

---

7) 불특정 주어로서 막연히 사람(들)을 가리키거나 인칭대명사 대신에 쓰인다.

제72장

*

이전 시기보다 앞선 시기가 있다. 경계 이전에 무(無)경계가 있다. 무경계는 경계(출생)로 인해 사후에 생겨난다. 고대 그리스어인 *a-oristos*는 경계(시간의 수평선)가 상류에 투사하는 무경계를 지칭한다. 'aoriste'란 바로 'a-horizon(수평선 없음)'을 의미하는 것이다. *adventus*[8]가 거대한 물결로 밀려오는 끝없는 옛날. 출생으로 경계를 짓고, 울음소리로 경계를 부르는 것은 바로 무경계의 무한한 과거가 배경에 있기 때문이다. 출생으로 인해 흘리는 피는 차후의 모든 날들을 위한 신기원이 된다. 이러한 시간은 근원적이다. 다시 말해서 우리가 출생 전에도 살았던 것과 마찬가지로, 시간도 대림절[9]의 모호한 영역의 상류에 불혼화적(不混和的)으로 위치해 있다.

시간 자체에도 대림절은 있다. 사람의 시간을 출생부터 셈한다면 삶 전체를 아우르지 못한다.

*

꿈에는 경계가 없다. 어떠한 수평선도 그어지지 않는다. 꿈은 시각적 매혹에서 비롯된다. 생쥐는 고양이의 시선에 잡히면 꼼짝

---

8) 그리스도의 내림(來臨)을 뜻하는 라틴어.
9) 크리스마스 전 4주간을 포함하는 시기.

없이 잡아먹힌다. 독수리 앞에서 새는 시선과 부리와 발톱에 동의한다. 새는 무한히 독수리의 형태에 속한다. 생쥐나 새는 꿈의 상태에 있다. 매혹이란 무엇인가? 최근의 형태가 저보다 더 오래된 형태에게 잡아먹히는 것이다.

매혹은 작동 중인 시간이다.

매혹 안에서 집어삼키는 주체는 시간이다.

매혹이 진행될 때는 집어삼키는 계통 발생과 위험을 무릅쓴 형태 발생이 서로 대치한다. 따라서 꿈에서는 경계 없는 과거가 경계를 침식하며 공간으로 반환된다.

자연에서는 육식동물이 매혹되는 순간, 바로 코앞에서 조상을 마주치자 기겁해서 굳어버린 가장 어린놈에게 순수 과거가 뛰어올라 덮친다.

'무(無) 파롤sans-paroles'과 '무경계'는 같은 것이다.

그런 것이 무한정한, 끝나지 않는, 뛰어오르는, 덮쳐오는, 짜릿한 시간이다. 시간에 들어 있는 묵은 것보다 더 오래된 무엇이 회귀한다. 그러면 *infans*(말 못하는 존재)인 어린애들의 '비운동성'이 다시 찾아든다. 영아들은 일어서지도 못하고 습격해오는 옛날을 피하지도 못한다.

*

고대 일본에서는 성의 차이에 눈뜨는 시기를 **신들의 시간**이라 불렀다.

　욕망(인간의 속성인 갈망)으로 매혹이 해소된다.

　만일 욕망이 아연실색을 허사로 만들어버린다면, 한 종(種)에 속하는 다른 구성원들 내부에서 평소에 유지되던 치명적 폭력의 금기 역시 해제될 것이므로, 종 전체를 위해서는 슬픈 일이다. 잔혹성은 인간의 증상(적어도 어린애일 때부터, 즉 내면의 생생한 무엇이 언어에 희생되는 순간부터)이다. 잔혹성, 즉 무한 폭력은 더 이상 자연스러운 경계가 없는 탓에 언어의 불완전성을 인정하고 욕망의 공허에 동의하는 자의 속성이다.

　잔인하지 않은 인간의 욕망이란 없다.

　기억을 복원하려고 할 때마다, 인간은 선재(先在)하는 요소들을 이용한다. 무심코 그런 요소들에게 즉각적으로 도움을 청한다. 하지만 이미지의 비밀을 꿰뚫는 것은 자연이 아니며, 자신이 무엇에 빚지고 있는지조차 까맣게 모르는 문화도 아니다. 모든 것의 표면에 나타나는 것은 이 둘의 원천으로서의 옛날이다. 옛날이야말로 장면의 배경에 등재된 언제나 형태론적이며 거의 수공업적이기도 한 신비한 각인이다.

　과거의 본질은 다른 세계에서 유래한다.

　자연언어는 방울새가 떡갈나무와 연관되듯 시간과 연관된다.

제73장
:
유령들의 세 가지 목록

고인이 명부(冥府)에서 올라와 아주 잠깐 세상에 나타나 우리를 살게 해준다. 그런 것이 진정한 만남이다. 심지어 호메로스의 작품에서도 샤머니즘은 지속적으로 등장한다. 옛날과 지금 사이의 왕복 여행은 자유롭다. 선조와 그 후손(선조의 대리인, 성(姓)을 지닌 자, 영혼을 보유한 자)은 하시(何時)라도 연락을 취할 수 있다.

*

1630년 리슐리외[1]는 쉬제[2]에게서 자신의 '예전 얼굴'을 보았다고 말했다.

몽테뉴[3]는 자신에게서 플루타르코스[4]의 모습을 보았다.

라퐁텐[5]은 자신에게서 이솝[6]의 모습을 보았다.

---

1) Richelieu(1585~1642): 프랑스 루이 13세 때의 추기경.
2) Suger(1081?~1151): 프랑스의 성직자, 정치가.
3) Michel Eyquem de Montaigne(1533~1592): 프랑스의 사상가, 문필가.
4) Ploutarchos(46?~20?): 그리스의 전기 작가.
5) Jean de La Fontaine(1621~1695): 프랑스의 시인. 『우화』의 저자.

제73장

발레리[7]는 자신에게서 괴테[8]의 모습을 보았다.

카이사르는 알렉산드로스 대왕에게서 자신의 모습을 보았노라고 주장했다.

나폴레옹은 카이사르에게서 자신의 모습을 보았노라고 주장했다.

예전의 육체가 제 얼굴을 항적(航跡)처럼 달고 다니며 시간을 누빈다.

얼굴의 예전이 사람들의 세대들을 누비며 떠돌고 있다.

*

사어(死語)를 지닌 어느 문명에나 존재하는 고전적 전통의 관점에서 본다면, 창작은 주제나 형식이 아닌 언어의 실행에서 이루어진다. 독창적original이라는 것은 기원origine에 가깝다는 의미이다. 그것은 당대의 다른 사람들이 모방의 후계자 없이 남겨둔 옛사람을 고르는 일이다. 중국에는 만다린,[9] 로마에는 파트로누스,[10] 시칠리아에는 대부(代父)가 있다.

라신[11]은 에우리피데스를 골랐다.

---

6) Aesop(B.C. 620?~B.C. 560?): 그리스의 『우화집』의 저자로 추정되는 인물.
7) Paul Valéry(1871~1945): 프랑스의 시인, 수필가, 비평가.
8) Johann Wolfgang von Goethe(1749~1832): 독일의 시인, 비평가.
9) 고급 관리.
10) patron: 고대 로마 시대 해방노예의 옛 주인.

제73장

몰리에르[12]는 테렌티우스[13]를 골랐다.

부알로[14]는 호라티우스를 골랐다.

라브뤼에르[15]는 테오프라스토스[16]를 찾아내는 데 15년이 걸렸다. 그리하여 이름조차 없는 하찮은 것들을 깊이 팬 것들, 사슴 뿔, 옷이나 너덜너덜한 가죽의 형태로 기록할 수 있었다.

*

두번째 유령 목록.

신경과 의사들은 절단되거나 소실된 후에도 지속적으로 존재하는 것처럼 느껴지는 육체의 일부분에 대한 기억을 유령이라고 부른다.

유령들은 다음과 같이 분류된다.

스펙트럼 유령들.

살아 있는 유령들.

---

11) Jean Racine(1639~1699) : 프랑스의 고전주의 비극의 대가.
12) Molière(1622~1673) : 프랑스의 위대한 희극작가.
13) Publius Terentius Afer(B.C. 185?~B.C. 159?) : 플라우투스 이후 가장 위대한 로마의 희극 작가.
14) Nicolas Boileau(1636~1711) : 프랑스의 작가.
15) Jean de La Bruyère(1645~1696) : 프랑스의 풍자적 모럴리스트.
16) Theophrastos(B.C. 372~B.C. 287) : 그리스의 소요학파 철학자. 그의 저서 『성격』은 나중에 라브뤼에르의 대작 『성격』(1699)의 기초가 되었다. 라브뤼에르는 처음에 자신의 책이 테오프라테스 책의 번역본인 양 소개했다고 한다.

제73장

감각의 유령들.

복제 유령들.

비가시적 유령들.

고통스러운 유령들.

통증이 없는 유령들.

음화(陰畵)인 유령들.

부재하는 유령들.

지금 나는 루트비히 폰 지겐이 고안해낸 망(網) 동판술에 대해 언급하고 있다. 그는 이 세상에 유령들을 들여놓았다.

잠은 태아 시절의 삶의 유령이다.

옛날은 삶에 앞서 있었던 성교 장면의 유령 기관(器官)이다.

*

세번째 유령 목록.

추가로 어린애들이 있다. 그들만이 유일하게 진짜 유령이다.

*

고세크[17]는 거의 백 살이 될 즈음인 1829년에 죽었다.

---

17) François-Joseph Gossec(1734~1829) : 프랑스의 작곡가, 바이올린 주자, 지휘자.

제73장

그런데 글루크[18]는 1779년에 쓴 한 편지에서 이렇게 말하고 있다. "어제, 므시외 고세크의 머리카락이 하룻밤 사이에 갑자기 하얗게 세었다네."

고세크는 글루크에게 아주 기이하게도 이렇게 말했다.

"요즘엔, 해가 지날수록, 우리가 작곡하는 곡들이 **고딕 색조**를 띠는 것 같군요."

*

옛날은 동물의 알몸이다.

과거(예전의 방식)만이 옛날을 나타나게 할 수 있다. 그렇기 때문에 회화의 역사에서도 고대의 모델은 알몸(옛날)을 정당화시킨다(옷 입힌다).

브론치노[19]는 코시모 데 메디치[20]를 오르페우스의 모습으로, 안드레아 도리아[21]를 넵투누스[22]의 모습으로 그렸다.

요즘의 외설은 고대의 후광을 입은 덕에 용인될 뿐 아니라 아

---

18) Christoph Willibald Gluck(1714~1787): 독일의 고전 오페라 작곡가.
19) Il Bronzino(1503~1572): 피렌체의 화가.
20) Cosimo de Medici(1519~1574): 피렌체를 지배한 메디치 가문의 중심 가계를 창시한 인물.
21) Andrea Doria(1466~1560): 제노바의 용병 대장, 해군 사령관. 원문의 Noria는 Doria의 오류이다.
22) 로마 신화에 나오는 바다의 신.

름답게조차 여겨진다. 시대적 준거(準據)는 마술적이다. 벌거벗은 왕을 그리거나, 신하들의 시선에 옷을 입지 않은 왕녀를 보여줄 수는 없지만, 왕을 아폴론[23]이라 부르거나 왕녀를 레다[24]라고 명명함으로써 그들의 가장 내밀한 나체를 그리거나 그들에게 극히 기이한 포즈를 취하게 할 수는 있다.

이 점을 기억할 필요가 있다. 고대의 준거는 기이하게도 수치심을 없애준다. 어느 세관이나 무사통과하는 비밀 통행증. 그 통행증이 지극히 세밀하게 보여주는 음부는 동시대인의 것이 아닌 신의 것이다.

---

23) 그리스 신화의 올림포스 12신 중 하나로 제우스와 레토의 아들이다. 로마 신화의 아폴로와 동일시된다.
24) 그리스 신화에 나오는 인물. 일설에 의하면 제우스가 백조의 모습으로 레다에게 접근해서 그녀가 두 개의 알을 낳았고, 거기서 각각 폴리데우케스와 트로이의 헬레네가 태어났다고 한다.

제74장

:

 1607년 5월 28일, 프랑스의 왕 앙리 4세는, 사냥에서 돌아와서, 다섯 살 난 아들의 방으로 들어갔다. 느닷없이 자기 성기를 드러내서 아들에게 보여주며 이렇게 말했다.
 "지금의 너를 만든 것이 여기 있단다."
 황태자는 새빨개진 얼굴을 두 손으로 가렸다.
 보그리뇌즈[1]의 귀족이며 왕의 주치의였던 장 에로아르[2]가 1607년 5월 28일자 자신의 일기에 이 장면을 기록했다.

*

 1614년 5월 31일 해질 무렵이었다. 날이 화창한 데다가, 회의장 문 근처의 튈르리 공원에 와 있던 차라, 왕비는 널따란 오솔길 끝에 놓인 천 의자에 앉아서 저무는 하루의 마지막 순간을 바라

---

1) 파리에서 30km가량 떨어진 작은 마을. 샤를 9세, 앙리 3세와 4세, 루이 13세의 주치의가 나온 마을로 유명하다.
2) Jean Héroard(1551~1628): 프랑스의 의사, 해부학자.

제74장

보고 싶었다.

그녀는 예전에 마르그리트 왕비가 데려온 이탈리아 가수들의 노래를 듣는다.

젊은 왕은 서 있다. 그의 얼굴이 또다시 새빨개진 이유는 맞은편에서 지고 있는 해 때문이다.

여러 귀족들, 특히 므시외 드 뤼인느,[3] 드 수브레,[4] 드 에로아르가 그를 에워싸고 있다.

말레르브[5]가 루브르에서 센 강을 끼고 남쪽 강변으로 오고 있다.

그의 앞으로, 나무 사이로 나타나는 하늘은 회색과 붉은빛 어둠에 물들어 있다. 접이식 간이 의자에 앉은 여왕의 주변에서 울리는 노랫소리가 바람결에 어렴풋이 실려온다.

말레르브는 이제 전방 60미터, 그리고 50미터까지 다가왔다. 라캉[6]을 대동하고서이다.

어린 왕 주변에 몰려 있는 귀족들의 무리를 가리키며 말레르브가 라캉에게 말한다.

"모두가 쫓아다니는 저 아이를 좀 보게나. 만일 저 애를 수태할 때 왕비가 엉덩이를 잘못 움직였다면, 저 앤 시트를 더럽힌

---

3) Messieurs de Luynes(1578~1621) : 루이 13세가 총애하던 당시의 공작.
4) De Souvré(1542~1626) : 황태자(미래의 루이 13세)의 스승이었으며 후에 (프랑스 군의) 총사령관을 지냈다.
5) François de Malherbe(1555~1628) : 프랑스의 시인.
6) Honorat de Bueil de Racan(1589~1670) : 프랑스의 시인, 아카데미 프랑세즈의 초기 회원, 군인. 말레르브의 제자이다.

오물에 불과했을 테고, 침대를 정리하는 하녀가 구역질을 했을 거네."

그 어떤 장식, 말[言], 흔적, 두려움, 빛, 왕, 신화일지라도 그 모든 것의 기원에는 우연성이 존재함을 지적하면서, 라캉은 『말레르브의 생애』 안에 이 장면과 말레르브가 한 말들을 기록했다.

*

앙리 4세가 아들에게 보인 외설적 몸짓은 자연스러운 것일 수 있다. 단지 우리 눈에만 —— 곤혹스러워하며 소문을 퍼뜨리고 다닌 목격자들보다 더욱 —— 충격적으로 비칠 수도 있다.

그 몸짓에는 신화의 선전적(宣傳的) 특성이 있을 수 있다. 프랑스 왕정의 계보는 자궁에 의한 것이지만, 왕홀(王笏)은 페니스에서 페니스로 전달되었다. 프랑스의 고대 왕들은 자신들을 배[腹]에서 왕좌로 오르게 한 여자들을, 프랑크족의 살리카 법전을 내세워, 왕위에서 제외시켰다. 하지만 법학자들은 그들을 '음부의 왕들'이라 불렀다. 앙리 4세는, 궁신들 앞에서 성기를 꺼내 황태자에게 그런 말을 함으로써, 왕위 계승의 남근적 원천을 드러낸 것이다. 그는 아들에게 재빠르게 기이한 대관식을 치르게 함으로써 그러한 운명을 부과한다.

*

제74장

루이 13세는 남자들을 욕망했다. 심지어 태생(胎生) 암컷들의 상반신에—흔히 그렇듯이—달린 두 개의 유방에 대해 진심으로 혐오감을 느꼈다.

왕비의 들러리 중에는 마리 드 오트포르라는 절세미인이 있었다. 르네 뒤 벨레[7]의 딸로서 스물두 살이었다.

그녀의 젖가슴에 대해서는 누구나, 심지어 가장 연로한 궁신들까지도, 그 아름다움, 탄력, 모양, 볼륨, 빛깔을 칭찬해마지않았다.

5월의 어느 날 부슬부슬 비가 내렸다. 왕이 그녀와 담소를 나누고 있는데, 하인이 그녀에게 쪽지를 전달한다.

루이 13세는 그 쪽지를 읽고 싶어 한다.

마리가 거절한다.

왕은 그녀에게로 몇 발자국 다가가 자신에게 쪽지를 넘기라고 명령한다.

마리가 고개를 젓는다.

착 가라앉은 목소리로 왕은 쪽지를 읽겠다고 되풀이해서 말한다.

마리 드 오트포르는 '장난삼아서' 쪽지를 앞이 파인 드레스의 레이스 틈새로 집어넣어 두 젖무덤 사이에 끼워 넣고는, 뺏으려면 뺏어보라고 왕을 약 올린다.

---

7) René du Bellay(1500~1546): 프랑스의 주교.

제74장

그녀가 다가가서 왕을 건드린다.

자신의 하얗고 동그스름한 젖가슴을 왕의 코밑에 바짝 들이댄다. 그리고 왕의 눈을 똑바로 바라보며, 이번에는 그녀가 되풀이해 말한다.

"어디 가져가려면 가져가보시죠."

루이 13세는 벽난로의 아궁이로 달려가더니, 불 옆에 세워진 집게를 집어 들었고, 그것을 가져와서 드레스의 파인 부분에 집어넣었다.

마리 드 오트포르는 날카로운 비명을 질렀다.

그을음으로 시커먼 차가운 집게를 빼내려고 두 손으로 안간힘을 썼다.

탈르망 데 레오[8]는 『일화들』에 이 장면을 기록했다.

*

루이 13세는, 성숙한 남성이 되어 쾌락을 추구하면서부터, 연인들이 몸에 오일을 바르기를 원했다. 그는 생-마르[9]가 온몸을, 머리는 물론이고, 머리카락까지 포함해서, 재스민 오일로 문지르

---

[8] Tallemant des Réaux(1619~1692): 프랑스의 작가, 시인. 동시대인들의 짧막한 전시(傳記)들의 모음집인 『일화들』의 저자로 유명하다.
[9] Marquis de Cinq-Mars(1620~1642): 루이 13세의 총신. 리슐리외를 제거할 음모를 꾸민 것으로 유명하다. 반역죄로 기소되어 참수당했다.

고 나서 생제르맹 고성의 자기 침소에 들도록 했다.

퐁트라이유[10]는 이렇게 기록하고 있다. "하루는 생-마르가 실오라기 하나 걸치지 않은 알몸으로 함지에 두 다리를 담근 채 몸을 앞으로 숙인 자세로 엉덩이와 허리에 오일 마사지를 하고 있었다. 그때 예고도 없이 왕이 들이닥쳤다.

그로부터 2년의 세월이 흐른다.

왕은 연인의 몸에서 머리를 잘라내라는 명령을 내린다.

목이 잘리자, 피가 세차게 뿜어져 나온다.

두 토막이 난 몸뚱이 주변에서 재스민 냄새가 풍긴다."

*

생-마르는, 삶을 마감하는 마지막 순간에, 눈이 가려지기를 거부했다.

그리고 가위를 건네받아 '뒷머리를 자르는 것'을 거부했다.

그가 단두대를 어찌나 꽉 부여잡았던지 형리는 그의 두 팔을 풀어내느라 애를 먹었다.

이 세 가지 사실은 피에르 드 니에르[11]에 의해 전해진다.

---

10) Fonterailles: 여기에 인용된 생-마르의 에피소드가 수록된 책인 『므시외 르그랑이 왕의 총애를 받던 시기에 궁중에서 일어난 특별한 일들의 관계』(1663)의 저자. 므시외 르그랑은 루이 13세의 동생인 오를레앙 공(公) 가스통을 가리킨다.
11) Pierre de Niert(1597~1682): 프랑스의 가수. 루이 13세와 14세의 수석 시종이었다.

제74장

*

1643년 5월 14일, 예수 승천일, 정오가 지난 무렵, 조신들에게 둘러싸여 임종 침대에서 죽어가는 루이 13세는, 왕실 언어를 잊어버린 탓에, 성체배령을 하러 와서 곁에 서 있는 디네 신부에게 손가락으로 침대 발치의 나무에 덮인 천을 가리킨다.

고해신부의 시선이 왕이 가리킨 곳을 향한다.

이번에는 디네 신부가 미소로 왕에게 답한다. 혹은 왕의 미소에 답한다.

모두가 어리둥절해하는데 디네 신부만이 알아듣는다. 혹은 그런 척한다.

루이 13세는 애써 팔을 들더니 손가락을 입에 대고 비밀을 지키라는 시늉을 한다.

그것이 루이 13세가 취한 마지막 몸짓이다. 그러고 나서 그는 숨이 가빠진다. 그리고 죽는다.

제75장

:

어린애의 왕국

시간은 밀려드는 본래의 무엇이다. 시간은 놀고 있는 어린애다. 관조하는 어른이 아니다. 학습하는 *puer*(소년)기의 아이가 아니다. 자신의 춤과 기쁨에 흠뻑 빠져 있는 *infans*인 아이다. 율동은 아이가 옮기는 체스의 말 안으로 완전히 사라진다.

강렬한 왕국.

옛날의 장서(藏書)에는 끔찍한 **가죽 냄새**가 배어 있었다. 전통은 계보의 **가죽**이다.

태생동물의 이주지인 **가죽 커버**, 그런 서적이 인쇄술 발명 당시의 판본이다.

*

다음은 헤라클레이토스[1]의 놀라운 말이다. "시간은 놀고 있는 어린애다. 트릭-트락[2] 놀이 중이다. 패권은 아이의 것이다."

---

1) Heracleitos(B.C. 540?~B.C. 480?) : 그리스 철학자.

제75장

에페소스[3]의 헤라클레이토스가 쓴 그리스어 원문은 이러하다.
"*Aiôn pais esti paizôn, passeuôn. Paidos hè basiléiè.*"

이 구절을 축자적으로 옮기면 이러하다. "어린애인 시간은 생겨나게 하는 것, 말을 앞으로 밀어내는 것이다. 어린애의 왕국."

*

플라톤은 『법률』 제6권에서 이렇게 말하고 있다. "시작은 '구원의 신'으로서 사람들 사이에서 머무르는 만큼 오래 구원을 행한다."

그리고 덧붙이기를, 시간은 자신의 분출을 유익하게 사용하는 사람들로부터 환대를 받을 때 비로소 이 세계에 기원으로서 머무른다고 말한다.

만일 환영받지 못해 언어 안에 깃들지 못할 경우, 시간은 물러간다.

존재하는 모든 것의 상류에 있는 변함없는 무엇이 계절, 물결, 구름, 죽음, 별, 출생들을 부추긴다.

옛날은 비시간적인 무엇, 시작하는 '만물-보다-앞선-것'으로서 끝이 없는 것이다.

---

[2] 두 사람이 (윷놀이와 흡사하게) 번갈아 주사위를 던져 그 결과를 판 위에 말을 써서 하는 놀이. 구체제하의 사교계에서 유행했다.
[3] 소아시아 이오니아 지방에 있던 그리스 도시.

제75장

*

어린애다운 명상(즉, 언어의 모든 단어들의 상류)은 징후로부터 시작된다.

*

징후란 있을 수 있는 온갖 종류의 인지 가능한 흔적을 가리킨다.

눈밭에 난 발자국이다.

홀로인 멧돼지의 배설물이다.

도망치거나 혹은 *saltus*(숲) 한가운데 있는 샘으로 가는 수사슴의 배설물.

동굴로 가는 곰의 배설물.

타고 남은 재, 여인네와 자식들이 남긴 화덕의 흔적.

얼굴의 창백함.

남정네의 휘두르는 주먹.

젊은 여인의 부푼 젖가슴.

연인의 곤두선 성기.

징후는 재현하지 않는다. 그것은 나타난다.

징후, 흔적, 조짐은 여전히 현저하게 밀려드는 원인의 연속선상에 있다. '어머니-자식' 커플 내에서 이루어지는 자연언어의 습득은 유사성을 배가하는 징후, 즉 음성적 접촉, 생명의 근원인 여성적 옛날에 합류하려는 역행 융합이다. 표정을 흉내 냄으로써 얼굴로 변하는 앞면이다. 의미론적 의미가 되기에 앞서 애정인 척하는 애정이다.

연인들의 열정적인 바라보기는 그들의 포옹의 결실인 자식으로 이어져서, 성적 성숙에 이른 자식의 포옹으로 연장된다. 그러면 다시금 새로운 유년기가 나타난다.

*

징후에 대립되는 것은 일체의 접촉이 단절된 상징이다. 상징에서는 물질적 유사성이 파기된다. 상징을 이루는 분리된 두 부분이 모여야 한다. 그래서 부분들이 퍼즐의 조각처럼 끼워 맞춰져야 한다. 예를 들면 언어의 낱말들, 문신의 선들, 알파벳의 철자들, 숫자들, 사회적 기호들이 그러하다. 연속체에는 이러한 독법이 적용되지 않는다.

*

하늘을 보며 날씨를 살핀다거나 어머니의 시선을 바라보는 것은 한 지면의 글자들을 읽는 것과는 다르다.
'더 이상 바라보지 않으면서 바라보기'라는 게 있는데, 그것이

제75장

독서이다. 은자들의 열광적인 독서.

모든 게 상징적인 것이거나, 언어적인 것은 아니며, 추상, 갈망, 성상 파괴주의, 철학도 아니다. 사고는 **연속된다**. 사고는 연속적인 것, 징후적인 것, *chaos*(혼돈세계), *pulsio*(밀쳐냄), 격렬함, 삶, 끝없는 옛날을 되찾고자 솟아 나온다.

*

인간의 장비(裝備)는 계속 잠들어 있다. 그래서 어린애는 고대 인류의 기한 만료된 영혼을 활이나 화살, 휘파람, 몽둥이, 조가비, 상처 같은 데서 되찾는다.

*

사들러[4]의 「사랑과 죽음」이라는 제목의 판화에서는, 뷔르템베르크[5] 계곡의 외딴 오두막 아래쪽에서, 죽음의 신이 잠든 어린애인 에로스의 활과 화살들(분출, 침묵)을 훔친다.

소년들 pueriles과 소아들 infantiles[6] 사이에서 사투가 벌어진다.

---

4) Jan Sadeler(1550~1600): 브뤼셀 태생의 판화가, 출판업자.
5) 독일의 옛 국가. 지금의 바덴뷔르템베르크 주의 중부와 동부에 해당된다.
6) 언어를 습득한 전자의 입에서는 말이 튀어나오지만(분출), 후자는 말을 못하는(침묵) 존재이다.

제75장

*

희미한, 흐릿한, 반투명한, 모호한, 칙칙한 빛 속에서 떠오르는 기억은 어느 것이나 거의 실제인 기억이다. 김 서림, 빛바램, 손가락들, 방울진 흔적들은 정상적인 복합과거, 즉 완전히 언어학적이고, 거의 중성적 시간으로 보내진 과거를 뜻한다.

반면에 광채는 하나같이 옛날을 가리킨다. 번뜩임은 꾸며낸다. 꿈을 꾼다. 옛날이야기로 돌려보낸다. 새된 소리 같은 빛남은 가장 어린 시기의 목소리를 가리킨다. 가장 어린 시기는 사회적 시간 외부의 시간, 즉 허기의 격앙된 순간, 발견의 압축된 순간, 두려움의 강렬한 순간, 놀이로서 발을 구르는 순간을 추구한다. 어린애는 지나가는 것이면 무엇이든 움켜잡는데, 그것의 과거를 구성하기 위해서가 아니다. 임무, 구속, 일정표, 복종, 서열, 연령이라는 의도적이고 제도적인 시간에서 그것을 끌어내어 비언어적이고 비시간적인 외부로 방향을 전환시키기 위해서다.

여전히 최초의 빛이 지배력을 행사하는 시간의 심연, 그 경계에 존재하는 리듬.

왕국은 어린애의 것이다.

마지막 왕국에는 아직도 세상을 여는 빛 —빛을 발견하자 터지는 울음소리와 더불어 어둠에서 곧바로 이어지는 **최초의** 빛— 이 퍼지고 있다.

제75장

*

뾰족뒤쥐는 활동 경로를 학습한다. 어린애들은 시를 암송한다. 암송문——시간과 소리의 경로——을 낭송하려면 격정, 격정의 지점, 움직임을 개시시키는 발원의 지점이 필요하다. 운동의 멜로디, 일종의 운동성 환영의 흔적 환영, 어린애의 암송에 구체적 매체 역할을 하는 거의 인간만의 특성인 흥얼거림. 그것은 어린애 목소리의 발걸음 소리 같은 것이다.

사지(四肢)를 움직이고 호흡을 시작케 하는 발원 지점, 그것이 목소리를 주재한다. 그것이 옛날이다.

의미론적이 아닌 *Mélos*.[7]

옛날의 오르페우스가 되기.

---

7) 음(音), 노래를 뜻하는 고대 그리스어.

제76장

:

　최근 사람들을 만들어내는 것은 언제나 선조들이다. 그 역은 절대 불가능하다. 그런 것이 시간의 전환 불가이다. 친자 관계는 결코 열매로부터 말해질 수 없고, 심지어 종자로부터 말해질 수도 없다. 어느 인간 사회에서나 친자 관계는 항상 어머니와 관련해서 말해진다. 산부(產婦)가 '중심-원천'을 이룬다.

　개인적 혹은 사회적 육체의 중심에는 에고가 아니라 그보다 앞선 여인, 아이를 배고 있는 여인, 해산하는 여인, 여자나 남자 같은 모든 사람의 생식(生殖)의 원천이 되는 여인이 있는 법이다. 외삼촌은 어머니의 남자 형제를 가리킨다든가, 등등.

　인간사회(이름이 붙은 계보)에서의 중심은 오르페우스가 *retro*(뒤돌아보기)라고 부르는 것이다. 죽음, 명부(冥府)의 신들(하데스, 페르세포네[1])은 그에게 그것을 금지하지만 허사이다. 역행의 충동은 극히 강렬한 것이므로.

　백미러는 영혼 자체이다.

---

1) 지하세계의 왕 하데스의 아내.

제76장

우리의 형상은 오직 그 반환 지점에서 생겨난다. 우울증과 광기가 그렇듯이.

어머니Mater(Ego가 아닌)는 우리보다 앞선 여인, 어머니의 입술로 발음되던 **나**je라는 간단한 말과 그 기능을 되받아서 말할 때조차 우리가 자신 안에 지니고 다니는 중심이다.

*

우리가 입술을 대고 그 젖을 빠는 어머니의 입술 위로 언어가 들린다.

중심의 입, 본래의 어둠, 태생(胎生)의 동굴, 언어의 발성기관은 오랫동안 서로 구분되지 않는다.

*

두 다리를 벌리고, 성기의 음순 사이로 자식을 몰아내는 어머니는 약간의 과거를, 과거 자체를 솟아오르게 한다.

이 틈새 그리고 틈을 벌리는 아주 새롭고 거의 독립적인 살덩어리, 끈적끈적한 것, 허섭스레기, 울부짖음, 꿈틀거리는 핏빛은 진정한 *archaia*(옛것)이다.

옛날이 분출한다 *jadit*.

제76장

*

찢어내는 영원으로서의 시간. 거세되고, 소멸되고, 분할되며, 읽히는 무한으로서의 시간. 물질계, 항성계, 육상계, 해양계, 자연계, 광물계, 식물계, 동물계, 전기(傳記)계, 이 모든 계(界)들의 미완성으로서의 시간. 이런 것이 오비디우스[2]가 생각했던 시간이다.

완결되지 않는, 계보의 아오리스트. 바닥이 없는, 산부(産婦)와도 같은 심연. 어머니의, 하류를 향한 상류의 순수한 움직임.

시간이 통시적인 이유는 유한하지 않아서이다. 사투르누스는 가이아[3]의 배에서 나오는 어린애들을 이빨로 물어뜯는다.

연속을 이빨로 찢어발겨야 한다.

언어의 낱말들의 **원천**은 이 지역 내에 있다.

찢어발기는 원천.

여전히 장엄한 지역.

*

'복음서'라 불리는 기독교인들의 경이로운 이야기에서 말하듯이, 왕국에 들어가기 위해 어린아이처럼 되어야 한다면, 그 왕국

---

[2] Publius Naso Ovidius(B.C. 43~A.D. 17): 고대 로마 시인. 『변신 이야기』의 저자.
[3] 땅을 여신으로 인격화하여 부르는 그리스어. 우라노스(하늘)의 어머니이자 아내.

의 본성이란 어떤 것이겠는가?

어린애는 자신이 나온 곳으로 돌아갈 수 있을 뿐이다.

어떻게 질문하든지 간에 그곳은 자신의 어머니이다.

하느님은 이렇게 말씀하셨다. "*Quisquis non receperit regnum dei velut parvulus non intrabit in illud*(그 누구도 어린애가 들어가는 방식으로가 아니면 하느님의 왕국에 접근하지 못하리라)."

여기서 말하는 어린애란 *infans*(말 못하는 유아)도 *puer*(아동)도 아닌 *parvulus*(아주 어린 것)을 말한다.

*

늙은 홀아비인 옛날은 홀아비가 되기 전까지 아내들과 함께 살았다. 어머니 한 명이 죽을 때마다, 늙은 홀아비는 더 나이가 들었고 더 버림을 받았다. 그리고 점점 더 최근의 어머니들의 좁은 구멍에서 나와 우리가 태어날 때마다, 우리 앞에 펼쳐지는 날은 점점 더 흐릿해지고, 하얘지고, 차가워지고, 거대해져간다. 원천은 출생마다, 날마다, 새벽마다 차츰 잊혀가기 때문에 매번 더 해묵은 것이 되어간다. 늙은이가 늙는다면, 나이가 더 많아지는 것이다. 하지만 나이를 더 먹는다고 더 홀아비가 되는 것은 아니다. 단지 사라진 것이 그의 곁에 쌓여갈 뿐이다. 사라진 것은 끊임없이 커져가는 무더기이다. 경이로운 산이다. 이런 식으로 옛날은 어머니 안에서 전달 없이도 전해진다. 어머니는 우리를 태어나게 하고 죽는다. 우리의 육체에서 차츰 분리되다가 완전히 떨어져 나가서, 우리와 마주하고, 모습을 갖추고, 언어로 바뀌게 된다.

*

Urmutter.[4] '그 어머니에 그 딸'이라는 속담은 속수무책의 강렬한 기세로 끝없이 이어지는 부활을 말하고 있다. *Fons vitae*(생명의 원천). 비시간적 후손. 어머니의 열정이야말로 삶으로 난 유일한 문이다.

영원한 문.

오스티아 *Ostia*.[5]

모성은 언어 이전의 수수께끼를 제기한다. 그렇기 때문에 모성의 매력도 인류 이전, 의식 이전, 정체성 이전, 역사적 그룹 이전에 생겨난다. 태생동물의 사회라면 어느 것이나 이런 야릇한 추방과 그로 인해 갑자기 솟아난 존재의 전신(前身)에 대한 매우 밀접하며 이루 말할 수 없는 특별한 애착을 경험하기 때문이다.

어머니는 언제나 이미 여기 있는 존재, 무엇보다도 실재하는 구멍, 모든 언어에 앞선 본래의 시선이다.

어머니는 여자보다, 남자보다, 노인보다, 모든 연령층보다— *infans*를 제외하고—더 본래적이다. *infans*만은 어머니에 대한

---

4) 인류 최초의 어머니(이브), 여자의 선조, 모태를 뜻하는 독일어.
5) 티베리스 강 하구에 위치한 고대 로마의 항구.

기억 혹은 적어도 직감을 지니고 있다. **태아** 시절의 *mater*(어머니)와의 결합이 여전히 내면에 떠돌고 있다. *Infans*는 *adventus*(대림절)이다.

구석기 시대의 베누스, 오이디프스 콤플렉스 이전의, 미케네 문명의 '여신-어머니'.

어머니의 몸이 보여질 수 없는 ──규모를 알 수 없는 심연── 이유는 오직 내재적이기 때문이다.

매장되고, 수정되어 그려지고, 죽임을 당한 아버지는 우리를 역사에 편입시킨다. 아버지의 이름은 우리를 언어에 편입시킨다. 성(姓)이 우리를 대기, 빛, 시선, 음성, 법을 관통하는 사회질서에 편입시키는 것처럼 말이다.

어머니는 죽일 수 없는, 비시간적, 공간화할 수 없는 (여자는 눈에 보이지만 어머니는 보이지 않는다) 존재이다. 죽음처럼 되풀이되는, 죽음보다 더 단일한 단일성의 반복. 죽음이나 출생이 동일하게 끝없는 외출이라 해도, 죽음과 출생이 동일한 세계에서 나가거나 동일한 세계에 이르는 것은 아니다.

하지만 그것은 무한하고 동일한 문이다.

오스티아.

Mater certissima(확실한 어머니).

알기 이전의 확신. 정체성 이전의 애착. 시간 이전의 아오리스트. *Genitrix*(어머니)는 모든 출현에 앞선 존재이다.

Mater certissima, pater semper incertus(확실한 어머니, 언제나

제76장

불확실한 아버지).

Mater anhistorica, aoristica(비역사적, 아오리스트적 어머니).

*

미토콘드리아의 DNA는 아버지에 의해 전해진다. Y염색체도 아버지에 의해 전해진다. 2000년 11월 스탠퍼드 대학 유전학과에서 행한 두 가지 연구의 결과로 다음과 같은 연대 추정이 이루어졌다. 현재의 모든 남자들에게 공통된 남성 조상은 5만9천 년 전에 살았다. 현재의 모든 여자들 및 모든 남자들에게 공통된 여성 조상은 15만 년 전에 살았다.

Urmutter와 고참 수컷 간의 오래됨의 차이가 정립되었다.

이러한 차이는 그 증거를 제시한 연구자들조차 설명할 수 없는 것이다.

할머니의 할아버지는 자기 미망인보다 훨씬 더 젊은 셈이다.

*

가장 최근의 얼굴은 언제나 더 오래된 얼굴의 반영이다. 옛날에 비한다면 우리 모두가 속격이다. 원천(주격)은 과거일 따름이다. 사람은 누구나 동일한 장면의 동일한 결실이다. 그 장면을 통해 옛날은 결코 시간에 접근하지 않는다.

제77장
:
Luna vetus(늙은 달)

　유전자의 이중나선 구조를 지닌 샹보르[1]의 계단은 옛날의 성으로 통하는 바로 그 계단이다. 그곳의 희미한 빛 속에서 뛰어서 계단을 내려오는 어린 여자애와 남자애의 모습이 끊임없이 보인다. 하지만 그들은 결코 서로 접촉하지도 다시 만나지도 못할 뿐 아니라, 서로 확실히 알아보지도 못한다.
　Luna vetus vetulas.(늙은 달이 늙은 여자들을 씻긴다).
　그림자, 어둠의 형태들.
　잎이 우거진 나무 아래의 그늘.
　녹청(綠青).
　빛이 스스로를 가리는 세계인 고대 유적지는 녹색을 정의한다.
　광합성과 호흡은 동일한 조상 원자에서 비롯된 두 가지 창의력이다.

---

[1] 프랑스 중부의 마을. 이곳에 루아르 강 유역에서 가장 큰 (방이 440개나 되는) 르네상스 시대의 유명한 성이 있다. 키냐르는 『샹보르의 계단』(1989)이라는 제목의 소설을 내기도 했다.

제77장

*

 진실은 언제나 망각된 것과 관련이 있어서 자신의 무기억 작용에서 그것을 끌어낸다. 그것이란, 자신의 생명력이 추구하거나 펼쳐 보이는 어렴풋한–도래 sous-venir를 기억하지 se souvenir 못하는 채로 자신의 삶이 비롯된 원천이다.
 태생동물의 경우에 진실, 최초의 상실, 옛날, 불가능한 형상화는 다발 *fascis*[2]로 묶여 있다.
 어디나 성적(性的)인 병원(病原) 부위.
 행위는 존재에서 비롯된다.
 존재는 한 여자의 성기에서 비롯된다.
 삶은 유년기에서 비롯된다.
 사고(思考)는 구사하는 언어에서 비롯된다.
 욕망의 주체는 자신의 껍데기나 포피(包皮)에서 비롯된다. 늘 땅굴이 먼저 나타난다. 어두컴컴한 땅속의 이상한 공간이야말로 옛날이라 불리는 것이다. **태생동물의 배 속에 땅굴이 만들어져 그곳에 짐승이 숨는 것과 마찬가지로**, 옛날은 현재의 짐승을 숨기고 있다. 호기심은 외출을 위해 생겨난 것이다. 삶은 외출이다.

*

---

[2] 속간(束桿). 도끼 둘레에 채찍을 다발로 묶은 것으로서 고대 로마 집정관의 권위를 상징했다.

제77장

비가시적인 것이 정확히 과거를 규정하지는 않는다. 그것은 경험의 장에서 기억되는 시간의 도래에 앞선 시간의 집합을 정의한다.

경험의 총체에서 기억되는 시간을 아주 **빼버린** 앞섬.

가시성은 목소리를 지닌 사회적 현대인을 규정한다.

언어적인 것, 의미 작용, 사고는 제2의 비가시적인 것, 즉 선조가 아닌 부재자(징후적인 것이 아니라 언어적인 것)를 구성한다.

*

출생한 자에게는 태어나면서 발견하게 되는 육체의 이미지와 주변의 인상이 일반적으로 각인된다. 섹스 파트너의 형상화(자식의 선(先)형상화)도 보살핌을 베푸는 육체의 외관에 의거한다. 이러한 주입은 결정적이다. 따라서 옛날의 형태학에도 위계가 생기는데, 그것은 초기의 우연에 기인할 뿐이다.

*

우리는 육신에서 태어난 육신에서 태어난 육신에서 태어난…… 육신에서 태어났다. 우리 중 어느 누구의 뒤에도 만족을 모르는 성교가 있다.

Ante saecula(오랜 세월 전에).

제77장

시간의 흐름에서 우리 자신의 상류에 자리한 성교들의 기하학적 증가처럼 느껴지는 아오리스트.

*

1921년 2월, 릴케는 발투스[3]에게 베르크의 성(城)[4]에 관해 이렇게 쓴다. "늘 자정이 되면 저무는 날과 시작되는 날 사이에 미세한 틈이 생겨. 그리로 살짝 들어갈 재주가 있는 사람이라면 시간에서 이탈하여 우리가 겪는 일체의 변화와 무관한 왕국을 찾아내게 될 거야. 그곳에는 우리가 잃어버린 온갖 것들이 쌓여 있지. 달아난 고양이, 부서진 인형들, 유년기……"

1943년 7월, 프리부르[5]에서, 발투스가 베르크의 성에 관한 이야기가 적힌 릴케의 편지에 대해 주브[6]에게 말한다.

*

---

3) Balthus(1908~2001): 폴란드 출신의 프랑스 화가. 파리에 정착(1924)하기 전에 독일에 살면서 시인 릴케와 친분을 맺었다. 릴케는 그의 나이 12살에 첫번째 화집을 출간하도록 도왔으며, 자신이 책의 서문을 썼다.
4) 독일 바이에른 주의 슈타른베르거 호수 부근에 있는 성. 1886년 6월 작곡가 바그너의 숭배자이며 후원자인 바이에른의 광인왕 루트비히 2세(재위 1864~1886)가 이 성에 요양하러 왔다가 호수에 몸을 던져 목숨을 끊었다.
5) 스위스 서부의 도시.
6) Pierre Jean Jouve(1887~1976): 프랑스의 시인, 소설가.

제77장

최초의 장면은 영혼을 구조화하는 환상이다. 자신의 원천에서 보이지 않는 존재는, 그 당시 자신이 그곳에 부재했던 탓이지만 (우리 중의 누구라도 그곳에서 나중에, 사후에, 무의지적 이미지 이후에, 전미래[7] 시제로 만들어질 터이므로), 가시적인 것(환영으로서의 생각)의 비가시적 핵을 형성하고, 영혼을 편극된 두 시간과 이곳과 저곳이라는 두 세계로 분리한다. 즉, 이전 세계와 이후 세계, 이-세상과 저-세상, 먼 곳과 가까운 곳, 무(無)와 존재, 상류와 하류, 최초의 왕국과 마지막 왕국으로.

노에시스[8]의 구조와 시간의 구조는 언어적으로 보이는 동일한 분리(내용이 언어상의 대립이므로)를 강요하는 동일한 욕구불만에서 생겨난다.

하지만 아버지와 어머니의 성교는 분만과 출생보다 아홉 달 먼저 이루어진다. 최초의 팽창은 성적이다.

언어의 중심에는 의소(意素)[9]가 아닌 핵이 있다. 즉, 알아듣는다고 가정하고 말을 건네는 어머니에 의해 말 못하는 아기에게 놀라운 언어의 침투가 일어나기에 앞서 육체를 인질로 삼는 옛날. 사회의 침투는 자연언어의 침투를 통해 이루어지는 가족의 침투와는 무관하다.

---

7) 어떤 미래의 사실보다 앞선 다른 미래의 사실을 나타낸다.
8) 후설의 현상학에서 말하는 의식의 작용면(지각, 상상, 기억, 판단, 감정, 의욕 등)을 가리킨다.
9) 언어학에서 말하는 의미의 최소 변별 단위.

제77장

성교의 결과로 생겨나 무성(無聲)이고(폐가 없고) 즉각적인 포만의(배고픔이 없는) 세계에서 살다가 태어난 *infans*인 어린애는 불가항력적으로 이전 세계(옛날의 界)와 포옹(性의 지배력)을 상상하게 된다. 상상 속에서 포옹은 즉시 아버지, 어머니 그리고 유령(*infans*)이라는 세 인물로 늘어난다.

*

시초에 앞서, 이미 하룻밤이 존재한다.

출생은 태어나는 자들에게 그날 밤을 배경으로 부여한다.

모든 신화가 시작 이전의 그날 밤과 관련된다. 무엇으로도 밤의 선행(先行)을 만류할 수 없다. 아무것도 임신을 막지 못한다. 이따금, 잠만이 **밤의 부담을 어느 정도 덜어준다.**

제78장

:

태반

다음 문장을 음미해볼 필요가 있다. "세상만큼 오래되었다."

묘한 문장.

우주의 껍질은 그것이 싸고 있는 내용물보다 더 오래되었음을 뜻하는 문장.

이 문장에서 세상이란 지면(地面)과 반대되는 것을 의미하거나, 세월, 야만성에 대한 사교성, 총체적 물질계에 대한 인간 공동체, 요컨대 비(非)세상의 반대를 지시하지 않는다.

세상만큼 오래되었다.

흔히 사랑을 거론할 때 들먹여지는 이 말은 인류보다 더 오래된 시기가 있으며, 그 시기는 어떤 장소임을 뜻하고 있다. 그것은 껍질이다. 주머니이다. 동물의 세계보다 더 오래되었고, 자연보다 더 오래되었고, 생명보다 더 오래되었고, 지면보다 더 오래된…… 주머니이다.

하지만 보호하거나 덮어서 감싸주는 일체의 것보다 오래된 것은 아니다.

세상만큼 오래되었다는 말은 요나[1]나 므두셀라[2]처럼 장수한다는 의미가 아니다.

세상만큼 오래되었다는 말은 헤로데[3] 대왕 (기원전 37년에 왕위에 올랐다)처럼 오래되었다거나 남성 선조(그 시기는 잠정적으로 기원전 59000년으로 잡고 있다)처럼 오래되었다는 의미가 아니다.

우리가 떠나온 것(배, 음부, 커버, 음경의 포피, 피복, 집, 고향)만큼 오래되었다는 말이다. 출생을 겪은 존재들의 경우에 출생에 앞선 무엇처럼 오래되었다는 말이다.

*

오비디우스의 말이다. "햇빛 아래 놓인 세상은 황금기가 아니다. 충격적 시기일 따름이다. 예전의 소여(所與)가 햇빛으로 좌우되는 모든 변화를 지배한다. 눈물을 흘리는 자들은 이미 여자들이었다." 오비디우스에 의하면, 여자란 리카온[4]이 이미 늑대였던 것과 마찬가지로 눈물을 흘리는 자에게 붙여진 이름이었다고 한

---

1) 구약성서 요나서의 인물. 바닷속에 던져져 큰 물고기 배 속에서 사흘을 지내고 나와 자신의 사명을 완수한다.
2) 구약성서 창세기 5장에 나오는 가장 장수한 인물. 969년을 살았다.
3) Herodes Magnus(B.C. 73~B.C. 4): 로마제국이 임명한 유대의 왕(재위 B.C. 37~ B.C. 4).
4) 아르카디아의 전설적인 왕. 사악하고 잔인한 인물로서 제우스를 속여 사람 고기를 먹이려고 한 탓에 제우스의 노여움을 샀다고 한다. 리카이우스 산에서는 늑대의 형태로 제우스 리카이우스를 숭배하는 리카이아라는 독특한 의식이 전해져 내려온다.

다. 뿔뱀도 이미 황소였다. 옛날이 세상을 찾아온다.
 옛날의 *atopia*(지정 장소 없음).
 비가시적 장면이 떠돌고 있는데, 비가시적인 탓에, 어디에도 내려앉지 못한다.

*

 뻐꾸기 소리는 잃어버린 고향을 떠올리게 한다.

*

 일단 이 세상에 떨어진 우리는, 제 둥지를 잃은 탓에, 되는대로 잠자리를 옮겨 다니는 존재이다.

*

 옛날이 식탁에 앉아 있다.
 어린애인 **태아**의 발육은 미래 어머니의 평소의 영양 상태에 좌우된다.
 주인의 환대가 계속되는 한 주인은 신성한 존재이다. 손님은 영양 섭취의 동체(同體)이기 때문에 건드릴 수 없는 존재이다.
 손님은 **태아**가 어머니의 *vulva*(음문)에 받아들여지듯이 자신을

제78장

맞이하는 자의 집에 있어야 한다.

*

태반이 코스 요리를 제공한다. 그것은 자신의 왕국이다.
시간은 어린애의 왕국이다.
어린애의 자그마한 왕국.
식탁 역시, 노년에는, 마지막 왕국이다.
늙지 않는 것들의 목록.
늙지 않는 사과.
늙지 않는 물고기.
늙지 않는 꿀.
늙지 않는 포도주.
에덴의 동쪽에 있는 티베리아스 호수,[5] 갈릴리 바다 위쪽의 언덕, 가나.[6]
이것은 구약과 신약에 나오는 기적들이다.

*

극한상황에서, 즉 미래가 없을 때, 임박한 죽음의 위험에 처했

---

[5] 이스라엘의 갈릴리 지방의 호수.
[6] 예수가 첫번째 기적을 행한 갈릴리 지방의 도시.

제78장

을 때, 시도 때도 없이 굶주림에 시달릴 때, 추위를 피할 도리가 없을 때, 두려움에 사로잡힐 때, 자궁 속의 과거가 꿈을 꾼다.

죽음의 수용소의 희생자들이 곤혹스러워하며 이야기하던 푸짐한 연회의 꿈들.

머릿속 삶이 뇌를 엄습해서 출생 이전의 시간을 솟아나게 만드는 환영으로 돌아간다.

*

과거가 사라질 수 없는 이유는, 비가시적인 것에게는 실체가 없는 탓에 나이를 먹지 않기 때문이다.

결코 모습을 드러내지 않는 것은 닳지 않는다.

변질되지 않는 inaltérable *alter*(타자).

결코 모습을 드러내지 않는 것의 결과로 생겨난 흔적(우리의 육체)만이 노쇠하여 죽고 부패하는 법이다. 육체의 원천에 있는 장면은 무한히 상상된다. 비록 인간이 유한한 존재이고 그 형상도 과거와 연관되어 horistique 존재를 보완하는 frontalière 것으로서 부패할지라도, 상실과 비형상성만은 영원하다.

누구에게나 존재하는 우리 모두의 기원인 까마득한 심연.

죽음을 품고 있듯이 누구나 느끼는 도상(圖像) 해석학의 현기증.

과거는 고르지 않다. 과거의 *ekstasis*(황홀)은 생명 유지에 필수적이고, 분리적이고, 분열 번식하며, 원심성을 지닌다. 하지만 과거의 *excessus*(과잉)은 치명적이다. 성의 원천은 각 결실 안에 **천 분의 일 초 동안** 맹렬하게 달려든다.

과거는 아름다움이 결코 흡수할 수 없는 어둠의 이러한 측면에서 빛을 발한다.

과잉은 과잉을 부른다. 끝이 없음. *Aoriston*(무한). 성적 충동은 영원한 과잉이고, 그 대상은 유일한, 찾을 수 없는, 보이지 않는, 실재하지 않는, 사라진, 회고적 존재이다. 따라서 상실, 최초의 분리, 불안한 유성화(有性化), 결핍감, 불만족이 끊임없이 옛날을 유인한다.

*

아오리스트는 리비도의 전형적 독소이다.

Psyché(혼)를 중독시키는 것은 먹잇감 없는 포식(捕食), 위치 결정 불가능한 분리, 해결 불가능한 갈등, 타고난 호기심, 채울 수 없는 결핍, 끈질긴 충동성으로서의 성적 탐색이다.

불가능한 의미 작용으로서의 성적 탐색이다.

끝이 없는 이 책과 같은 것이다.

태반délivre이 주는 délivre 책livre.

*

제78장

*Kuranita*는 생명력이다. (라틴어로 표현하자면, *vir*(사나이)의 *vis*(힘)이다.) 죽은 자의 *kuran*[7]을 최대한 빨리 살아 있는 다른 자에게 옮겨서 악마, 야수, 시체, 구름, 바다가 이 힘을 가로채지 못하게 해야 한다. 기원의 힘은 부활하는 게 아니라 돌아다니다가 달려든다(게다가 달려드는 탓에 나타난다). *Kuranita*는 옛날 이 산으로, 깎아지른 암석으로, 돌풍으로, 고목으로, 절벽으로, 시선으로, 책으로 변해서 경계를 넘나들며 떠도는 힘이다.

---

7) 오스트레일리아 원주민의 언어. '생명의 숨결' '생명력(혼)'을 의미한다.

제79장

:

어린애의 왕국, 어머니의 제국, 태반의 계(界), 성(性)의 지배력. 나는 절대 군주제를 떠올린다.

기이한 수직의 시간을 떠올린다. 그때는 성(聖)목요일[1]을 절대목요일이라 불렀다.

논증은 순식간에 제시된다. (1) 인간이 포옹에 대해 증언하지 못하는 이유는 그 자신이 증언이기 때문이다. (2) 인간의 육체는 육체 내부에서 사라진 포옹이다. (3) 모든 섹스는 사라진 장면의 사라진 것인 탓에, 옛날의 등록은 전적으로 **상대방의 섹스** 안에 기재된다.

*

로마인들이 *coitus*(성교)라고 불렀던 것은 새벽의 대림절이다.
한 남자와 한 여자의 만남은 그 밤에 선행하는 낮이다.

---

[1] 부활절 전주의 목요일.

제79장

포옹에 선행하는 유년기는 포옹의 황혼이기도 하다.
인간의 모든 삶은 앞선 낮의 황혼으로부터 시작된다.
인간을 만드는 모든 것은 잠깐 동안의 수치심이다.

*

과거에 대단히 예민한 사람들의 목록을 작성하기. (우울증과는 동떨어진, 불교라고 부를 수 있는 신경증.)
이우산(李又山)[2]이 아니라 세이 쇼나곤.[3]
에피쿠로스[4]가 아니라 루크레티우스.
프루스트[5]가 아니라 샤토브리앙.[6]
사마천[7]이 아니라 조설근.[8]
니체가 아니라 미슐레.[9]

---

2) 제7장 주4 참고.
3) 淸少納言(966?~1013?) : 일본의 일기 작가, 여류 시인. 『마쿠라노소시(枕草子)』의 저자.
4) Epicouros(B.C. 341~B.C. 270) : 그리스 철학자. 소박한 즐거움, 우정, 은둔 등에 관한 윤리철학의 창시자.
5) Marcel Proust(1871~1922) : 프랑스의 소설가. 『잃어버린 시간을 찾아서』의 저자.
6) François Auguste René de Chateaubriand(1768~1848) : 프랑스의 작가. 자신의 생애와 그 시대를 기록한 『무덤 저편의 회상』의 저자.
7) 司馬遷(B.C. 145?~B.C. 86?) : 중국의 역사가. 『사기』의 저자.
8) 曹雪芹(1715~1763) : 중국 청(淸)대의 소설가. 『홍루몽(紅樓夢)』의 저자. 이 책은 청대 초기 상류사회 대가족의 이미지를 잘 묘사하고 있다.
9) Jules Michelet(1798~1874) : 프랑스의 역사가. 『프랑스사』의 저자.

제79장

바타유[10]가 아니라 브르통.[11]
이렇게 몇 안 되는 역사가가 **몇 권 안 되는 역사책**을 집필했다.

*

청련사(青蓮寺)[12]의 은자인 장자(莊子)는 이렇게 말했다. "조만간 그들은 도달하게 되리라, 존재했던 것에." (자신들의 생명의 원인이 되는 무엇, 즉 성교.)

*

마르쿠스 아우렐리우스 황제의 『명상록』에 나오는 말이다. "생기는 것을 생기게 하는 바로 그 자연이 너를 야기한 것을 야기했다."
황제는 동양의 정신 수련 목록만큼이나 많은 과거 사건들의 목록을 작성했다.
"모든 것은 죽은 지 너무 오래되었다"는 구절과 "전설이 되어 버린 사람들 자신이 전설에서 사라졌다"는 무신론자 황제의 숭고한 최후. 로마 황제였으나 그리스어로 글을 썼던 천재 작가 마르

---

10) Georges Bataille(1897~1962): 프랑스의 작가.
11) André Breton(1896~1966): 프랑스의 작가. 20세기 초현실주의를 대표하는 인물이다.
12) 중국 산시 성(山西成)에 있는 사찰.

제79장

쿠스 아우렐리우스 문체의 특성인 일종의 아오리스트적 황홀경에서 태어나는 반(反) '미사용 복음서 초록(抄錄)'.

*

새와 짐승 들은 과거이다.

환각에 사로잡힌 목소리로 환기(喚起)시키는 켈트족의 *geis*[13]나 중동의 *admonitio*[14]라는 말보다 새들의 멜로디를 더 좋아하는 사람에게 새들은 노래로 시간의 의미를 사라지게 한다.

노래가 명령에 앞서 지나갔다. (*infans*인 어린애가 내면에서 *puer*인 어린애로 대체되었다.)

단순과거는 과거가 길을 잃게 만든다.

옛날로 가는 다른 길로 접어들게 만든다.

길을 잃기perdre가 그곳에, 단순과거의 형태에 추가되는 대수롭지 않은 표지 안에 고스란히 보존되어 있다.

길 잃기가 거기 있는 이유는 출생이, 한 세계를 잃는다는 사실과 맞바꿔지면서, 그로 인해 우리가 떠나는 세계, 제거되어 영원히 사라진 것으로 변하는 세계를 과거 형태로 작동시키기 때문이다. *regressus ad uterum*(모태로의 회귀)이라는 표현은 사실 아무

---

13) 아일랜드 켈트족의 신화에서 신관(神官)이 외는 주문(呪文)으로서 '금지' '도리'의 의미를 지니고 있다.
14) '주의' '경고'를 뜻하는 라틴어.

런 의미도 없다. 멋지게 라틴어로 쓰인 야릇한 말이고, 표현도 풍부할뿐더러, 현대인들이 빈번히 사용하고 있지만, 시간 안에서는 불가능한 일이기 때문이다. 진실을 말하고 있지만 발화 내용이 꿈, 환영(불가능한 현실)이기 때문이다.

*

 단지 행위만은 현실의 것이지만, 그래도 현시대에서 사랑은 불가능하다. 그저 옛날의 격렬한 사랑이 개입되는 사랑이 가능할 따름이다.

*

 모든 젖먹이는 옛사랑의 울부짖는 흔적이다. 남자와 여자는 그럴 셈이 아니더라도, 조금이라도 자신들의 욕망을 따른다면, 언제나 옛사랑의 환생과 결혼하는 것이다. 이러한 보편적 해석은, 현재를 효과적으로 설명해준다는 이점은 있지만, 신비한 약혼식을 시간 속에 무한히 다시 생겨나게 할 뿐이다.

*

 마지막에 한 생각 혹은 마지막으로 본 것은 차후의 삶을 좌우

한다. 마지막 근심은 앞선 삶의 형태로서 신생아에게 다시 나타난다. 마지막 욕망들은 미래의 산부(産婦)가 느닷없이 느끼는 고약한 입덧에서 산산이 부서져 흩어진다. 힌두교의 은자 비지타수는 칸디카 숲 속에서 푸스카라크사 왕에게 이렇게 말했다. "모든 존재는 죽음의 순간 자신이 몰두하는 바로 그것의 형태를 취하게 됩니다. 우리 어머니 말씀에 의하면, 마지막 생각이 성적 욕망에 관련된 것이었던 죽은 여자는 유녀(遊女)가 될 운명의 태아가 된답니다."

*

호메로스를 번역하면서 리비우스 안드로니쿠스[15]가 했던 오해에 관해서.

『오디세이아 Odyssée』는 라틴어로 번역된 최초의 텍스트이다. 그리스어 Odysseus(오디세우스)는 둘로 나뉘었다. Odysseia(오디세이아)가 호메로스 작품의 제목을 나타내는 반면에 Ulixes(율리시스)는 주인공의 이름을 나타냈다.

15편 373절에서 에우마이오스[16]는 이렇게 말한다.

"Tôn ephagon t'epion te kai aidoioisin edôka."

우리말로 바꾸면,

---

15) Livius Andronicus(B.C. 248?~B.C. 204?) : 로마의 서사시와 서사극의 창시자.
16) 오디세우스의 충성스러운 하인.

제79장

"나는 먹었노라, 마셨노라, 수치스러운 자들(수치스러운 사람들, 즉 가난한 자들)에게 주었노라."

리비우스는 로마식으로 옮겼는데, 여덟 마디가 단 세 마디로 줄어들었다.

"Ebi, bibi, lusi."

훌륭한 번역이긴 한데 *lusi*는 '**나는 사랑을 나누었노라**'는 의미이다. 리비우스는 에우마이오스의 말을 다음과 같이 이해했던 것이다. 나는 신체의 수치스러운 부분에게 준 것이지 가난해서 수치스러운 사람들에게 준 것이 아니다.

제80장
:
Principium et initium

피론[1]은 엠페도클레스[2]의 말을 인용했다. "누구나 자신의 과거만을 두려워한다."

하지만, 그뿐만이 아니라, 시선과 언어와 의식에는 불가지(不可知)하더라도, 실체적이고, 액체 상태의, 어두컴컴한, 존재론적 선재(先在)에 대한 예감이란 것이 있다.

우리는 어떤 느낌으로 인해 자신이 자식으로서 태어났으며, 앞선 자들이 있고, 인종 특유의 존재가 아니라는 사실을 안다.

아우구스티누스는 *principium*과 *initium*간의 차이를 구분했다.

*principium*은 자연적 시작을 뜻한다(자연에 관한 개념).

*initium*은 언어적이거나 종교적 시작을 뜻한다(사회적 입문).

성(性)이 자연의 이곳 là에 연루되는 것은 인간이 이곳에 있음 etre-là의 근거가 된다. 연루는 미숙한 인류가 뒤얽힘을 모방적, 언

---

[1] Pyrrhon(B.C. 360?~B.C. 270?): 그리스의 철학자. 그의 이름을 본떠 회의론을 피로니즘pyrrhonism이라 부르기도 한다.
[2] Empedocles(B.C. 490?~B.C. 430?): 그리스의 철학자. 만물의 근본은 흙, 물, 불, 공기로 구성되었으며, 이 불생불변불멸(不生不變不滅)의 4원소가 사랑과 투쟁의 힘에 의해 결합, 분리되고 만물이 생멸(生滅)한다고 말했다.

어적, 반(反)동물학적, 기술적으로 풀기보다 항상 더 광범위하고 본래적일 것이다.

그러한 것이 근원principe의 공국principauté이다. (동물의 친자 관계는 성(性)의 분야에서 대상, 단어, 예절, 의복보다 언제나 더 강하다.)

*

심장은 살아 있는 한 뛰게 마련이다. 그 박동에는 리듬이 있다. 심장 소리는 저 세계에 있을 때부터 들려온다. 그것은 숙주의 심장 리듬에 복종하면서, 그 옆에서 고동치기 시작한다. 양쪽 폐는 출생의 순간 대기 중의 공기 안에서 규칙적 리듬에 따라 그 부피가 증가하고 줄어든다. 나중에는 폐가 불러들이고 몰아내는 공기의 일부가 사치스럽게도 언어에 쓰인다. 그것은 숙주였던 어머니와 거의 다를 바 없는 한 여자의 입술 모양을 보며 습득된 것이다. 만일 입가에서 숨결이 사라진다면, 숨을 내쉬며 몸이 휜다면, 입가에 들이민 청동거울에 김이 서리지 않는다면, 사람들은 죽음이라는 결론을 내린다. 충동은 의식이 충만한 삶이다. 삶은 비의지적인 반복이다. 충동, 박동, 이 두 가지가 멈추면 삶도 멈추게 된다.

*

제80장

 심장을 뛰게 하는 힘, 즉 동일한 것 옆에서 동일한 것을 반복하도록 부추기는 *vis*(힘) 혹은 *kurannita*(생명력)는 우리를 만들어낸 힘이다. 어머니가 동일한 것을 반복하도록 부추겼던 옛날의 힘이다. 번식은 인간 상호 간의 반복 강박이다. 사회적인 것의 원천이다. 우리가 편입되는 특정 사회에 길들여지기도 전에, 사회 언어의 내부에서 순응하고 입을 다물기도 전에, 우리를 개별자로 만드는 오래된 조건이다. 우리의 성(姓)과 이름은 낡은 것에 불과해서 의미의 영역에 속할 따름이다. 진짜 이름에는 정체성이 없다. 언어로 명명(命名)되기 이전의 진짜 이름은 회귀해야 할 시간의 조급함이다. 반 바퀴를 돌아 전속력으로 '세상 이전의 숙주인 어둠'에 합류하려는 비인칭의 경이로운 조바심이다.

*

 이 세상에는 모든 시선에서 벗어나는 한 존재가 있다. 자기 소산(所産)의 흔적들로 말미암아 어디에나 존재하지만, 흔적들도 이 존재를 입증하지 못한다. 비가시적 왕국. 살아 있는 자가 자기 존재를 알아보지 못하는 것과 마찬가지이다.
 아무도 볼 수 없지만 어디에나 있는 그것은 시간이다.

제81장

:

클라우디우스 황제[1]는 원로원에서 다음과 같은 말로 연설을 시작했다. "*Omnia, patres conscripti, quae nunc vetustissima creduntur nova fuere*(원로원 의원들이시여, 매우 오래되었다고 우리가 믿는 것은 모두가 새로웠던 것입니다)."

타키투스의 『연대기』 제11권 24장에서는 만물이 솟아오르던 시기를 가장 낡은 것이 주변에 펼쳐 보인다. 에트루리아 세계에 열중했던 황제는 가장 오래된 것 안에서 새로운 것이 자유로운 상태이던 시간의 새로움을 찾아내라고 지시한다.

찢어내는 것, 산 채로 찢어내는 것, 태어나는 것에 대해 알아보듯이 기원적인 것에 대해 알아보기.

*

모든 흥분이 추구하고 모든 관능이 되찾아내는 상태는 전(前)-

---

1) Claudius(B.C. 10~A.D. 54) : 로마의 황제(재위 41~54).

상태이다.

전-상태는 출생-이전, 정체불명의 포만, 비시간적 융합, 자궁 속의 어슴푸레함, 태생동물이 둘로 나뉘어 가족이 셋으로 늘어나기에 앞서 숨결도 목소리도 없는 세계, 이런 것들을 다시 모이게 한다.

*

우리는, 자궁 안의 세계에 있을 때, 들려오는 목소리의 억양에 복종함으로써 무의식적으로 언어를 습득했다. 출생 후에 우리가 대기에 휩싸여서 **낯익은** 동일한 목소리의 유혹에 재빨리 길들여지는 것은 그래서이다. 전해지는 것은 어느 것이나 우리도 모르게 전달된다. 왜냐하면 항상 나보다 앞선 무엇이 있어서인데, 그것은 내가 알기도 전에 알고 있는 것이다.

꿈을 꾸었다는 사실은 나중에 알게 된다.

꿈은 깨어남을 전제로 한다.

태어나는 것은 나중에 알게 되는 사실이다.

말하는 것도 나중에 알게 되는 사실이다. 나중에 안다는 것은 배우기 전에 습득되었다는 것이다. 무의지적 인식이다.

*

제81장

스피노자의 말이다. "우리보다 선행하는 것은 현재 우리 안에 있는 것이다. 우리는 *generatio*(세대)의 산물에 불과하다. 우리 모두가 예전 타자 l'Autre의 분할 불가분한 아들과 딸들일 따름이다."

Alter invisibilis per generationem(모든 세대를 관통하는 보이지 않는 타자).

Alterias actuosa(작동 중인 타자성)의 아들들.

Jet(분출)의 형용사들.

*

과거는 끊임없이 움직이는 시소의 형태로, 끊임없이 바뀌는 양면성의 형태로 나타난다. 즉 황금기와 미개한 시기, 어린애의 순진성과 시원적(始原的) 금수성(禽獸性), 영웅과 원숭이 사이에서.

전혀 나이를 먹지 않는 사건.

젊은이는 새로운 자가 아니다.

늙은이도 갓난애보다 더 늙은 자가 아니다. 둘 다 똑같이 피부도 쪼글쪼글하고, 팔다리엔 털이 났으며, 머리통은 대머리이다. 그것이 일어나는 일 자체이다. 조상은 태어나는 자이다. 그것은 고대 중국의 노자(老子)이다. '노인-어린애'의 왕국.

*

제81장

　결코 존재에 이르지 못하는 옛날. 양면성이 옛날의 비현실적 모습이라면, 임박성은 옛날이 팽창되는 방식이다. 고대 그리스의 사상가들처럼 말하자면, 항상Toujours의 경계에는 없는 존재이다. 옛날에서 비롯되는 것은 아무것도 지속되지 않는다. 언제나 불시에 출몰하는 것인 옛날은 결코 출몰했던 적이 없다.

*

　이런 점을 생각할 필요가 있다. 옛날은 '결코-출몰했던-적이-없는-것'의 경계에 있고, 그런 까닭에 과거와 조우하지 않는다.
　옛날은 기원에 대한 인식을 제공하지 않음으로써 인간에게 시간을 부여한다.
　인간은 자연언어에 선행하는 무의지적 이미지, 즉 *littera*(문자)의 최초의 형태에 열중한다. 어느 누구도 자신의 수태 장면을 볼 수 없는 탓에, 출생은 이미지를 꾸며내고, 그로 인해 가상의 증거가 허용된다. 출생으로 인해 갓난애의 기원(출생이 아닌)에 절대적 선행성이 마련된다.
　텅 빈, 반드시 상류에 있는, 거의 치명적이기까지 한 가능한 퇴행이 배제된 장면.
　원천이 되는 빈칸.
　본래 그대로의 원천.
　불가능한 이미지는 언제나 새로운 것이다.

제81장

다음은 클라우디우스 황제의 말이다. "원로원 의원들이시여, 그대들 눈에는 골목길 담벼락에 그려진 외설적인 그림들이 구태의연하고 한심해 보이겠지만, 실은 새벽처럼 신선한 것이라오."

가장 닳고 닳은 주제가 가장 미친 듯이 새로운 것이다.

열정적인 주제.

열정적인 주제의 이미지는 항상 새롭고 늘 허구적이다.

인식의 언저리에 고스란히 남아 있는 주제. 지식의 언저리에 한순간도 머물지 않는 주제.

Infans rudis(무지한 어린애).

Pueri erudit(학습받은 어린애).

*

가장 최근의 것이 가장 낡은 것이다.

아기는 새로운 존재가 아니다.

여자들, 남자들 가운데서 살려고 버둥대는 아기들을 보라. 그들은 혼자 내버려두면 사흘도 생존할 수 없으므로 우리가 돌보는 매우 나이 많은 짐승이다.

제82장
:
저녁의 침묵

정원에 어둠이 내린다.
새들이 침묵한다.
저녁의 침묵은 닳고 닳은 주제이다.
저녁의 침묵, 동물의 속성이며 새들의 속성인 그것은,
본능적이고, 자연스러운, 닳고 닳은 주제이다.

제83장

:

뤽상부르 공원에서, 상원Sénat 의사(醫師)의 작은 사택 옆에서 벌어지는 체스 놀이의 말들이 체스판 위에서 부딪치며 울리는 소리를 나는 더 이상 들을 수 없다.

모르파 집안 공작들이 살던 성의 원통형 탑이 그림자를 드리우던 유년기의 집 안에서 둥근 말들이 체커놀이판 위에서 달그락거리는 소리를 더 이상 들을 수 없다.

아슈켈론[1]의 작은 운동장에서 충격 흡수 테이블 위로 도미노가 무너지며 내는 소리를 더 이상 들을 수 없다.

쇼[2]에서 부삽으로 양동이에 담긴 석탄 두 덩어리를 덜어내는 소리, 석탄이 주방 화덕의 불길 속에서 후드득거리며 무너지는 야릇한 소리를 더 이상 들을 수 없다. 앙스니[3]의 2층 거실의 피아노 위에 놓인 제1제정풍의 마름모꼴 메트로놈의 태엽 소리를 더 이상 들을 수 없다. 그것은 드농[4]이 디자인한 것으로 마호가

---

1) 이스라엘 남서부의 도시.
2) 프랑스 아르덴 지방의 마을.
3) 프랑스 루아르-아틀란티크 지방의 도시.

니 재질로 이집트의 피라미드처럼 만들어진 것이다. 나는 태엽을 감는다. 도로 뒤집는다. 그리고 흑단 그랜드피아노 위에 올려놓는다. 틱, 탁.

배[船]처럼 생긴 침대 위에 매달린 배[梨] 모양의 전기 스위치, 손에 쥐면 몹시 보드랍게 느껴지고, 엄지의 볼록한 부분으로 천천히 자개 누름단추를 누르면 나던 찰칵 소리는 어디로 갔는가?

음악들.

그것은 **존재했던 것**으로서 우리 내면에서 떠도는 것을 소리 나게 만드는 진짜 음악들이었다.

---

4) Vivant Denon(1747~1825): 프랑스의 판화가, 외교관, 행정가.

제84장
:
황홀

황홀을 무엇이라고 하면 좋을까?

시간은 부단한 황홀을 정의한다. 그리스어 *ex-stasis*는 자신의 밖으로 나오기를 의미한다. 황홀이라는 말이 태생동물의 단어인 까닭은 두 가지 상태를 전제로 하기 때문이다. 황홀이라는 말 내부에서 공간이라는 말은 시간에 비해 부차적인 것임이 분명해진다. 황홀이란, 분출이 불을 내뿜고, 분화구를 파이게 하고, 용암을 토해서 화산을 만들고, 마침내 그것을 대기권 표면에 우뚝 세우는 것처럼, 자신의 밖으로 나오는 것에 불과하기 때문이다.

*

본성의 밑바닥에 뒤처진 시간이 있듯이 영혼의 깊은 곳에도 뒤처진 시간이 있다.

옛날의 한가운데서,

뛰어오를 태세로,

두 개의 시간이 웅크려 있다.

제84장

우리의 내면에는 도무지 알 수 없는 시간이 있는 탓에 그것을 드러낼 도리가 없다.

어둠과 하늘의 한복판에는 너무 오래된 시간이 있는 탓에, 모른 척하고 싶어도, 아무도 그러지 못한다.

*

성적 쾌감의 헐떡임에서, 단말마의 헐떡임에서 숨결이 완전히 빠져나오려고 한다. 이빨과 입술 같은 이상한 꺼풀들의 장애물을 벗어나서 다시는 돌아오지 않으려 한다.

나가기, 리비도, 에로스, 밀쳐냄 *pulsio*, 외출하기 issir, 분출하기, 솟구치기 *jadir*.

우주 자체도 하나의 미는 힘이다. 라틴어로는 *pulsio*. 그리스어로는 *phusis*. 외부로 드러나는 내부의 핵. 하나의 나타남. 하나의 *Exter*(외부).

성(性)이 하나의 *Alter*(타자)를 만들어내듯이.

*

본성이란 무엇인가? 본성은, 눈(目)이 빛에서 기인되듯이, 공기에서 비롯된 영혼을 황홀하게 하고, 전(前)-시간으로 이동시킨다.

본성은 과거에서 살고 있다.

제84장

야성적 본성에서 읽히는 공시적 황홀.

갑자기 주의 깊게 먹잇감을 주시하는 시선.

헤겔의 저작에 회색 고양이들이 다시 등장하는 이유는 무엇인가? 토리노[1]에서 니체 앞에 말이 나타났던 것은 어째서인가? 모차르트의 삶에 카나리아가 나오는 까닭은? 루소의 삶에서의 개는? 레리스[2]의 황소는? 뒤라스[3]의 파리는?

*

용감한 껴안음이 있다.

이런 야릇한 팔 벌림, 묘한 껴안음이 포옹이다. 옛날은 순수 상태의 성적인 것이다.

일상 언어는 가장 분명한 것인데도, *basiari*(성교하다)라는 동사보다 모호한 동사인 embrasser(포옹하다)를 선호한다.

나는 타인이다.

나는 타인의 손을 잡는다.

나는 타인의 팔을 잡는다.

타인의 몸에 합류하려고 타인의 몸을 취하기. 나는 타인의 몸에서 떨어져 나왔다. 달랑 내 육체만으로는 내가 아니다.

---

1) 이탈리아 북부의 도시.
2) Michel Leiris(1901~1990) : 프랑스의 민족학자, 작가.
3) Marguerite Duras(1914~1996) : 프랑스의 소설가, 시나리오 작가, 영화인.

제84장

요술 석반이 표면에 기재된 것을 지우는 것과 마찬가지이다. 침묵의 언어가 자신의 침묵의 물속에서 다른 무엇을 들어 올려 되살아나게 하는 것과 마찬가지이다.

글은 *infantia*(말하지 못함)이다. 글을 쓰는 자는 *infans*(말 못하는 존재), 말들의 왕국에 있는 infant(어린애)[4]이다. 최초의 침묵을 되찾은 말들은, 자신들의 새벽에 그러했듯이, 드러내려는 것을 다시 늘어놓는다.

독서를 통해 말 못하는 시기인 새벽이 모색된다.

*

꿈은 황홀의 내용이다.

꿈의 신호는 아랫배에 달린 페니스의 발기 혹은 허벅지 사이의 음부의 팽창이다.

다른 세계로 보내는 20분 동안의 무의지적 신호.

20분 동안, 허벅지의 선이나 아랫배 위로 곤두서는 신호는 '내면이 꿈꾸고 있다'는 의미이다.

매우 신속한 두뇌 활동과 동일한 시간에 일어나는 주기적 발기.

영어로는 이렇게 말한다. *Rapid eye movement sleep*(REM 수면).[5]

---

[4] 키냐르가 enfant(어린애)을 infant로 변형시켜 신조어를 만든 이유는 '말 못하는 어린애' 라는 의미를 전달하기 위한 것으로 보인다.

제84장

환상, *phusis*, 황홀, 에로스, *pulsio*, 무의식, *jaculatio*(발사), *ejaculatio*(사정)은 여기 그들의 옛날 안에서 서로 섞인다. 마치 새들이 그들의 라틴어 안에서 섞이는 것처럼.

*

어째서 동물은 꿈의 도움으로 잠을 교란해야 했을까?

어째서 뒤죽박죽인 이미지들의 느닷없는 발작으로 육체의 휴식이 홀대받아야 했을까?

어째서 새와 척추동물의 경우에 흥분된 가짜 인식들의 쇄도가 정온성과 동시에 나타났던 것일까?

어째서 허약함에 제3의 상태가 추가된 것일까?

어째서 정온동물들은, 자신을 위협하는 외부 환경에는 문을 닫으면서, 출생에 선행될 뿐 아니라 수태보다 더 오래된 내생(內生)의 프로그램에는 무방비로 열리는 것일까?

어째서 살아남은 정온동물만이 꿈꾸는 자들이었을까?

*

---

5) '빠른 안구 운동 수면' 시에는 꿈을 꾸게 되는데, 뇌파상으로는 각성 시의 뇌파와 유사한 양상을 보인다. 특징적으로 안구가 빠르게 움직이고 혈압도 상승해서 남성의 경우 발기가 일어난다.

제84장

출생 후보다 전에 훨씬 더 많은 꿈을 꾼다.

두 눈을 감은 채 열심히 옛날을 생각하는 솜누스.[6]

어떤 경험도 쌓기 전에 세습받은 산언덕을 감시하는 목동.

새벽 햇살을 기다리는 보초병.

과거 이전의 과거의 수호자.

비시간적achrone 크로노스[7]의 호위병.

---

6) 잠을 인격화한 신.
7) 시간을 인격화한 신.

제85장

:

 그들은 돌연 눈앞에 펼쳐진 망망대해를 보았다. 새하얀 하늘 아래 반짝이는 바다는 풀빛처럼 녹색이었다. 흰 파도가 둥글게 말리며 모래톱으로 밀려와 부서졌다. 끝도 나이도 없는 소리가 우리를 감쌌다. 바닷새들이 울었다. 나는 갈색 모래를 밟으며 나아갔다.

제86장
:
과거의 빛

아이슬란드의 빛. 희끄무레하게 보이는 거대하고 미지근한 화산에 아주 낮게 드리워진 빛. 수면에 깔린 듯한 빛. 수평을 맞춘 발광(發光).

세상 위로 퍼지는 햇살.

극(極)에 아주 가까운 빛.

꺼져가는 빛이 아니라 임박한 빛.

가물거리는, 희미한, 희한하게도 지면을 스치는 빛.

파충류 같은 것이 옛날의 빛이다.

계절과 시대를 잘못 골라 가시세계로 귀환할 때 떨어지는 빛 방울들을 먼지로 뒤덮거나 석회화하는, 비스듬한, 아른거리는, 먼지투성이의 빛, 그것이야말로 아주 오래되고 아주 새로울뿐더러, 시간이 저 자신과 맺는 관계 속에서 점점 더 새로워지는 빛이다.

약간 진하고 반투명한 옛날의 정액이 빛 방울들에 추가된다. 빛 방울들 안에서 폭발한다.

자신이 놓이는 모든 것 위에 나타나는 정액의 놀라운 불거짐. 게다가 무한이 비스듬한 탓에, 거의 완벽하게 비물질적이다. 옛날의 정액은 극소수의 사람에게만 보인다.

그것은 세상에 희미하게 퍼져서 세상의 풍경을 급작스럽게 변화시킬 때 보인다.

이 빛은 북쪽에서 오는 빛이다. 페르메이르[1]는 묵묵히 옛날을 방울방울 과거의 한가운데 내려놓는다.

로랭[2]의 화폭에서는 빛 자체가, 당시에는 매몰 상태였던 로마의 폐허 주변에 펼쳐진 들판의 눈부심 속에서, 빛에 대한 그리움으로 바뀐다. 마치 사라진 빛을 찾듯이 로랭의 붓끝에서 탐색되는 것은 옛날일 것이다.

과거에 의해, 고대 이교 문명의 과거에 의해, 로마의 과거에 의해, 그리고 제국의 과거에 의해, 그다음엔 공화정의 과거에 의해, 또 왕정의 과거에 의해, 이전의 과거에 의해, 그 이전의 과거에 의해, 가상의 과거에 의해, 창조적 과거에 의해 차례차례 먹혀버린 빛.

자신의 태양까지 거슬러 올라가는 빛.

*

다음과 같은 황홀한 논점이 떠오른다. 토스카나와 움브리아[3]

---

1) Jan Vermeer(1632~1675): 네덜란드의 화가.
2) Claude Lorrain(1600~1682): 프랑스의 화가. 본명은 클로드 즐레이다.
3) 이탈리아 중부에 있는 지방.

의 모든 골짜기와 산봉우리에서는 **완전히 사라진 것이 여전히 빛을 발하고 있다.**

*

나는 마지막 구절을 반복한다. "완전히 사라진 것이 여전히 빛을 발하고 있다."
지구상에서 가장 젊은 땅이 나에게 가장 강렬한 과거의 느낌을 주었던 땅이다.
하늘에서 아주 낮은,
땅에 아주 인접한 아이슬란드의 빛.

*

아이슬란드는 끊임없이 내 마음을 사로잡는다. 단 한 번 그곳에 갔을 뿐인데도 끊임없이, 내 머릿속에서, 이 땅은, 마치 자석처럼, 이 세상에 존재하는 자극(磁極)처럼, 나를 끌어당긴다.
꿈에서도 나를 끌어당긴다.
섬 이상인 화산.
그것은 나머지 땅과는 전혀 닮지 않은 땅이다.
땅 위에 인류가 출현한 **이후에** 바다에서 솟아오른 단 하나의 커다란 땅덩어리.

제86장

바람이 그곳을 아직 침식하지 않았으므로 그 땅의 질료는 점도, *humus*(흙), *humilitas*(소박함), *humanitas*(인정), 농도, 색깔을 그대로 유지하고 있다.

*

사막의 낡음은 거의 과거이다. 화산은 **언제나** 옛날이다.
새것과 과거는 낡은 것과 고백처럼 연관된다.
태초의 혼돈은 우리의 내면에서 낡지 않았다. 고백될 수 없는 것은 우리의 내면에서 낡지 않았다.

*

새로운 것은 언제나 새것으로 남는다. 과거와 현재를 대립시킬 수는 없다. 근접성인 현재는 오늘의 잔해들을 밀면서 부단히 기슭을 향해 다가간다. 지금의 순간은 솟구침에 맞서서 밀쳐낸다.

하지만 파도의 포말 이면에서, 파도를 둥글게 마는 움직임, 말아 올리는 움직임, 힘껏 들어 올렸다가 던지는 움직임, 가장 유동적이고 가장 집요한 이런 움직임이야말로 가장 오래된 것이다.

그것은 새로운 것이다.

죽은 고기를 먹는 짐승에게는 시체가 있을 뿐이어서 그것으로 생명을 얻는다. 생물학자에게는 생물이 있을 뿐이어서 더 이상

제86장

수액도 정액도 피도 흐르지 않는 것 안에 매몰된 화석을 떼어낸다. 역사학자들은 소멸된 것들 그리고 망자의 무덤에 들어 있는 와해된 부장품들을 유난히 좋아한다. 고고학은 지하에 숨어 사는 마지막 존재를 제거한다.

모든 분출에는 단 하나의 분출이 있을 뿐이다. 유일한 분출은 원천의 분출이다.

오직 하나의 원천이 있다. 동물들보다 선행했던 생명에 선행하는 하나의 태양이 있을 따름이다. 그것이 내가 옛날이라 부르는 것이다.

제87장
:
과거의 소리[音]에 대하여

바다는 무한하게 느껴지게 소리를 낸다. 그리스에서는 지구상의 어떤 곳에서보다 소리가 또렷이 들린다. 목소리의 주인공이 탄 배가 보이기도 전에 목소리가 들린다. 우리는 내심 이렇게 짐작한다. "오디세우스가 키르케[1]에게, 파이키아의 왕[2]에게, 라이르테스[3] 노인에게, 자신을 알아보지 못하는 아내에게 말을 하고 있구나."

목소리는 아직 대기 중에 흩어지지 않았다.

사실 바람도 거의 불지 않는다.

사실 나무로 된 노(櫓)가 바닷물 밖으로 나올 때의 소리가 들린다.

노는 2천8백 년 전부터 흠뻑 젖어 있다. 날씨가 화창해서, 나는 햇빛을 받으며 누워 있다.

나는 소스라쳐 몸을 일으킨다.

---

1) 오디세우스가 아이아이에 섬에 들렀을 때 동료들을 멧돼지로 변신시킨 마녀.
2) 전설의 섬 스케리아에 있는 파이아키아의 왕 알키노오스를 가리킨다.
3) 오디세우스의 아버지.

제87장

노가 물에 부딪치는 소리는 굉음을 내며 떨어지는 한 방울의 시간이다.

*

리코폴리스[4]의 플로티노스는 비가시(非可視)와 에피파니를 대립시켰다. 그는 본질과 외관이 밤과 낮처럼 편극된다고 주장했지만 그것은 평등한 대립의 문제가 아니다.

어둠이 먼저이고, 빛은 나중이다.

플로티노스는 본래의 공시성들 가운데 첫번째 것을 건드린다. 방향 상실이 불가능한 어떤 것이 방향 전환이 불가능한 시간 안에서 떠돌고 있다. 어둠이 먼저이고, 빛은 나중이다.

대기 중의 삶에 앞서는 어둠, 출생 이후의 빛.

물리적 폭발 이전의 캄캄한 허공인 하늘.

어둠과 빛은 *Ante*(전)와 *Post*(후)로서 대조를 이룬다. 그리고 존재는 시간이 되어, 조상의 성적 교합, 유성(有性)인 개별자의 출생, 연인들의 성적 생식(生殖), 생김새와 성(姓)을 대물림하는 죽음, 이런 것들 사이에서 찢어진다.

나는 프로이트의 주장을 플로티노스의 용어로 다시 적어본다. 이 세계를 떠나는 자는 대물림이 없는 세계로 들어가서, 삼키기,

---

4) 북이집트의 나일 강 연안 델타 지역의 작은 마을.

제87장

추방하기. 잠자기의 구분이 사라지는 어두운 자궁 속의 비시간 achronie을 되찾는다. 기쁨 이편의 장소를 되찾는다. 그곳에서는 모든 기쁨이 즉각적이고, 모든 불행은 빠져나가며, 사라진 것은 전혀 없고, 어떠한 다른 삶도 상상되지 않는다.

그곳에서는, 빛조차 상상되지 않는다.

그곳에서는, 생성물로서 그리고 의미 전달체로서의 목소리조차 상상되지 않는다.

단지 어둠 속에서 소프라노 *melos*(멜로디)가 들릴 뿐이다.

*

외스타슈[5]는 영토를 확장했다.

트라야누스[6] 황제는 사막에 넓힌 영토를 자랑스럽게 여겼다.

하드리아누스[7] 황제는 영토 확장을 단념했다. 그리고 고원의

---

5) Eustache: 로마의 기독교 순교자(2세기). 트라야누스 황제 치하의 군사령관이었다. 전설에 의하면, 사냥을 하던 중에 놀랍게도 수사슴의 뿔 사이로 나타난 십자가와 예수의 형상을 보았고, 사슴의 입을 통해 예수의 말씀을 듣게 되었다. 그 일을 계기로 기독교로 개종하게 된 그는 후에 불을 지핀 청동 황소상 안에 던져져 죽임을 당했다고 한다.
6) Marcus Ulpius Trajanus(53?~117): 로마의 황제(재위 98~117). 로마의 영토를 넓혔다.
7) Publius Aelius Hadrianus(76~138): 로마의 황제(재위 117~138). 트라야누스 황제의 조카이며 후계자로 그리스 문명의 예찬자였다. 광대한 로마제국을 통합하고 공고하게 만들었다.

제87장

숲 아래로 흐르는 유프라테스 강[8]을 따라 뻗어 있는 해변을 로마 제국의 경계로 삼았다.

외스타슈는 당시의 공간에서 서양의 지평을 넓힌 로마의 마지막 장군이었다.

그가 죽었다.

외스타슈 성인이 죽자, 고대 로마의 영토는 알지 못하는 어딘가에서 움츠러들었다. 기이한 '공간'은 알지 못하는 어떤 숲 속, 어떤 도랑 속으로 숨어 들어가 죽었다.

그것이 중세이다.

과거의 도랑.

우리는 플랑드르[9] 숲의 침묵에서 그것을 되찾았다.

침묵 속에서, 빽빽한 나뭇가지와 잎들이 만들어낸 어둠 속에서, 로마제국은 성인(聖人)이 사냥을 하고 있을 때 **수사슴의 뿔들 사이로** 나타난 태양의 기호이다.

*

우리는 우리의 앞선 삶들과 동일한 질료로,

---

8) 서아시아 최대의 강. 터키의 아르메니아 고원에서 발원하여 시리아를 가로질러 흐르다가 이라크 남부에서 티그리스 강과 합류하여 알아랍 강을 형성한 후 페르시아 만에 이르기까지 총 2,700km에 달한다.
9) 중세에 북해 연안의 저지대 남서부에 있던 공국. 이 지역은 오늘날 프랑스의 노르 주와 벨기에의 동·서 플랑드르 주, 네덜란드의 젤란트 주로 나뉘어 있다.

제87장

 우리의 내면을 떠도는 혼불의 주인인 조상의 삶들과 동일한 질료로,

 조상이 나타나는 우리의 꿈들과 동일한 질료로,

 우리에게 죽은 자들이 말없이 기별을 전하는 꿈들과 동일한 질료로 만들어졌다.

 죽어가는 왕들이 그러듯이.

 문득 도망가기를 멈추고 풀을 뜯는 수사슴들, 그리고 뿔들 사이에 걸린 둥근 별이 그러하듯이.

*

 로마 군단의 병사 114명은 53년 파르티아[10]인들의 포로가 되었다.

 그 후 훈족[11]의 포로가 되었다.

 그 후 중국인들의 포로가 되었다.

 모두가 리키니우스 크라수스[12]의 병사들이었다.

 114명의 로마인들은 중국으로 잡혀갔다.

 세 명이 돌아왔다.

---

10) 파르티아 제국(B.C. 247~A.D. 226)은 53년 카레(하란)에서 로마군과 싸워 유명한 전승을 거두었다. 파르티아는 대략 현재 이란의 호라산 지역과 일치한다.
11) 370년경 유럽 남동부를 침략해 이후 140여 년간 유럽 남동부와 중부에 거대한 제국을 건설한 유목 민족.
12) Marcus Licinius Crassus(B.C. 115?~B.C. 53): 로마의 정치가.

제87장

그들은 매우 늙어 있었다. 그들은 과거가 아니라 다른 세계인 어떤 과거에 대해 말했다.

사람들은 그들의 이야기를 들으며 미소 지었다. 하지만 무슨 말인지 전혀 이해하지 못했다.

남들이 자신들의 말을 믿지 않으므로, 그들은 입을 다물었다.

*

증오는 과거의 증거이다.

증오, 그것은 감싸였던 몸뚱이가 이미 사라진 외투를 두드리는 것이다.

직물은 벽에 후려쳐도 소리를 내지 않는다.

그것은 젖가슴이 사라진 채 걸리는 원피스를 두드리는 것이다.

증오는 과거의 급여를 규정한다.

죽은 자들의 보수는 침묵이다.

과거가 많은 사람에게는 증오도 많다.

풍부한 증오, 침묵의 보고(寶庫), 끓어오르는 피의 경이로움.

*

프란츠 슈베르트가 작곡한 6백 편의 모든 *lieder*(가곡)의 뒤편에서는 실낙원에서 불리던 어떤 노랫가락이 들려온다.

제87장

*

일본의 옛 여류 시인들이 학을 바라보며, 파도를 바라보며 이렇게 말했다.

"천년 지우(知友)가 나타나는 모습을 보는 듯하구나."

그러더니 식물과 동물의 어머니에게 계속해서 절을 올렸다.

제88장

천년 지우(知友)

 그는 기원전 55년에 출생했다. 이름은 루키우스 안나이우스 세네카[1]였다. 에스파냐 사람이고, 부자이며, 고대 기사 계급 가문의 출신이었다. 가문의 저택은 코르도바[2]의 포룸 남쪽에 있었다. 출생년도는 카이사르가 뫼즈 강의 물속에 친형제들을 빠뜨려 죽인 해였다.

 기원전 49년, 내전이 에스파냐까지 확대되었으므로, 카이사르는 에스파냐의 도시들을 포위 공격하고 주민들을 기아 상태에 빠뜨려 정복했다. 세네카 부자(父子)는 단호히 폼페이우스[3]의 진영에 속했다. 고고학자 바로[4]는 코르도바에서 그에게 항복했다. 어린애였던 아버지 세네카는 바로가 손을 치켜들고 충성을 맹세하

---

1) Lucius Annaeus Seneca(B.C. 55~A.D. 39) : 로마의 수사학 교사이며 수사학에 관한 라틴어 책의 저자.
2) 에스파냐 중남부 안달루시아 지방의 주.
3) Magnus Gnaeus Pompeius(B.C. 106~B.C. 48) : 로마 공화정 말기 삼두정(三頭政)의 한 사람으로 카이사르와 친구였으나 후에는 정적이었다.
4) Marcus Terentius Varro(B.C. 116~B.C. 27) : 로마의 위대한 학자이며 풍자 작가. B.C. 76년에는 폼페이우스의 친위 재무관이 되었고, B.C. 67년에는 그의 밑에서 해적에 대항해 전쟁을 치렀다. B.C. 47년에는 카이사르의 사서가 되었다.

러 가는 것을 보았다. 로마 최고의 학자였던 바로의 명예는 실추되었다.

이집트인에게 잘려 나간 폼페이우스의 머리는 등나무 바구니에 담겨져 알렉산드리아 항구의 부두에서 카이사르에게 바쳐졌다. 그때, 사람들은 생전 처음으로, 알레지아[5]의 승자인 종신 독재관 *dictator perpetuus*이 눈물을 흘리는 모습을 보았다. 옷소매로 얼굴을 가린 탓에 소매의 주름들만 보였다. 날이 밝자, 회한만큼 오래된 고대인이었던 카토[6]는 자신이 읽던 플라톤의 『파이돈』 두루마리를 턱으로 되감고, 등잔을 불어서 끈 연후에, 서두르지 않고 옆구리에 검을 찔러 넣었다.

*

기원전 45년, 로마 공화국과 에스파냐는 문다[7]의 성벽 밑에서 돌이킬 수 없는 참패를 당했다.

세계의 한복판에 위치한 바다는 해적이 될 수밖에 없는 추방된

---

5) 카이사르는 B.C. 52년 알레지아(프랑스 코트도르 주에 있던 고대 도시)에서 갈리아 부족의 왕인 베르킨게토릭스의 대군을 격퇴했다.
6) Marcus Porcius Cato Uticensis(B.C. 95~B.C. 46): 로마의 정치가. 카이사르를 비롯한 권력가들에 맞서 로마의 공화정을 수호하려 애쓴 보수적인 원로원 귀족들의 지도자였다.
7) 에스파냐의 고대 도시. 카이사르가 폼페이우스를 물리치고 고대 로마의 내전을 종식시킨 전투가 일어났던 곳이다.

자유민 남자들로 들끓었다.

루키우스 안나이우스 세네카가 그들에 관한 이야기를 듣고 있을 때, 그의 친지와 지지자 들은 폭군 살해자인 몇몇 늙은이들의 상처를 치료했다. 그들은 추방을 모면하고 지방 도시에서 가장 이목을 벗어난 (가장 잡음이 안 날 만한) 변두리에 피신해 있던 터였다.

기원전 42년, 측근을 위해 이탈리아 전역의 토지 분배에 착수한 옥타비아누스[8]는 대다수의 시민들을 다시 바다로 내몰았다.

그들은 강 하구에서 불안정한 뗏목 위에 그리고 불운의 배 안에 빼곡히 실렸다.

어렴풋한 평화의 분위기 속에서, 에스파냐 출신의 청년이라는 공통점을 지닌 세 사람, 즉 루키우스 안나이우스 세네카, 마르쿠스 포르키우스 라트로, 루키우스 유니우스 갈리오[9]는 함께 로마 여행을 떠났다.

그들의 스승은 마룰루스였다.

그들은 모든 웅변가와 모든 수사학자 들의 말을 경청했다. 아버지 세네카는 수사학자가 되지 못했고, 웅변가도 되지 못했다. 갈리오와 라트로는 그렇게 되었다. 라트로는 고대 로마에서 아마도 가장 위대한 웅변가였고, 틀림없이 가장 독창적인 사상가였

---

8) Gaius Octavianus(B.C. 63~A.D. 14): 로마의 초대 황제. 카이사르의 독재정치로 공화제가 무너진 후 아우구스투스라는 칭호로 황제가 되었다.
9) Lucius Junius Gallio: 세네카의 형.

다. 어느 날 나는 그의 말들을 빠짐없이 기록했다. 그의 생각을 작은 책으로 만들었던 이유는 화초나 꽃에 물을 주듯이 이 고인에게도 물을 좀 줄 필요가 있다고 느꼈기 때문이다. 나는 이 책에 『이성(理性)』[10]이라는 제목을 붙였다.

*

옥타비아누스가 아우구스투스로 바뀌는 순간부터, 새로운 군주는 원로원을 통제하고, 포룸을 마비시키고, 연단을 폐쇄하고, 조직을 제거하고, 풍속을 억압했다. 세 개의 내해 및 대해에 주둔한 함대 수를 늘려서 국경의 병력을 증강했다. 그리고 무역을 질서와 번영으로 이끌었다.

이번에는 그가 자유민 남자들을 추방했는데, 그들 중에서 입을 열어 자기 생각을 말하기 좋아하는 버릇이 있는 자들만 띄엄띄엄 돌아왔다.

아버지 세네카와 라트로는 기원전 13년경 로마를 떠나 에스파냐로 돌아왔다.

세네카는 그곳에서 웅변가 클로디우스 투리누스와 재회했다.

세네카는 코르도바에서 귀족계급의 매우 젊고 부유한 여인 헬비아와 결혼했다. 그녀와 30년 넘게 함께 살다 헤어졌다. 헬비아

---

10) 1990년에 출간된 키냐르의 작품.

제88장

의 언니는 세야누스[11]의 친구인 카이우스 갈레리우스[12]의 부인이었다. 아버지 세네카와 헬비아의 슬하에는 아들만 셋이었다. 성 바울과 만난 적이 있는 프로콘술[13] 세네카, 세야누스의 피보호자이며 네로 황제의 대신이었던 철학자 세네카,[14] 루카누스[15]의 아버지인 은행가 세네카가 그들이다.

*

모든 세네카들 중에서 가장 위대한 세네카는 아버지 세네카이다. 나는 그에 관해 말하고자 한다. 그는 당대에서 가장 놀라운 기억력의 소유자였다.

그는 무엇이든 전부 기억하고 있었지만, 정작 그의 생애에 관해서는 별로 알려진 바가 없다.

그가 무엇을 하며 일생을 보냈는지 모른다.

그가 무엇에 일생을 바쳤는지 누가 알겠는가?

그래서 현재 남아 있는 둘째 아들이 남긴 편지들에서 몇 가지

---

11) Lucius Aelius Sejanus(B.C. 20~A.D. 31) : 티베리우스 황제 때 로마제국의 최고 행정관.
12) Caius Galerius : 당시의 이집트 주재 사령관.
13) Proconsul : 고대 로마 공화국에서 1년의 임기를 마친 후에도 일정 기간 동안 임기가 연장되어 계속 권력을 행사하는 집정관.
14) Lucius Annaeus Seneca(B.C. 4?~A.D. 65) : 로마의 철학자, 정치가, 연설가, 비극 작가.
15) Marcus Annaeus Lucanus(39~65) : 로마의 시인.

제88장

세부 사항을 발췌해보았다.

그는 로마인들이 애초에 전제했던 오래된 엄정성과 분산되지 않는 에너지, 왕정 거부의 시기와 공화국 초기를 무척 좋아했다. 철학을 무시했고, 신비주의를 경멸했으며, 동양을 싫어했다. 그리고 감언이설이 배제된, 논리적이고, 직선처럼 올곧은, 간결하고 다부진, 진중하면서 절제된, 신랄하면서 굼뜬, 예리한 지성을 높이 평가했다. 반면에 나약함을 몹시 혐오했고, 음란한 행위를 보면 무척 수줍어하면서도 결코 비난하지 않았다. 또한 이해타산을 아주 수치스럽게 여겼으며, 사리사욕과 무기력에 염증을 느꼈다. 그것은 이미 가혹한 체제로 변한 공화국이 멸망하게 된 원인이었다.

기원 초에, 라트로는 죽고, 티베리우스는 로도스 섬으로 유배되고, L. A. 세네카는 다시 로마로 떠났다.

그는 자신의 아들들과 그들의 이모를 로마로 데려갔다.

14년 8월 14일, 나폴리 근처의 놀라[16]에서, 정오에서 세 시간이 지났을 무렵, 아우구스투스는 설사를 하다가 죽었다.

22년 티베리우스는 아에리우스 세야누스에게 실권을 위임했는데, 세야누스는 카이우스 갈레리우스의 보호자이고, 갈레리우스는 세네카 집안의 보호자인 까닭에, 세네카들은 리비아[17]와 아

---

16) 이탈리아 남부 도시.
17) Livia(B.C. 58~A.D. 29) : 아우구스투스의 아내이며, 티베리우스의 어머니이고 클라우디우스의 할머니.

제88장

그리피나[18]의 보호를 받게 되었다.

31년 카이우스 갈레리우스는 이집트에서 돌아와서 죽었다. 항해 도중에 폭풍우가 몰아치는 동안 세네카의 작은 아들과 아들의 이모는 정신착란에 빠진 갈레리우스가 갑판에서 물속으로 떨어지지 못하게 그의 양손을 붙잡고 있어야 했다.

37년 3월17일, 마크로[19]는 티베리우스를 두 개의 매트리스 사이에 끼워 질식시켜 죽였고, 제국은 칼리굴라[20]의 수중으로 넘어갔다.

아버지 세네카는 웅변을 한 적이 전혀 없었다. 그는 역사가로서 존경을 받았다. 내전 초기부터의 로마 역사를 집필했다. 『내전 초기부터의 역사 *Historia ab initio bellorum civilium*』. 제목이 이상하다.

마치 인류의 시초에는 내전이 아닌 다른 무엇이 있다는 듯이.

인류의 종말에는 다른 무엇이 있다는 듯이.

*

내전은 프랑스에서 일부 군대의 소요로 인해 2001년 다시 일어났다. 제복 차림의 기동대가 국가에 맞서 일어나 가두시위를

---

18) Agrippina(15~59): 클라우디우스 황제의 아내이며 네로 황제의 어머니.
19) 당시의 황실 근위대장.
20) Caligula(12~41): 본명은 가이우스 카이사르. 로마의 황제(재위 37~41).

벌이는 광경, 가장 막중한 책임을 지닌 사람들이 선(善)을 비난하고 정의를 무시하는 광경, 그로 인해 도시 외곽과 농촌은 전화(戰火)와 유혈의 도가니로 변했다.

*

나비 한 마리가 얼이 나가서 공중에서 파닥거리다가 빠져나가면, 나비를 잡으려던 손가락들에 약간의 가루, 색깔, 보드라움, 미지근함, 빛이 남는다.

*

칼리굴라가 권좌에 오르자, 아버지 세네카는 세 아들을 위해 『웅변가들과 수사학자들의 색채론 Oratorum et rhetorum colores』이라는 제목으로 두루마리 11개 분량의 책을 구술(口述)하기 시작했다.

*

루키우스 안나이우스 세네카의 저작 중에서 전해지는 유일한 것은 『색채론』이다. 아버지 세네카의 텍스트들은 극히 이례적으로 독창적인 탓에 번역된 것이 거의 없다. 고대 이래로 라틴어로 쓰인 문학에서는 유례가 없는 텍스트의 생경한 힘 때문에 독자들은 지레 겁을 집어먹었다. 낭떠러지 같은 그의 문체는 둘째 아들의 모래 같은 문체와 대조되었다. 그의 텍스트는, 젊은 시절에 웅변가와 수사학자들이 그의 면전에서 읊어대던 문장들과는 다르게, 전후 문맥에서 동떨어져 제시되는 고립된 문장들의 병치로 이루어진 기억들이다. 단장(斷章)들은 상호 간의 관련성이 전무한 탓에 수수께끼로 가득해서 읽어내기 힘든 거대한 명세표이다. 각 문장을 인지할 때마다 사유는 또다시 원점에서 출발해서 하나의 의미를 즐겨야 하는데, 왜냐하면 사전 포석이 없을 뿐만 아니라 잇따르는 문장으로 보완되거나 그 문장 자체로 종결되지 않는 탓이다. 또한 텍스트의 주된 매력이 내용이 아닌 만큼 독자적인 문장의 낯선 형식에 정신을 집중할 필요가 있다. 형식들을 이끌어 갈 어떤 일반적 의미도 제시되지 않은 데다가 아무런 의도도 전제되어 있지 않은 까닭이다. 오직 각각의 형식이 지닌 힘에 이끌려 안나이우스 세네카는 머릿속에서 이런 형식들을 두 번씩이나 선택했던 것이다. 형식에 심취했던 첫번째 시기는 그가 청년기에 이런 형식의 문장들을 들었던 때이다. 두번째는 놀라운 기억력으로 이런 것들을 떠올려서 기록했던 때이다.

*

그가 이런 형식의 문장들을 처음 들었던 때는 로마의 초대 황제가 갑자기 전권을 장악하게 된 시기였다.

제88장

 대중의 삶인, 혹은 삶이었던 모든 웅변술은 돌연 저급한 일로 즉시 격하되어서 세습 귀족 집안의 도서실이나 수사학자들의 사설 학교처럼 자유로운 공간으로 남아 있던 몇몇 장소에서만 표출되게 되었다.

 원로원 의원, 집정관, 반체제 인사, 당파의 우두머리, 웅변가들(도시국가에 불필요한 존재가 되어서 자기 목소리를 낼 방도가 없어진 소송 변호사들)은 전제정치가 갑자기 자신들에게 부여해 준 여가 선용의 방법으로서 가상 연설을 찾아냈다.

 자유는 도서실, 학교, 놀이로 숨어들었다. 황제 자신도 사건 없는 이런 소송, 부질없는 경쟁, 목적 없는 언어를 장려했다. 그것은, 몰리에르의 희극이나 륄리[21]가 멋진 노래들로 아름답게 꾸며 무대에 올린 많은 장치가 사용된 비극들에서, 루이 14세가 프롱드의 난[22]을 진압하는 그런 방식으로 미화되고, 다듬어지고, 터져 나온, 귀청을 찢는, 재치 있는, 가상의 언어였다.

*

 흔히 아우구스투스는 루이 14세와 다음과 같은 점들에서 유사하게 여겨진다. 통치 기간, 국가의 철저한 변혁, 내전 및 공화파

---

21) Jean-Baptiste Lully(1632~1687): 이탈리아 태생의 프랑스 궁중음악 및 오페라 작곡가.
22) 루이 14세의 미성년 시절에 발생했던 일련의 내란(1648~1653).

의 전쟁 혹은 종교전쟁과 프롱드의 난을 계기로 독재체재로의 전환, 귀족계급의 예속 및 쿠리아[23]로의 편입, 기사와 해방노예와 부르주아의 신분 상승, 체계적 이데올로기의 확립, 검열의 강화, 엄격주의의 확산, 종교적 영향력의 확대, 끝으로 그들의 지배가 의도적 원천이 되어 이룬 예술의 변모.

하지만 이런 유사점들은 너무 단순해서 설명이 미흡한 한 가지 이유에 지나지 않는다.

나는 토스카나 언덕의 고지에서 고대 에트루리아[24]인들의 유해가 발굴되자 재빨리 길고 가느다란 유골의 형상을 모방했던 알베르토 자코메티[25]를 생각한다.

시대는 모방된다. 사실 한 사람은 다른 사람이 되기를 꿈꾼다. 이탈리아인 마자랭[26]은 실제로 에트루리아인 메세나[27]의 뒤를 이었다. 호라티우스가 메세나에게 도움을 청했던 것처럼 라퐁텐은 푸케[28]에게 후원을 요청했다. 베르길리우스[29]가 농업 정책을 보

---

23) 고대 로마에서 시민들을 정치적으로 구분한 단위. 민회, 원로원처럼 집회 장소나 교황청을 지칭할 때도 쓰인다.
24) 지금의 이탈리아 토스카나 지방.
25) Alberto Giacometti(1901~1966): 스위스의 조각가, 화가.
26) Jules Mazarin(1602~1661): 이탈리아 출신의 프랑스 총리.
27) Mécène(B.C. 69~B.C. 8): 아우구스투스 치하에서 대신을 지냈고, 베르길리우스, 호라티우스를 위시한 문인, 예술가들을 후원했던 인물. 그의 이름은 예술가, 문인, 학자의 부유한 후원자라는 보통명사로 쓰인다.
28) Nicolas Fouquet(1615~1680): 루이14세 치세 초기의 재무장관.
29) Publius Vergilius Maro(B.C. 70~B.C. 19): 로마의 시인. 『아이네이스』의 저자.

제88장

좌하고 국가와 신정 정치의 신화를 수립함으로써 왕을 도왔던 것처럼 라신은 왕이 치른 전쟁들을 기록했다.

제 배를 불릴 목적이라면 하시라도 자유를 실현할 각오를 지닌 자들은 항상 있었다. 즉, 공권력과 사회 통치를 유지시키는 개들.

그리고 배를 곯을지언정 반역자가 되는 자들도 있었다. 반골 철학자, 폭군 살해자, 소피스트, 은둔자, 얀센주의[30]자, 문인, 수사학자 들.

가장 젊은 연령층의 청중이며 비현실적 신조의 신봉자들은 광장에 모일 수도, 원로원에서 활개를 칠 수도 없었으므로, 봉기를 일으켜 결속하지 못했으나 그 수는 점점 불어만 갔다. 군중들은 모여들고, 가상의 연설은 매번 성공을 거두었다. 시민들 모두가 드러내놓고 수치심을 느꼈다.

이러한 허구의 서술은, 차츰 소설과 유사해졌으므로, 이야기가 끝남과 동시에 이야기를 꾸며낸 사람들을 죽음으로 몰아갔다.

이러한 연설가들은 모두 세헤라자데였고, 술탄 샤리하르는 아우구스투스 황제였다.

연설가들의 생애에 그토록 유배와 자살이 많고, 그들의 연설에 무수히 많은 폭군, 인질, 해적, 십자가에 매달리는 노예, 아버지에게 내쫓긴 아들, 강간당한 딸, 간통한 아내 들이 등장하는 것은 그런 이유에서이다. 이야기들은 저마다 냉혹함이나 야릇함,

---

30) 얀센에 의해 창시되었고 로마에서 배척받은 가톨릭 신앙의 일파. 구원의 열쇠는 인간의 선행이 아니라 신의 은총이라고 가르쳤다. 라신, 파스칼은 얀센주의자였다.

제88장

고풍이나 동양풍, 경직된 사고나 공격적 밀고, 거만한 난폭성과 그리스나 아시아의 프레시오지테[31]를 겨루었다. 이러한 허구들은, 그 수가 증가하다가, 흩어져버리고 말았다.

파편화의 결과로서 비약적 금언들로 분산된 조각들이 남았다. 그것이 제정기 로마 문학의 특성이며 아름다움이다.

*

18개월의 어린애들은 돌연 언어의 망망대해에 잠긴다. 모든 개인은, 언어를 말하기 시작하는 순간부터, 자신의 몽롱한 상태에서 벗어나 남에게 말을 함으로써 우선 자신의 말을 듣게 만든다. 나는 망망대해의 수면 위로 결코 떠오르지 못할 것이다.

누구나 그렇게 한다. 만 두 살이 되면 언어의 바다 속에 잠기고, 죽어서야 비로소 수면 위로 떠오를 수 있다.

제국 초기의 로마에는, 왕궁과 로마 혹은 속주(屬州)들의 중계자로서의 율법학자, 고급 관리, 소피스트, 아카데미 회원, 학자들은 없었고, 민간 수사학자들이 있을 뿐이었다.

오직 수사학자들만이, 문자언어의 모든 기술자 가운데서, 인류를 세대별로 집어삼키는 대양의 지배자가 되려는 야심을 품었다.

---

31) 17세기 프랑스 사교계에서 유행한 취향과 감정의 섬세함을 과시하는 사교 및 표현의 한 양식.

제88장

　수사학의 거장들은 당시에 *controversiae*(논쟁)이라 부르는 것을 구축했다. 논쟁은 그 자체가 가상의 법률 텍스트에 기초한 가상의 소송 변론이다. 더 이상 법정에서 행해질 수 없으므로 변론은 글로 기록되었다. 고대 로마의 잔해 속에서, 대가의 기념물이 발굴 대상이 아닌 쓰레기로 남아 있다는 것은 이상한 일이다.

　이것이야말로 다시 나타난 가장 희귀한 보물인데도 말이다.

*

　내가 보기에 아버지 세네카의 책은 몽테뉴가 섞인 플루타르코스[32]였다. 변론가들의 기술은 플루타르코스 자신에게로 귀결된다. 그는 성인의 전기들로 귀결된다. 성인전은 소설인 '로망'[33]으로 귀결된다. 얼굴을 가린 베일을 벗어 십자가에 매달린 아들의 나체를 가려주는 성모 마리아, 최후의 만찬에서 사용했던 *gradale*(성배)에 예수의 피를 받는 사도들. 외경(外經)은 *controversiae*를 떠올리게 한다. 또한 공포에 질린 얼굴로 휘장을 열어젖힌 채 마구간의 짚더미 속에서 죽은 키케로[34]의 최후를 떠올리게 한다. 혹은 고통의 모습을 재현하려고 올룬토스[35]의 모델을 죽인 파라시

---

32) Ploutarchos(46?~120?): 고대 로마의 그리스인 철학가, 저술가. 저술이 무려 250종에 달했던 것으로 추정되나 현재는 『전기』『영웅전』만 남아 있다.
33) 중세의 로망어로 쓰인 운문 혹은 산문의 소설.
34) Marcus Tullius Cicero(B.C. 106~B.C. 43): 로마의 가장 위대한 웅변가이자 수사학의 혁신자.

오스[36]의 전설을 떠올리게 한다. 외경은 알려진 장면들을 윤색해서 상상의 세계 속에 체계화한다. 그렇게 만들어지는 것이 소설이다. 말구유가 하나 있다. 그러면 당나귀도 한 마리 있다고 꾸며내게 된다. 소도 한 마리 꾸며낸다. 계속해서 꾸며낸다.

곧 *declamationes*(변론들)과 *fabulae*(우화들) 사이의 구분이 모호해진다. 전부 지어낸 이야기가 되었기 때문이다. 60년의 시간이 흐르자, 페트로니우스[37]의 로망은 *declamatio*(변론)으로 직결되었지만, 그는 변론을 버리고 *satura*(풍자시)로 돌아섰다. 철학 장르에서 *suasoria*(격려 연설)는 *consolatio*(위로사)로 변형되었다. 철학자도 수사학자도 정치와 두려움에 예속된 탓에 생겨난 장르의 새로움을 꿰뚫어보지 못했다. 군주에 의해 갑자기 축소된 시민 생활의 치욕스러운 여파에 불과했던 혁신 장르의 장점들을 알아차릴 마음의 여유가 없었는데, 제대로 반론 한번 펴보지 못했기 때문이다.

그들은 우스꽝스럽게 모방했다.

언어를 꼼짝달싹 못하게 몰아쳤다.

본래의 언어를 분리시켜, 문체들을 시도하고, 현실의 나체와 언어의 의복 사이에 심연을 벌려놓았다. 그리고 언어의 거짓말의

---

35) 그리스의 고대 도시.
36) B.C. 4세기경 그리스 페소스의 화가. 고통의 모습을 생생히 재현할 셈으로 올룬토스의 늙은 노예를 고문하다 죽음에 이르게 했다고 전해진다.
37) Petronius Arbiter(?~66): 1세기 로마 사회를 문학적으로 묘사한 『사티리콘』(『사티로스 서』라고도 함)의 저자로 알려진 인물.

제88장

본성을 객관화했다.

기인(奇人) 카이우스 알부키우스 실루스[38]는 과장법을 음담패설에, 영예로운 삶을 시간의 예기치 않은 우연성에, 멜랑콜리에 빠지게 만들었다.

타키투스는 전기적 서술을 그것의 황금기, 역사적 서술의 초기, 즉 조사(弔辭)로 복귀시킨 엄청난 변론가였다.

Otium(유유자적), 과잉, 의례화, *katharsis*(카타르시스), 위계와 존엄을 뒤엎는 사육제적 전도(顚倒), 긴장, 도전, 이 모든 단어들이 축제의 주요 특성들을 정의하고 있다.

제국 시대 로마의 수사학은 힘들고 느리게 진행된 침울한 축제였다.

*

우리는 카이사르보다 라트로, 키케로보다 알부키우스, 발레리우스 막시무스[39]나 아들 세네카보다 오비디우스와 아버지 세네카에게 더 찬탄을 느낄까 봐 걱정할 필요가 없다. 이런 인물들이 평가 절하된 이유는 황제의 신임을 받지 못했기 때문이 아니다. 우리가 떠올려야 할 사람들은 독재자, 집정관, 네로의 대신 들이 아니다. 우리의 찬탄이 훌륭한 인물들의 수만큼 드물거나, 그들

---

38) 제15장 주7 참고.
39) Valerius Maximus: 1세기 로마의 역사가, 모럴리스트. 티베리우스와 동시대인이다.

이 고분고분하지 않았던 만큼 열렬하지 못할까 봐 두려워할 필요도 없다. 그렇지 않고 욕구 충족의 쾌락에 이끌린다면, 우리는 폭군, 금권 정치가, 광고나 선전 기술자, 혹은 갱 들의 발밑에 무릎을 꿇게 되리라. 대다수는 스스로 어른이 되기보다 아버지의 보호를 더 원한다. 꿋꿋하게 자신이 되기보다 권력의 보호와 그로 인해 누리게 될 특혜를 선호한다. 그들은 어린애들처럼 잠시도 가만히 있지를 못하는 자들이다. 어린애들은 끊임없이 태어나고, 끊임없이 두 팔로 어머니의 음순과 피를 밀쳐내고, 계속해서 아름다움과 빛과 추위의 심연인 세상으로 추락한다. 대부분이 고독보다는 그룹을, 기아보다는 재산을, 욕망보다는 의복을, 섹스보다는 몸치장을 선호한다. 수사학적 거리와 그로 인해 다소 과묵해진 유희적 구성보다는 마음이 편해지는 사투리의 잠을 선호한다. 머리보다는 입천장을 선호한다. 계속되는 염탐과 만사에 대한 호기심보다는 졸음을 선호한다.

*

고대 말기의 변론가들은 비현실적 현실을 탐구했다. 그리고 오직 한 가지 질문만을 제기했다. 우리가 세울 수 있는 가장 가상적인 법전으로부터 찾아낼 수 있는 가장 사실인 것 같지 않은 상황들에 대한 찬반을 어떻게 변론할 것인가?

세계적이 되어버린 예외 국가에서 법은 어디 있는가?

제88장

인간 내면의 야수는 어디까지 고집을 부릴 것인가?

*

로마의 세습 귀족에게 급여성 보수가 일체 금지되었던 그 옛날, 야심이라곤 원로원에 입성해서 다른 의원들 옆에 앉아서 공익을 운운하는 것뿐이던 시절에, 기사 루벨리우스 블란두스는 돈을 받는 사람이 되기로 작정한 최초의 자유인이었다. 그는 수사학 학원을 열었다. 말을 하는 대가로 돈을 받았다. 교사들의 선조였다.

고대 라틴어에 *professae*라는 단어가 있었다. 토목 담당관의 장부에 기록된 보수를 받는 매춘부를 가리키는 말이었다.

허구로 바뀌든가 금전적 보상으로 타락하는 웅변과는 달리 시민의 역할이 격상되면서 진짜 작가로 변한 가짜 웅변가들은 자신을 증오하게 되었다.

그들 스스로가 일조를 한 가치 하락은 지속되었다.

게다가 군주의 검열은 매우 광범위하고 뻔뻔하고 신속하게 작용했다. 사람들은 거장들의 존재를 잊었다. 시인 오비디우스, 철학자 루키아노스,[40] 소설가 아풀레이우스, 주교 아우구스티누스, 이들 모두가 웅변가였다는 사실은 거의 언급되지 않았다.

---

40) Lucianos(125~192): 고대 그리스의 웅변가, 풍자 작가.

제88장

이들 모두가 소설의 긴장된 장면들을 서술하는 대가로 대중으로부터 돈을 받은 사실도 누락되었다.

*

이야기 속의 주인공들은 가치 없는 것을 선택하고, 더럽혀진 칼을 움켜잡고, 독 없는 뱀에게 공손히 말을 걸고, 항아리 속에서 질벅대는 두꺼비에게 터무니없이 배려를 베풀고, 곡식알보다는 차라리 하찮은 작은 조약돌로 제 주머니를 채워야 한다는 것을 늘 유념하고 있다. 노바라[41] 출생의 카이우스 알부키우스 실루스는 변론에서 '가장 불결한 것들'의 이름이 거론될 수 있다고 생각했다. 어느 날 아버지 세네카가 *sordidissima*(가장 불결한 것들)의 예를 들어보라고 청했다. 알부키우스가 대답했다. "*Et rhinocerotem et latrinam et spongias*(코뿔소, 변소, 해면들)." 알부키우스의 생각은 반(反)철학적 신념에 굳게 뿌리박고 있다. 스토아학파의 철학자들은 과학이란 '*sordida*(불결한 것들)로부터 빠져나오는 움직임'으로 정의된다고 단언했다. 그들은 그러한 것이 인간 정신의 당위 혹은 본질(*praecipuum*)이라 여겼다. 알부키우스는 보편성의 추구에 개별성의 수집을 대립시켰다.

우주의 질서에 지상의 질서를 대립시켰다.

---

41) 이탈리아 북서부의 도시.

제88장

정화에 불결을 대립시켰다.

철학에 소설(혹은 소설의 직관)을 대립시켰다.

Aut vultus aut vulva(가장 숭고한 것이든가, 가장 비천한 것이든가).

카이우스 알부키우스 실루스라는 이름은 내게 구스타브 클림트[42]라는 이름을 떠오르게 한다. 1903년 이후의 클림트, 라벤나[43]의 모자이크 발견 이후의 클림트, 자신이 욕망했고 소유했던 여인의 나체를 그리는 클림트, 육체의 특성과 음부를 지극히 세밀하게 그린 연후에 그 위에 장신구와 옷을 덮어 가리고 금박을 입히는 클림트.

*

Vivam vocem audire(생생한 목소리를 듣기).

금박 밑에서, 전례법규의 붉은 글씨들 밑에서, 초서체의 검은 글씨들 밑에서, 여전히 자기 옆에서 울리는 "그들의 생생한 목소리를 들었다"고 아버지 세네카는 말했다.

극히 불결한 단어들에 대한 이론을 주장하는 알부키우스의 목소리가 자신의 "귓전에서" 아직도 생생하게 울린다고 말했다.

알부키우스는 9년에 자살했다.

---

42) Gustav Klimt(1862~1918) : 오스트리아의 화가 빈 분리파(전통 미술에 반기를 든 화가들의 단체)의 창시자.
43) 이탈리아 북동부 아드리아 해 근처의 도시.

제88장

*

라트로가 아버지 세네카의 절친한 친구였던 까닭에, 세네카는 그의 억양, 목소리, 높이, 어조, 표현을 정확하게—아마도 슬픔에 잠겨, 당황해하며, 봉하듯이, 향수에 젖어—묘사할 수 있었다. 라트로가 연습 삼아 목청껏 부르던 노래들을 세네카는 기억으로 되살린다. 그런 것들을 자신이 죽기 전에, *notarius*(속기사) 노예에게 구술하기 전에, 마지막으로 *stylus*(펜)을 들어 회양목 서판들(*tabellae*)에 급히 써내려간 이유는, 세 아들을 위해서라기보다는 자살한 친구의 기억에 충실하기 위해서일 가능성이 크다. *Taxi*는 빠르다는 의미의 고대 그리스어 단어이다. 11권으로 된 그의 『색채론』은 라트로의 생생한 초상의 묘사로 시작된다. 라트로는 세네카와 같은 해에 에스파냐에서 출생했다. 그는 세네카와 함께 로마에 왔고, 그와 같은 시기에 에스파냐로 돌아갔다. 그는 아마도 그리스인들로부터 계승된 사고에 근본적으로 대립된 사고를 지닌 유일한 로마인일 것이다. 그는 이렇게 말했다. "이성적 성찰은 너무 감상적인 탓에 믿어지지 않는다."

마르쿠스 포르키우스 라트로는 기원전 4년에 자살했다.

*

마르쿠스 아이밀루스 스카루우스 마메르쿠스[44)]는 황제의 명에

제88장

따라 33년 자살했다. 흘러내리는 피의 물결이 튜닉을 적셨다. 더 이상 피가 천에 배어들 수 없을 지경이었다.

피는 무릎 위로 쏟아졌다.

그것은 책을 영접하는 운명이다.

육신은 이름으로 바뀐다. 이름의 유령들은 아케론 강[45] 연안으로, 과거가 현재를 맡기는 망각의 침묵으로 끊임없이 다시 내려온다. 수사학자들은 제 목숨을 대가로 언어를 얻었다. 그들은 매혹적인 언어를 부인하지 않았고, 그것을 성찰의 대상으로 삼게 된 이후로 덕과 아름다움의 혼합체가 된 언어를 포기하려 들지 않았다. 게다가 선조나 고인들에게나 합당한 세계가, 황제들의 재임 초기 몇 년간은, 아마도 밀랍에 새겨진 형상들의 이면에서, 혹은 일체의 의미가 전도되는 침침한 청동거울의 한가운데서, 그들의 마음을 사로잡았을 것이다.

*

다음은 비비우스 갈루스[46]의 글이다. "*Praecipitati non quod impulit tantum trahunt, sed quod occurrit, et, naturali quodam deploratae mentis affectu, morientibus gratissimum*

---

44) Marcus Aemilius Scaurus Mamercus(? ~ B.C. 33) : 로마의 재무관.
45) 그리스 이피로스의 테스프로티아에 있는 강.
46) Gaius Vibius Trebonianus Gallus(206 ~ 253) : 로마의 황제(재위 251 ~ 253).

est commori(나락으로 떨어진다고 느끼는 사람들은, 자신들을 떠민 자들뿐만 아니라 고통이 미치는 범위 안에 있는 모든 것을 끌고 들어간다)." 죽게 되는 사람들이 혼자만 죽지 않으려는 것은 절망에 빠진 영혼의 자연스러운 감정이다.

아버지 세네카는 39년에 홀로 죽었다.

그가 죽을 때 헬비아는 곁에 없었다. 세 아들도 없었다.

*

자부심은 우리 내면의 길들일 수 없는 것이다. 그것은 몸의 중심에 있는 성기에서 느껴지는 욕망처럼 다시 생겨나고, 사계절이 번갈아 뒤를 잇듯이, 해마다 동지가 되면 하늘의 궁륭에서 봄이 활기를 띠기 시작하듯이, 무의식적 충동이 나이로 인한 피로와 세월의 부식이나 침식을 모르듯이, 그렇게 되풀이된다. 루키우스 안나이우스 세네카 혼자만이 기억하는 그의 저작들은 소멸되었다. 그런가 하면, 그 작품들을 낭송했던 사람들은 대부분 폭력적으로 목숨을 잃거나 제국의 국경 밖으로 추방되었다. 이오니아의 섬이나 팔레스타인과 이집트의 사막으로 쫓겨난 은자들처럼.

창작하는 사람들의 소위 관조적인, 소위 불굴의, 소위 차분한 폭력은 폭력을 부른다.

*

제88장

아득히 먼 시기의, 굴하지 않는, 뒤죽박죽인, 숯이 되어버린 이야기들, 이런 옛날의 허구들은 무시를 받았다.

예전에 이런 이야기들을 수집하던 자의 이름마저 잊혔다.

그의 아들이 황제의 측근에서 권력을 잡았던 사실은 기억되었다.[47]

41년 1월 24일, 카이레아와 코르넬리우스 사비누스는 칼리굴라를 칼로 찔러 살해했다. 클라우디우스 황제는 옷장 속에 숨어 웅크리고 있었다.

아들 세네카는 즉시 아버지의 기억을 지워버렸고, 가문의 이름을 수치스럽게 만들었다.

---

47) 아들 세네카는 네로 황제의 재위 초기(54~62)에 동료들과 함께 로마의 실질적 통치자였다.

제89장
:
아에네아스[1]

열아홉 살 때부터, 내가 쓴 첫번째 책[2]이자 모리스 세브[3]에 관한 책 이후로, 줄곧 내가 원하는 바는 무시당한, 난해한, 매혹적인, 까다로운, 고집 센, 훌륭한 인물들을 유령의 세계에서 귀환시키는 일이었다. 세브, 리코프론,[4] 알부키우스, 라비에누스, 다마스키오스,[5] 기 르페브르,[6] 자크 에스프리,[7] 니콜,[8] 라캉Racan, 엘로,[9] 파라시오스, 동 데샹,[10] 아버지 세네카, 하데비치.[11] 이들

---

1) 트로이와 로마의 신화적 영웅.
2) 키냐르의 공식적인 첫 작품은 『말 더듬는 존재』(1969)로서 그의 나이 21세 때 출간되었다.
3) Maurice Scève(1501?~1564?): 프랑스의 석학, 시인.
4) Lycophron(B.C. 4세기 말~B.C. 3세기): 그리스의 비극시인, 문법학자.
5) Damaskios(458?~538?): 그리스의 신플라톤주의 철학자.
6) Guy Le Fèvre: 여러 언어(라틴어, 그리스어, 히브리어, 칼데아어, 아랍어, 고대 시리아어)에 능통했던 16세기 프랑스인. 고대 시리아의 신약성서를 히브리어로 전사하고 라틴어로 번역(1571년 Plantin 출판사에서 출간)했다.
7) Jacques Esprit(1611~1678): 프랑스의 문인, 모럴리스트. 그의 저서 『인간 덕성의 오류』(Flammarion 출판사, 1996)에는 「성령에 관한 개론」이란 제목으로 키냐르의 서문이 실려 있다.,
8) Pierre Nicole(1625~1695): 프랑스의 모럴리스트.
9) Ernest Hello(1828~1885): 프랑스 가톨릭 공법학자. 과학주의에 반대하고 신비주의

에게 바치는 책을 한 권 쓸 때마다, 나는 역사의 파렴치함을 조금이나마 지우고, 오류를 바로잡고, 방황을 멈추게 하고, 역사의 운명인 중상모략과 내숭 떨기, 평온, 가시 돋친 콧노래, 두려움에 소리죽여 내는 떨리는 탄식으로부터 언어를 끌어낸다는 확신이 들었다.

시간의 한복판에서 솟구치는 불가사의한 원천은 끓어오르는 과거에 끊임없이 새로운 얼굴을 부여한다.

*

끓어오르기, 그것은 지구지만, 끓어오르기, 그것은 역사이다. **안절부절못하며 끓어오르는**, 이런 것이 바로 지속의 뒤편에 웅크리고 숨은 시간이다.

*

새로 죽은 자들의 새로운 날의 빛으로 끊임없이 거슬러 올라갈 필요가 있다. 기억나는 대로 이동한 삶이 그곳에 집결한다.

신학을 지지했다.
10) Dom Deschamps(1716~1774) : 프랑스의 베네딕트파 수도사, 유토피아를 꿈꾸는 철학자.
11) Hadewijch : 13세기 전반부 플랑드르의 여류 시인, 신비주의자.

제89장

reliquiae(배설물)라는 말은 고대 로마인들에게 새벽에 *forica*(공중 변소)에서 눈 인간의 똥을 의미했다. 눈[目]과 보기를 어떻게 분리시키겠는가? 시간의 *excrementum*(똥)과 그것을 만들어 배설하는 *creatio*(창조)를 어떻게 분리시키겠는가? 봄에는 성유골을 꺼내야 한다. 수정(受精)된 것은 수정시킨 것에 대한 의무를 수행하고, 가장 최근의 것은 가장 오래된 빚을 인정해야 한다. 그것은 절대 채무이고, 성적(性的) 채무이다. 로마인들은 이러한 처신을 *pietas*(효도)라고 불렀다. 그것은 비상호적 헌신으로서 아들이 아버지에게, 황혼이 새벽에게, 열매가 씨에게, 진주가 상처에게—시선이 *fascinus*(음경)에게—바쳐야 하는 것이다. 모든 아들은 아에네아스이다. 모든 것은 끓어오른다. 화염에 휩싸인 트로이에서 아에네아스는 아버지 안키세스[12]를 땅에서 들어 올려 어깨에 짊어진다.

---

12) 아에네아스의 아버지. 아프로디테 여신과의 사이에서 아에네아스를 낳았는데, 그 사실을 누설한 죄로 번개에 맞아 죽었다(혹은 눈이 멀었다)고 한다. 베르길리우스에 의하면, 아들의 어깨에 실려 트로이 밖으로 옮겨져서 시칠리아에서 죽었으며, 그의 후손들이 로마를 건설했다고 한다.

제90장
:
세 가지 소리

  수사슴이 운다. 전형적인 생식(生殖)의 울음소리이다. 옛날이 우는 소리이다. 생식력이 전(前)모음 상태로 부르짖는 본래의 날카로운 외침이다. 어떤 암사슴도, 깊은 숲 속에서, 폐부로부터 토해내는 울부짖음, 시간의 심층에서 솟아나는 쉰 목소리를 진정시키지 못한다.
  울음소리의 주인공은 여간해서 보이지 않는다.
  수사슴은, 작가와 마찬가지로, 모습을 드러내기 싫어한다.
  Vox rauca(쉰 목소리)!
  모든 사랑은 영원하다.
  오노노 고마치[1]는 이렇게 썼다. "부처, 산속의 한 마리 수사슴이로다! 붙잡아 매려는데, 샘가로 달아나누나!"

*

---

1) 小野小町(825~900) : 일본의 여류 와카(和歌) 시인.

바다는 여전히 별의 *res*(통치권)에 관련된 *res*이다. 둥글게 파도를 말아 올리고 탄식을 내지르며 달려드는 움직임을 지닌 거대한 존재인 조상이다. 이어졌다 끊어지는, 가슴을 에는 예측 불능한 소리의 공격이 무궁무진하게 되풀이된다. 파도가 나선형으로 말리고, 풀어지고, 숨는다. 생체리듬에 앞선 파도의 리듬은 심장의 리듬을 앞당겨 폐호흡의 리듬에 선행하게 만든다. 조수(潮水)의 리듬은 일주야(一晝夜)의 리듬에 연관된다. 시간은 둘 안에서 열린다. 먼저 하늘에서 그리고 바다에서 모든 것은 자신의 세계를 둘로 열기 시작한다.

*

오기도 하나 흘러가는, 그런 것이 시간이다.

오고, 또 올 테지만, 절대 흘러가지 않는, 시간에 앞선 시간의 기원.

*

stridence(날카로운 소리)는 밤에 *strigx*(올빼미)가 우는 소리를 말한다.

Striga(마녀)는 야조(夜鳥)인 커다란 수리부엉이를 말한다.

백발 마녀가 별들 속에서 지르는 소리.

제91장
:
두 가지 소리

동물의 귀에서나 인간의 귀에서, 두 가지 소리는 너무 오래되다 보니 사라질 수 없고, 너무 계속되다 보니 그칠 수도 없다.

이 소리들은 자신들이 만들어낸 세상에 끊임없이 새겨진다—세상의 문자보다 먼저.

한편에선 밀물이 해변으로 밀려와 부서지고, 말리면서 무너지는 거대한 파도,

혹은 리듬에 맞춰 끝없이 흔들리는 썰물, 혹은 난폭한 우레와 같은 소리가,

세상의 가장자리를 뻔질나게 드나드는 동안에,

달은 이지러지고, 일그러지고, 형태를 잃어간다.

제라드 맨리 홉킨스[1]의 시를 인용해보겠다. 그의 시구(詩句)이다.

"귀와 귀를 울리는

너무 오래되어 그치지 않는 두 가지 소리

---

[1] Gerard Manley Hopkins(1844~1899): 영국의 시인.

해구(海溝)——곧장, 해변으로 달려드는 조수가
숫구치거나 무너지며, 맞바람을 피해 엎드리거나 포효하며,
그곳을 뻔질나게 드나드는 사이에 달은 일그러져간다."

옛날이란 이런 것이다. *Too old to end*(너무 오래되어 그치지 않는). 사라지기엔 너무 오래되고, 그치지 않는 것.

그치지 않는 것은 읽기를 만들어낸 사람을 문자보다 먼저 망보기에 새겨 넣는다.

어느 날 망 보기는 엿보기를 멈추고 관조한다.

*

성적 쾌감은 매번 아주 새롭다.
공황(恐惶)은 매번 아주 새롭다.
분절 불가능하다. 언어로 표현 불가능하다. 교육 불가능하다. 분절된 목소리로 발화 불가능하다. 세상의 지평선이 부재한다. 경계가 없다. 별들의 공간에서 아오리스트적이다. 축을 벗어나 극(極)을 모르는 소용돌이이다. 공포에 억눌려 비명 소리가 나오지 못한다. 영장류의 언어의 상류로 와서 신음하기. 언어 이전의 모음 발성법으로 어떤 언어에도 속하지 않는 소리가 쾌락의 와중에 느닷없이 흘러나온다.

*

제91장

아에네아스는 트로이에서 도망친다. 라키니움 곶[2]을 지난다. 카울로니아[3]를 통과한다. 그때 '바다가 내는 어마어마한 신음 소리,' 바위에 부딪쳐 철썩이는 물소리, 멀리 제방과 해안에서 부서지며 울리는 낯선 목소리, '모래사장에 섞여 스며드는 희미한 탄식 소리'가 들려온다.

*

약간의 비논리적 소리의 울림, 거의 *mutta*(무언의), 신비주의적으로 다물어진 음순 lèvres, 꼭 다문 입술 lèvres은 침묵 속의 독서에서도 나타난다.

*

개머루는 가을의 가장 강렬한 순간인 진빨강이 되려고 생겨난 것이다. 가을이라고 죄다 흐릿해지거나 사그라지는 게 아니다. 이 빨강은 흐려지지 않는다.
세상의 빨간색들 중에서 가장 흥분한 빨강이다. 가을의 절정에서 개머루의 빨강은 쾌락의 순간 여인의 섹스보다 더 빨갛다.

---

2) 지금의 라치니아 곶. 이탈리아 남부의 고대 도시 크로토네에 있다.
3) 이탈리아 남부 칼라브리아 해안에 있던 고대 그리스 도시.

제92장
:
침묵

 현실이 무너져 내려 가라앉은 심연에서 기억이 추억을 길어 올리면, 추억에서 침묵이 줄줄 흘러내린다.
 소리가 말끔히 제거된 옛날 장면으로부터 사자(死者)들이 귀환한다.
 이 장면의 한가운데서 그들은 자신을 바라보는 자들을 응시한다. 마치 사진에서처럼, 서양의 기독교 회화에서처럼, 요지부동인 채로.
 살아 있는 자들의 회상은 온갖 소문이 제거된 순간에만 이루어진다.
 꿈의 순간은 어느 것이나 조용하다. 욕망으로 설레고 당혹해하며 옷을 들추자, 천의 주름이 펴지며 생기는 어렴풋한 빛 속에서 드러나는 알몸을 보는 순간과 마찬가지로.

제93장

얀 판에이크

화가는 자기 작품의 하단에 서명한다. 그런데, 작품을 완성한 후에 화폭, 조각, 데생 아래쪽에 써넣는 글은 단순과거이다.

Pinxit(그렸음). *Sculpsit*(조각했음). *Inventit*(꾸며냈음). *Delineavit*(소묘했음). *Excudit*(쪼아서 만들었음), 등등.

과거 시제의 서명의 비밀은 판에이크[1]가 푸거 가문[2]에 바친 화폭에 써넣은 다음과 같은 특이한 라틴어 문장에서 밝혀졌다.
Johannes de Eyck fuit hic.

이상한 완료형. 얀 판에이크가 여기 있었노라.

그것은, 얀 판에이크가 존재했었노라, 그 이상(以上)이다.

그것은, 얀 판에이크는 여기 있노라, 그 이상이다. 그가 그림 속에 존재하는 이유는 항상 보이는 것을 그리고 있는 그의 모습이 거울에 비쳐 나타나 있기 때문이다.

---

1) Jan van Eyck(1385?~1441): 플랑드르의 화가. 플랑드르의 화가로서는 작품에 처음으로 서명을 했다. 9점의 그림에는 서명이, 10점에는 연대가 기록되어 있다. 서명은 대부분 '요한네스 데 에이크'이며, 몇 점에는 '최선을 다해Als ich chan'라는 좌우명인 경우도 있다.
2) 15~16세기 독일의 상업, 금융 가문.

제93장

미세한 윤곽이 보이기는 하지만 알아볼 정도는 아니어서 누구인지 확인할 도리는 없다.

요한네스 데 에이크가 여기 있었노라. 당신이 보고 있는 것을 그렸노라. 그의 반영이 여기 있었노라. 지금도 여전히 거울에 비쳐 있노라. 지나갔다는 것은 살았던 적이 있음을 의미한다. 삶의 강렬한 기쁨이 느껴지고, 음미되고, 스스로 말을 한다.

몽테뉴의 말이다. "시간은 '삶으로 만들어진 천'이며 그 알몸은 옛날이다."

시간은 삶에 은신처를 제공한다. 누구든 미래를 먹고 살 수는 없는 노릇이다(미래란 아직 살아 있는 것이 아니며, 결코 그럴 수 없을 테니까). 미래는 존재가 아니라 삶에 관여하기 때문이다. 우리는 존재했던 것에서 자양분을 취한다(가능성만으로는 자양분이 되지 못하므로).

*

얀 판에이크가 '있었다(*erat*)'고 반과거로 말하는 것은 '있었다(*fuit*)'라고 단순과거로 말하는 것과 다르다.

반과거 '있었다était'는 단순과거 '있었다fut'가 아니다.

라틴어 동사 어근 esse에서 유래한 프랑스어 동사 être는 시간의 바다까지 들어가지는 못한다.

어근 *bhu*, *phu*, *phusis*, *fui*, je *fus*(나는 있었다), *buith*, ich *bin*(나는 있다), to *be*는 *esse* 뒤에서, être 뒤에서, *einai* 뒤에서 민다.

프랑스어 동사 'pousser(밀다)'는 피부의 격막 뒤에 있는 태아처럼 'l'être(존재)'의 뒤에 있다. 태아는 섹스 가까이 있다. 태아가 부르르 몸을 떤다. 음순을 벌린다. 솟아오른다. 쏟아진다. 태아는 공간이 아니다. 그는 전진한다. 그는 시간이다.

태아는 공간에 있는 게 아니다. 공간으로 **나와서** 공간을 확장한다.

*

이해의 시동 소리가 수치심이 폭발하듯 두개골 내부에 퍼진다. 그런 다음 찰가닥 소리는 생식기의 쾌락처럼 (배출과 행복감이 점점 감소되는 7~8번의 경련에 의해서가 아니라, 단번에, 강렬한 파노라마로) 온몸에 전해진다.

진실은 기쁨이다.

해답을 주는 단락(短絡)은 영혼에 참여하여 철두철미하게 영혼을 재구성한다. 이것은 아르키메데스가 *Eurêka*(알았다)라는 말에서 보여준 바이다. 그는 자신이 앎이라는 사실을 잊는다. 그리고 시라쿠사의 거리를 달려간다. 그는 기쁨에 휩싸여 있다. 자신의 기쁨을 *Euriskô*라고 현재시제로 표현하지 않는다. 명확한 시점을 밝히지 않는 과거시제를 써서 기쁨의 이유를 *Eurêka*라고 말한다. 발견하는 행위, 그것은 실행 중인 아오리스트적 옛날이다. 영혼은 한 부분씩 재구성되지 않고 전체가 단번에 재구성된다. 새로운 인식의 불로 온몸이 송두리째 타오른다. 태양은 자신이 밝혀서 보게 해주는 것에 불을 지른다. 최초의 빛만이 유일한 광휘이다. 보이는 것은 무엇이든 과거의 것이다. 모든 기쁨도 그것을 나타내는 것보다 과거의 것이다.

*

그림을 그리고 있는 화가 얀 판에이크의 루크레티우스적 색조. 그는 옛날에 살았고 죽었다.

그림의 생산자는 그림 속으로 숨었다.

살점은 썩어 문드러지고, 뼈는 가루로 변했다. 살과 뼈는 흙에 섞였지만, 그는 이곳에 있었다. 이곳이 시간의 형태로 그의 내면에 깃들었던 것처럼. *Fuit hic*(그는 이곳에 존재했다), 이것이 예술이다.

*

소아시아에서 발굴된 한 묘석에는 간단히 이렇게만 씌어 있었다. "*Fui, non sum*(나는 존재했다. 이제는 존재하지 않는다)."

두 보어가 극적(極的)인 관계를 나타내고 있다. 삶은 시간 안에서 현재가 부재하는 아오리스트이다.

*

Fuit(존재했다). *Erat*(존재하고 있었다). 그런 것이 중세의 *attaco di raconto*(이야기의 시작)이다. 그것이 모든 이야기의 주조를 이루는 동화의 신화적 과거이다. 깜짝 놀라게 만드는 온갖 열정적 파롤을 취하는 종교의 *In illo tempore*(그때에)이다. 시간의 권위는 단순하다.

*

라틴어나 그리스어는 성적인 것을 말하기 위해 과거에서 그것의 은신처인 어둠을 찾는다. *phallus*(남근), *penis*(음경), *vagina*(질), *clitoris*(음핵)는 옛날 언어에서 빌려온 단어들이다. 가장 현대적인 것을 제외하면 육체의 가장 현재적인 것을 표현하기 위해 말들은 옛날의 도움을 필요로 한다. 우리는 언어보다 앞서 존재해온 것의 도움으로 언어 이전의 것을 말하고, 문화 이전의 것을 지시하고, 출생 이전의 아득한 곳에 있는 것에게 기별을 전한다. 한 남자가 발기했다. 한 여자가 두 다리를 벌렸다. 그들은 정을 통했다. 자식들을 낳았다. 죽었다.

언어들이 끄고자 하는 불은 동물숭배의 화덕이다.

제93장

*

한없이 궁핍한 수용소에서는 사람들이 옛날에 보았던 불에 대한 희망으로 몸을 녹였다. 예전에 먹었던 것들을 지시하는 단어들의 목록을 읊조렸다. *Fuit. Erat.* 과거는 부족, 갈증, 결핍, 고사(枯死)에 직면할 때 유일한 곳간이 된다.

단순과거의 용법은 소금에 소금을 치는 신비한 소금인 것이다.

완료가 결핍을 걷어낸다.

환각제인 시간.

박차를 가하는 현존. 그는 ……에서 태어났다 ……에서 살았다 ……에서 죽었다. 단순과거의 무신론적 유한성. 반과거에는 유령들이 가득하다.

그칠 수 없는 것, 그치지 않는 것 안에는 후렴이 있을 수 없다.

*

반과거는 모든 것을 유령으로 만든다. 완료는 죽인다. 완료 시제에서 회귀는 절대로 불가능하다. 시간의 노골적이고, 가혹하고, 표백하고, 건조하는 양태.

*

제93장

　단순과거는 발기처럼 몸 안에서 솟는다. 빛이 섞인 일종의 경직이다. 그것은 *crescendo*(점점 세게)로 진행되고, 단속적으로 자란다.

　카이사르, 사도 바울, 드농, 플로베르[3]의 단속적인 문체.

　　　　　　　　　　　＊

　흰 머리카락 속에서, 인간의 머리 위에서, 과거의 구성은 무조건 아오리스트로 변한다.

　완료란 시간을 추월하는 과거이다. 느무르[4]의 머리카락은 며칠 만에 희어졌다.

　그의 아내는 공포로 죽었다.

　자식들의 머리카락은 빨갛게 물들었다. 처형대 밑에 있어야 했던 자식들에게 아비의 머리에서 흘러내린 핏물이 들었기 때문이다. 살아남은 그들이 여생 동안 사회의 경고에 복종할 것을 명심하게 하려는 조치였다.

　　　　　　　　　　　＊

---

3) Gustave Flaubert(1821~1880): 프랑스의 소설가.
4) Jacques d'Armagnac-Nemours(1433~1477): 프랑스의 귀족. 루이 11세에 대항하는 반역 음모에 가담한 죄로 참수당했다.

제93장

1441년 7월 초에 매장된 얀 판에이크의 시신은 1442년 4월에 발굴되었다.

1442년 말에 다시 땅에 묻혔다.

이러한 발굴과 재매장의 이유는 알려져 있지 않다.

Fuit hic(그는 이곳에 존재했다).

옛날 최초의 인간들이 행하던 바와 마찬가지인 두 번에 걸친 매장. 시신에서 살이 사라진 후에 뼈를 파내서 붉은 황토로 칠한 다음 다시 파묻기.

사후에 땅에서 파낸 시체.

Johannes de Eyck fuit hic(요한네스 데 에이크가 여기 있었노라).

과거보다 더욱 파괴할 수 없는 어떤 과거가 있다. 내가 옛날이라고 정의하는 바로 그것이다. 본래적으로 세상에 접근하는 아오리스트적 시간이다. *Avancer*(전진하기)는 존재의 뒤편에 있다.

가시성, 생식 능력, 유랑, 황홀, 예술은 감지할 수 없는 전진을 형성한다.

제94장

눈물

눈물 내부의 분출은 무엇을 의미하는가? 눈물이 아닌 느닷없는 솟구침, 시간과 관련된 이런 분출은 어째서인가? 인간의 얼굴에서 자연 발생적으로 흘러내리는 것은 어째서인가? 서 있는 한 여인에게 조심스럽게 말을 건넨다. 그녀가 느닷없이 오열하며 **주저앉는다**.

사실 이것은 허약함이나 슬픔 때문이 아니다. 그녀를 주저앉힌 것은 분화(噴火)와도 같은 에너지이다.

쾌락이 (정액이, 눈물이) 겨냥하지 않은 채 솟구치기.

이상한, 방향성 없는 넘쳐흐름이 인간의 경험을 에워싸고 있다.

Conceptio(수태)는 축축하게 젖은 *vulva*(음문) 안에서 행해지는 곤두선 *fascinus*(음경)의 분출이다.

출생은 울부짖는 솟구침이다.

울음과 죽음. 숨을 거둠은 한 번의 솟구침, 가장 미약한 솟구침, 하지만 최후의 솟구침이다.

마지막 날숨이 반쯤 벌어져 늘어진 입술의 불그레한 가장자리 살을 지나고 나면 육체는 들숨이 돌아오지 않은 상태에서 경직된

제94장

다. 고대 로마에서는 죽은 자의 입 위에 청동거울을 대고 반영이 아니라 입김이 서리는지 살폈다.

입김. 옛날의 체액에 대한 사람들의 기억.

사람은 개인사의 중요한 순간에 처할 때면 일상의 행태에서 벗어난다. 순전한 출발.

*

태생동물의 몸 안에는 은밀한 수분, 이상한 체액이 있어서, 그곳에서 신비한 눈물, 이상야릇한 정액이 솟아 나온다. 이빨을 들이밀어 입이 벌어지고, 그 안으로 혀가 들어가자, 입맞춤의 너무도 달콤한 침이 샘솟는다. 목소리도 그곳에서 나온다.

*

흐느낄 때의 고통은 몸으로 터득된 관습이 아니다. 인간의 고통은 개구부(開口部)들을 **지나친다**. 배출구들을 건너뛴다. 그리고 출구를 찾아낸다.

*

전혀 억제되지 못하고, 진짜로 동물적이지 않지만, 오열하는 자가 수치심을 느끼는 흐느낌은 육체를 발산한다. 그는 자신을 바라보는 사람들의 무리에서 언제나 도망칠 것이다. 울어서 눈이 퉁퉁 부은 그가 죽어가는 개처럼 몸을 숨긴다. 죽어가는 뾰족쥐처럼 숨는다. 내면의 자신보다 더 오래된 (더 짐승 같은) 짐승처럼 숨는다. 숨으려고 달아나는 자신의 옛날처럼 숨는다.

*

양극을 지닌 존재(유성(有性)의 존재)에게는 극지(極地)들이 있다. 원시의 과거가 흐르는 음부 같은 어두운 동굴들이 있다. 옛날의 중심들. 순수 예전의 중심들.

동굴, 구렁, 꼭대기, 화산의 분화구, 내포(內浦), 땅끝의 피니스테르[1]들.

*

물결, 힘, 용암, 융해된 흙, 시간 이전의 철(鐵)이 빠져나가는 틈새들.

---

[1] 라틴어 finis terrae(땅의 끝)에서 유래한 이름. 프랑스의 브르타뉴 지방의 주(Finistère: 서쪽과 남쪽은 대서양, 북쪽은 영국 해협과 맞닿아 있음)와 스페인의 갈리시아 서쪽 끝에 있는 곶의 이름(Finisterre).

제94장

*

 남자나 여자로서 사고하는 유령을 알아차리는 것은 그리 간단하거나 만만한 일이 아니다. 무슨 생각이든 그것은 겉으로 드러나지 않는 수많은 요인들에 의해 미리 계획된 것이다. 과거가 생각을 부추기는데, 별로 흥미롭지 않은 순전한 반복에 불과하기 일쑤이다. 하지만 때로는 반대로 옛날과 기원이 강렬하고 경이로운 산산조각으로 터져 나오기도 한다.

*

다락방을 치우던 중 문득 눈에 띄는 옛 장난감들,
대들보 모퉁이에 걸린 양철 석유등잔 두 개,
버드나무 궤짝에 든 영영 주지 못하고 만 선물들, 주지 못한 채 숨겨놓은 크리스마스 선물을 한 남자가 떨리는 손으로 풀어보며 입술을 깨물고 코를 훌쩍인다.
눈물은 잃어버린 유일한 것이다.

*

 철갑상어는 가장 오래된 물고기 중의 하나이다. 인간과 거의 흡사해서 뼈대와 원추형의 코, 불안한 두 눈을 지니고 있다. 연

제94장

대는 5천만 년 전으로 추정되며, 길이는 차츰 인간의 키를 추월해서 4미터에 이르고, 무게는 무려 5백 킬로그램이며, 성요한제[2]에 돌아온다.

    지고의 알(卵)들인 캐비어,

    강렬한 냄새를 풍기는 진주들,

    에레보스[3]처럼 어두운 눈물,

    기원의 거친 체액,

    순수 옛날의 끈끈이.

*

우리를 오래 응시하는 동물들의 고정된 두 눈 속에 들어 있는 이상한 누액(淚液)에는 옛날이 깃들어 있다.

    이슬에 젖은 풀밭의 암소들.

    주방에서 요리하는 여자 옆의 바닥에 있는 개들.

    축축하게 젖은 야릇한 시선. 산 자와 죽은 자 사이의 시선.

    흘러내리지 않는 누액.

*

---

[2] 6월24일. 철갑상어는 몇 년에 한 번 봄이나 여름에 산란을 위해 강으로 돌아온다.
[3] 그리스 신화에서 카오스의 아들인 암흑의 신.

제94장

 인간의 눈물에는 이제 옛날이 많이 남아 있지 않다. 많은 과거가 있을 뿐이다.

*

 호박(湖泊) 속에 떨어진 곤충들의 화석, 선(先)캄브리아기 암석에 박힌 동물이자 식물인 아주 이상한 생명체의 화석, 빙하에 갇힌 매머드의 화석, 아스팔트 층에서 되찾은 뼈들의 화석, 편암 속에 보존된 고사리의 화석, 진흙이나 유골에 나타나는 주조(鑄造) 형태의 사람이나 짐승의 화석.
 기원전 4억3천만 년의 물고기의 화석들이 있다.
 기원전 3억4천5백만 년의 파충류의 화석들이 있다.
 기원전 2억3천만 년의 포유류의 화석들이 있다.
 기원전 1억9천만 년의 조류의 화석들이 있다.
 형태의 역학이나 돌연변이의 집요한 비(非)격세 유전은 없다.
 각각의 새로운 형태는 즉각적으로 접근 가능한 온갖 형태를 섭렵한다.
 현기증의 (매혹하는 심연의) 가능성이 끊임없이 나타나는 형태들의 행렬에는 일정한 방향이 없다.
 과거보다 더 유동적인 것은 없다.
 현재는 자신에게 양분(養分)을 제공하는 것을 끊임없이 재정리한다. 현재가 불안정하고 가변적인 만큼 그 매혹도 고정적이지 못하다. 광기가 대홍수 이전, 즉 출생 이전의 포식자처럼 매 순간 노리고 있는 탓이다.

*

그렇긴 하지만, 바람이 불다가 멈추듯이, 옛날도 이따금 과거에서 멈춰 선다.
또 어떤 때는 기원이 무더기로 증가해서 장애물을 모조리 휩쓸면서 맹렬한 기세로 우리에게 달려든다.

*

악어들이 공룡의 멸종을 보았던 것과 마찬가지로, 21세기 초에 여전히 살아남은 노인들은 인류 학살의 참상을 목격했다.
가장 젊은 사람들이 흘리는 악어의 눈물.

*

마술사 시몬[4]은 무고한 자의 눈물, 변사(變死)한 경우의 애도, 주민들이 가득한 도시에 성문을 닫고서 불을 지른 고의적인 화재,

---

4) A.D. 1세기에 마술로 사마리아 사람들을 매혹하여 위인 행세를 하던 중에 세례를 받고 기독교에 귀의했다. 『신약성서』의 「사도행전」 8장 9~24절 참조.

제94장

국가의 소멸, 이런 것들은 위로의 대상에서 배제된다고 말한다. 세월이 흐르는 동안 아무런 위로도 받지 못하고, 이야기조차 되지 못하고, 아무런 의미도 부여받지 못한다. (사실(史實)이 되지 못하는) 절대 옛날.

위로 불가능한 것으로서의 옛날.

미래의 어떤 인류도 위로한다고 주장할 수 없는 늙은 인류로서의 옛날.

사라져서 귀환 불가능한 인류로서의 옛날.

제95장
:
산

아브라함이 하느님을 향해 두 팔을 들어 올렸으나 소용이 없었다. 하느님은 그가 아들을 죽이기를 원했다. 하느님은 막무가내였다. 아브라함은 아들과 칼을 챙겼다. 부자(父子)는 산언덕을 올라갔다. 그다음에 무슨 일이 일어났는지는 중요하지 않다. 우리가 물려받은 유산 중에는 치유될 수 없는 상처가 있다.

*

일본 나고야의 한 사람이 말한다.
"옛날에 늙은이는 밥이나 축내는 존재로 여겨졌다. 그래서 늙은이를 등에 업고 산으로 가서 버렸다."

*

1640년, 나고야 지방에서, 환갑을 맞은 아버지의 오두막에 아들이 나타났다.

제95장

그는 아버지께 인사를 올렸다. 그리고 등을 내밀었다. 아버지는 업혀서 아들의 어깨를 움켜쥐었다. 아들은 양손으로 아버지의 앙상한 엉덩이를 떠받쳤다. 부자는 산을 뒤덮은 울창한 숲 속으로 들어갔다.

아들이 비탈을 오르는 동안 아버지는 생각했다. "내 아들이 돌아가다 길을 잃을까 걱정이로구나." 그래서 죽은 나뭇가지들을 꺾어서 지나는 길에 뿌리기로 했다.

아들이 숲 속의 작은 빈터에 당도하자, 평평한 바위 두 개가 눈에 띄었다. 일종의 대피소로 쓸 만했다. 그래서 아들은 바위 아래 나뭇잎을 더미를 깔아 아버지가 몸을 눕힐 수 있게 만들었다. 그러고 나서 아버지 쪽으로 몸을 돌려 말했다.

"아버님, 작별 인사를 드립니다."

아버지는 고개를 끄덕이더니 이렇게 답했다.

"아들아, 네가 돌아가다가 혹시 길을 잃을까 걱정이 돼서, 내가 나뭇가지를 꺾어 길에 뿌려놓았단다. 그걸 따라가기만 하면 될 거야……"

그러자 아들이 울음을 터뜨렸다.

아들은 아버지를 도로 등에 업고 어둠 속에서 용의주도하게 마을로 돌아왔다. 여전히 야음을 틈타 창을 집어 들고 자신의 오두막 뒤에 구덩이를 팠다. 그리고 그 속에 아버지를 집어넣고 나서 가시덤불을 그 위에 덮었다.

고을의 어느 누구도 그가 늙은 아비를 돌보고 있음을 알아차리지 못했다.

그는 아버지에게 하루 세끼 식사를 가져다주었다.

하루는 고을의 원님이 사람들에게 이렇게 말했다.

"재로 새끼줄을 꼬아서 가져오너라. 그렇지 못하면 너희들 집을 태워버리겠다."

고을 주민들은 원님의 명령을 이해할 수 없었다. 자기들끼리 서로 물어볼 뿐이었다. 효자 아들은 아버지를 찾아가 구덩이 위에서 말했다.

"아버님, 원님께서 말씀하시길, '재로 동아줄을 꼬아서 가져오너라. 그렇지 못하면 너희들 집을 태워버리겠다'고 하셨답니다."

구덩이 속에 웅크리고 있는 노인이 아들에게 대답했다.

"그것은 옛날의 3대 비밀 중의 하나야. 쉬운 일이란다. 하늘에서 일어나는 운행들의 연속에 관한 비밀의 문제거든. 아주 튼튼한 동아줄을 꼬아라. 그것을 넓적한 돌 위에 올려놓는 거다. 그리고 돌 위에 얹은 동아줄을 가지고 관가로 가려무나. 원님에게 아궁이의 불을 주십사고 청해라. 그런 다음 원님의 눈앞에서 줄을 태워라."

아들은 아버지가 일러준 대로 했다. 원님은 놀랐지만 새 동아줄 끝에 소 한 마리를 매어 그에게 상으로 주었다.

아들은 새 동아줄과 줄에 매인 소를 끌고 집으로 돌아왔다. 그런 다음 아버지를 찾아갔다. 아버지에게 감사를 표하고 나서 물었다.

제95장

"재로 꼰 동아줄은 무엇을 의미하나요?"

"옛날에 우리 병사들이 고을을 지키려고 싸우다가 전사하면 돌 밑에 시신을 눕히고 불태웠다는 뜻이란다."

*

한 해가 지났다.

이듬해 정초에 고을의 원님은 '재로 꼰 동아줄'을 불렀다. 그리고 널찍한 대청에 놓인 베어낸 나무의 몸통을 보여주었다. 아주 까맣고, 밑동은 완전히 동그랗고, 전체적으로 반들반들 윤이 났다. 원님은 그에게 몸을 돌리더니 이렇게 말했다.

"이 나무의 뿌리가 어느 쪽인지 내일 아침까지 내게 고하라. 그렇지 않으면 죽음을 면치 못하리라."

효자 아들은 어찌해야 좋을지를 몰랐다. 관저의 넓은 대청에서 빛을 발하는 까맣고 매끄러운 나무 밑동을 한동안 말없이 바라보았다. 그리고 집으로 돌아왔다. 밤이 이슥해지자 집 뒤의 밭으로, 가시덤불 숲 뒤로 아버지를 찾아갔다.

그는 오랫동안 구덩이 옆에 묵묵히 앉아 있었다. 이윽고 나지막한 목소리로 말했다.

"아버님, 걱정이에요. 원님의 관저에 놓인 옛날의 나무 몸통을 보여드릴 수가 없군요. 새까맣고, 전체가 반들반들 윤이 나는 떡갈나무 고목의 몸통이에요. 저를 도와주세요. 이것이 무엇을

제95장

의미하는지 아시나요?"

"아들아, 원님이 이 수수께끼를 어떻게 표현하시더냐? 그대로 말해보아라."

"원님은 그저 '이 나무의 뿌리가 어느 쪽이냐'고 물으셨어요."

그러자 노인이 아들에게 대답했다.

"이것 또한 옛날의 3대 비밀 중의 하나란다. 두번째 비밀이지. 식물과 세상의 원천에 관한 비밀이로구나. 즉, 물을 말하는 거란다."

노인은 밤새도록 생각에 잠겼다. 어둠이 끝날 무렵, 동이 트기 전에, 노인은 수수께끼를 풀 방도를 아들에게 일러주었다.

"관저로 가거라. 원님에게 커다란 냄비를 달라고 청해. 냄비에 물을 붓고, 그 안에 나무 몸통을 집어넣어. 물 위로 나오는 쪽이 나무의 위쪽이란다. 그러니 바닥으로 가라앉는 쪽을 말없이 손가락으로 가리켜라."

아들은 아버지가 일러준 대로 했다.

고을의 원님은 깜짝 놀랐다. 일어나서 무릎을 꿇었다. 원님은 그에게 청동 냄비와 그것을 싣고 갈 수레를 주었다. 냄비에 가득 담긴 물에서는 천년 묵은 잉어가 헤엄치고 있었다.

온 마을 사람들이 돌아오는 그를 환호하며 맞이했다. 그가 마을의 영웅이 되었기 때문이다.

마을 사람들이 전부 집으로 돌아가자, 아들은 아버지를 찾아가 감사드렸다. 그리고 밀가루를 반죽해서 떡을 만들어 드렸다.

제95장

*

한 해가 지났다.

새해 초이튿날 고을의 원님은 '새까만 뿌리'를 불렀다. 그리고 이렇게 말했다.

"새까만 뿌리, 자네의 수레, 냄비, 잉어, 소 때문에 내 기분이 영 좋지 않다. 나는 누가 손을 대지 않아도 혼자서 울리는 북을 가지고 싶도다. 두드리지 않아도 저절로 울리는 북을 가져오너라. 그렇지 않으면 죽음을 면치 못하리라."

아들은 새파랗게 질렸다. 더 이상 관저에 머무르지 않았다. 고개를 숙인 채 뒷걸음쳐 물러났다. 집에 당도하자 곧장 뒤편의 밭으로 달려갔다. 그리고 가시덤불 옆에서 잔뜩 억눌린 목소리로 원님의 요구 사항을 전했다.

마침내, 달라진 목소리만으로는 모자라, 눈물까지 쏟아져 내렸다.

땅 밑에서 아버지의 웃음소리가 들렸다.

"아버지 왜 웃으세요?"

"아들아, 비밀이 셋뿐이라 웃는 거란다. 우리의 근심도 곧 끝날 거 아니냐. 이것이 우리의 비밀이야."

가시덤불 밑에서 아버지가 웃었다.

"아버지, 어째서 북이 마지막 수수께끼인가요?"

"우리들 인간 모두의 기원에 관한 비밀이기 때문이란다. 서로

제95장

포옹할 때 우리는 보이지 않으면서 소리를 내는 존재가 되는 거야. 서로 껴안음으로써 서로 두드리지 않아도 우리는 울리는 거란다. 포옹으로 옛날 얼굴들과 옛날 몸들이 뒤섞이고, 그렇게 해서 그것들이 재생되고, 그렇게 해서 다시 젊어지는 거야. 욕망하는 유령에서 욕망하는 유령으로 옮겨 다니면서 말이지. 애야, 내 아들아……"

"예, 아버님……"

"……넌 나를 꼭 빼닮은 존재야. 내가 돌아가신 우리 아버지를 빼닮고, 아버지는 당신의 아버지를 빼닮고, 당신의 아버지는 또 당신의 아버지를 빼닮고, 계속 그렇게 올라가듯이 말이지……"

구덩이 속에서 아버지가 웃었다.

"아버님, 제가 어떻게 하면 될까요?"

"이보다 더 간단할 수는 없을 거야. 숲으로 가거라. 암곰을 쫓아가. 놈이 더할 나위 없이 좋아하는 벌집을 놈에게서 뺏어 와라."

아들은 숲에서 벌집을 가져왔다.

그것을 집 앞에 놓았다.

잉어를 가지고 강으로 가서 눈물을 흘리며 물속에 던져 넣었다. 잉어는 자기 모습과 합류하려고 물속 깊은 곳으로 헤엄쳐 갔다.

소를 제물로 바쳤다.

가죽을 벗겨냈다.

물을 쏟아내고 비운 냄비 위에 이렇게 준비된 가죽을 팽팽하게

제95장

씌웠다.

　냄비 밑바닥과 죽은 소의 팽팽하게 당겨진 가죽 사이에 자신이 따온 벌집을 놓았다.

　윙윙거리는 소리를 내는 냄비를 머리에 이고 원님을 찾아갔다.

　원님은 혼자서 울리는 북소리를 듣자 겁에 질려 와들와들 떨기 시작했다.

　공포에 질린 원님은 관저의 대청마루에서 펄쩍펄쩍 뛰며 고함을 질렀다.

　"네가 이 고을의 수령 자리를 탐내는 게로구나! 날 죽이려고 하는구나!"

　효자 아들은 원님을 안심시켰다. 그리고 이렇게 말했다.

　"원님, 제가 아닙니다. 저를 두려워하실 필요가 없으세요. 수수께끼를 푼 건 제가 아니라고요! 차마 산에 버리지 못한 제 아버지가 푸셨답니다. 아버지는 제 오두막 뒤편의 구덩이에서 살고 계세요. 제가 하루 세끼 식사를 갖다 드립니다."

　그러자 원님의 마음에서 두려움이 사라졌다. 그는 아들과 함께 구덩이로 아버지를 찾아왔다. 마을 사람들도 모두 두 사람의 뒤를 쫓아왔다. 그들은 노인을 도와 구덩이에서 나오게 했다. 노인은 말할 수 없이 더러웠다. 그들이 노인에게서 오물과 가시덤불을 털어냈다. 그를 고사리 풀밭에 앉혔다. 원님이 노인에게 절을 올리고 나서 이렇게 선포했다.

　"오늘부터는 노인들이 천수를 누리게 하라."

옮긴이의 말
:
'옛날'에 대하여

    키냐르는 자신이 책을 읽고 글을 쓰는 것이 생존을 위해서라고 말한다. 그에게 독서와 글쓰기란 생명 유지에 필수적인 욕구이자 일용할 양식인 셈이다. 이미 스물한 살에 첫 작품(『말 더듬는 존재』)을 출간했고, 그 이후로 육순을 넘긴 지금까지 계속해서 그는 마치 **숨을 쉬듯이** 글을 쓰고 있다. 아니 **숨을 토해내듯이**라는 표현이 보다 적절하리라. 독서는 들숨이고 글쓰기는 날숨이기 때문이다. 그의 글쓰기 방식은 이러하다. 일단 **숨을 토해내듯이** 일사천리로 글을 써내려간다. 그런 다음 원고 뭉치를 벽장 속에 넣어 묵힌다. 그리고 어느 날 꺼내서 주로 가지치기 작업을 하게 되는데, 글이 흐르는 강물처럼 유동성과 연속성을 지니게 하기 위해서다. 그런 연후에 한 권의 책이 태어난다. 그러기를 무려 40여 년……세월의 부피만큼 출간된 책들의 수도 늘어났다.

    그 많은 책들을 나는 물론 절반도 읽지 못했다. 하지만 그의 책들을 번역하느라 머리를 쥐어뜯으며 제법 오랜 시간을 보내다 보니 어느새 한 가지 확신에 이르게 되었다. 키냐르의 작품은 그것이 어떤 주제나 제목을 표방하든 간에 모두가 무늬만 다르게 되풀이되는 '옛날'에 대한 담론이라는 사실이다. 주제가 음악(『세상의 모든 아침』)이든, 회화(『로마의 테라스』)이든, 언어(『혀끝에서 맴도는 이름』)이든 간에, 그리고 제목이 『은밀한 생』이나 『섹스와 공포』 혹은 『떠도는 그림자들』이든 간에 결국엔 모두가 옛날로 수렴된다. 따라서 그의 작품 세계는 옛날에 대한 미세 담론이 모여 이루어진 옛날에 대한 거대 담론이다.

그런데 개별 작품이 하나같이 옛날에 대한 담론이라면, 유독 이 책의 제목만 '옛날에 대하여'인 이유는 무엇인가? 우선 이 작품에는 음악이나 회화처럼 옛날로 가기 위한 포석이 부재한다. 주제나 제목이 노골적으로 옛날임을 드러내며 단번에 느닷없이 옛날을 노출시켜 곧바로 공략하고 있다. 작가가 작심하고 본격적으로 옛날에 대한 정의(定義)를 시도한 담론이기 때문이다. 그런 의미에서 이 책은 키냐르 세계의 지침서라 할 만하다.

사실 키냐르 작품의 묘미는 시적 산문의 아름다움과 내용의 심오함에 있다. 그것은 독자가 스스로 즐길 수 있는 영역에 남겨두는 것이 옳다. 책읽기를 통해 독자가 또 하나의 세계(최초의 왕국)에 접속되도록 말이다. 키냐르의 책은 키냐르 식으로 읽는 것이 좋다. **In angulo cum libro**(**구석진 곳에서 책을 들고**). 그래서 두 가지만 간략히 언급하는 것으로 도움말을 대신하고자 한다.

1. '옛날'에 대한 계속되는 기술(記述)

'옛날'은 사라지고 없는 무엇이다. 사라진 것을 부활시키는 유일한 수단은 언어뿐인데, 언어 이전의 세계를 출생 이후에 습득된 언어로 표현하기란 어려운 일이다. 언어의 불충분성 때문에 무엇에 대한 기술(記述)은 자꾸만 미끄러진다. 결코 완성될 수 없는 까닭에 작가는 끊임없이 말을 바꿔가며 새롭게 시도할 수밖에 없다. 아무리 애를 써도 예정된 실패의 실현일 수밖에 없는 이유는 불충분한 언어의 탓만은 아니다. '옛날'을 퍼즐에 비유하자면, 애초부터 한 조각(수태 장면, 즉 자신이 볼 수 없었으므로 알지 못하는 부모의 교합 장면)이 결여되었기 때문이기도 하다. 전체를 온전하게 맞출 가능성이 애초부터 배제되어 있는 것이다. 그런데 복원은 불가능하지만 글을 읽거나 쓰다보면 우리가 사는 세계(마지막 왕국)에서 옛날이 섬광처럼 번쩍이며 솟구칠 때가 있다. 혹은 "바람이 불다가 멈추듯이 이따금 과거에 멈춰 서는가 하면, 맹렬한 기세로 우리에게 달려들기도 한다"(354쪽). 극히 짧은 이런 순간이야말로 키냐르가 생존을 위해 들이마시는 산소이다. 그러므로 삶이 지속되는 한 그의 글쓰기는 계속될 것이다. 그는 자신이 '마지막 왕국' 시리즈(이 책은 제2권)를 쓰다가 죽을 것이라고 공언한 바 있다. 그것이 '옛날'에 다가갈 수 있는 방법이므로.

2. 두 세계-두 시간

키냐르의 말을 요약하자면, '옛날'은 공간상으로는 원초적 분출(빅뱅)이 일어나는 곳인 상류에, 시간상으로는 인간은 물론이고 조수(潮水)와 태양과 별들이 있기 훨씬 이전에, 그 모든 것들——우주 전체——이 혼재되어 퍼져 있는 무엇이다. 그 무엇은 공간이면서 시간(그의 표현으로는 "시간 속에서 전진하는 공간")이다.

그는 "우선 '옛날'이 있(었)고 그리고 '옛날 이후'의 세계가 있다"고 말한다. 옛날 이후의 세계란 수태를 기점으로 생명을 지닌 존재의 삶이 시작되면서 열리는 세계이다. 이 세계는 다시 두 개의 왕국으로 구분된다. 수태부터 출생까지 우리가 어머니의 배 속에 태아로 있는 시기인 '최초의 왕국'과 출생부터 죽음까지의 '마지막 왕국'(죽음 이후의 세계는 더 이상 왕국이 아니다)이 그것이다. 이 둘을 가르는 사건은 출생이다. 하지만 출생 후의 18개월, 길게는 3~4년까지 지속되는 infans(말 못하는 존재)의 시기는 두 왕국의 통로가 된다. 이 시기에는 최초의 왕국에서와 마찬가지로 여전히 옛날과 직접적인 연속성이 유지되기 때문이다.

옛날jadis, 예전naguère, 시초, 시작, 기원, 출생은 구분되어야 한다.
시초는 성교이다.
시초에 선행하는 것, 그런 것이 옛날이다.

옮긴이의 말

시작은 바로 수태이다.

발생 과정은 숙주인 어머니의 내부에 살아 있는 기숙자인 육체의 성장을 가리킨다. (66쪽)

두 개의 세계가 있는 것과 마찬가지로 시간도 두 가지만 존재한다. 역시 '옛날'과 옛날 이후인 '과거'. '과거-현재-미래'라는 일정한 방향성을 지닌 시간개념은 사회가 우리를 안심시키려고 고안해낸 속임수에 불과하다는 것이 키냐르의 생각이다. 그가 제시하는 진짜 시간이란 방향성 없이 양끝만 있는, 흐르지 않고 제자리에서 돌며(예를 들면, 계절의 순환) 수직으로 쌓여가는 그런 시간이다. 옛날 이후에는 오직 누가적(累加的)인 과거가 있을 뿐이다. 진짜 시간에 미래는 물론 포함되지 않으며, 현재마저도 과거의 일부로서 과거에 편입된다. "과거란 현재라는 눈(目)을 가진 거대한 육체"(22쪽)라는 것이다.

그는 '옛날'과 '과거'를 용암의 상태에 비유해서 설명하기도 한다. 땅속 깊은 곳에서는 지금도 액체 상태의 용암이 뜨겁게 끓어 오르고 있다. 이리저리 꿈틀대던 용암이 어느 순간 화산의 분출로 인해 밖으로 흘러나온다. 그리고 이내 단단한 암석으로 굳어서 부동의 상태로 변한다. 용암이 액체 상태인 시기가 '옛날'이고, 암석으로 굳어진 시기가 '과거'이다.

옛날과 과거를 비교하자면, 옛날은 과거(한때는 현재였던 과거) 전체보다 더 거대한 우물이다. 행복은 과거에 속하고 기쁨은 옛날에 속한다. 언어의 개입으로 옛날과의 연속성이 끊어진 마지막 왕국의 거주민인 우리는 그러므로 기쁨을 누리지 못한다. 하지만 앞서 말했듯이 이 세계에 옛날을 섬광처럼 솟구치게 할 수 있는 방법은 있다. 독서, 글쓰기, 자연의 관조, 음악, 회화 등등. 키냐르는 한 열두세 가지 정도가 있다고 말하면서 가장 효과적인 방법으로 독서를 꼽는다. 독서는 한 사람이 다른 정체성 속으로 들어가 태아처럼 그 안에 자리를 잡는 행위이므로, 의지가 개입되는 글쓰기에 비해 보다 수동적일 뿐 아니라, 음악을 듣는 것보다도 더 기묘한 최면 상태, 즉 몰아의 경지에 이를 수 있다는 것이다.

내가 처음으로 키냐르의 작품(『은밀한 생』)을 번역하기 시작한 때가 1998년 여름이었다. 그로부터 10여 년간 나는 키냐르를 번역하거나 혹은 잠시 번역을 쉬면서 줄곧 그의 세계에 머물러 있었다. 한때는 그의 작품을 번역하다가 죽게 되리라고 믿은 적도 있었다. 그런데 이제는 번역자가 아닌 일반 독자로서 수동적 독서를 하고 싶다는 생각이 든다. 키냐르의 책을 키냐르 식으로 읽으며 기쁨을 누리고 싶어서다. **In angulo cum libro**(**구석진 곳에서 책을 들고**).

2010년 12월
송의경

작가 연보
:

1948 4월 23일 프랑스 노르망디 지방의 베르뇌유쉬르아브르(외르)에서 출생했다. 음악가 집안 출신의 아버지와 언어학자 집안 출신의 어머니 사이에서 키냐르는 어릴 때부터 자연스럽게 식탁에서 오가는 여러 언어(프랑스어, 독일어, 영어, 라틴어, 그리스어)를 습득하고, 여러 악기(피아노, 오르간, 바이올린, 비올라, 첼로)를 익히면서 자라난다.

1949 가을, 18개월 된 어린 키냐르는 여러 언어를 사용하는 집안의 분위기에서 기인된 혼란 때문에 자폐증 증세를 보이기 시작하고, 언어 습득과 먹기를 거부한다. 우연히도 외삼촌의 기지로 추파춥스 같은 사탕을 빨면서 겨우 자폐증에서 벗어난다.

1950~58 이 기간을 르아브르에서 보내게 된다. 형제자매들과 전혀 어울리지 못하고 늘 외따로 지내기를 즐긴다.

1965 다시 한 번 자폐증을 앓는다. 이를 계기로 그는 작가로서의 소명을 깨닫는다.

1966 세브르 고등학교를 거쳐 낭테르 대학에 진학한다. 에마뉘엘 레비나스, 폴 리쾨르, 장 프랑수아 리오타르, 앙리 르

페브르 등의 강의를 듣고, 레비나스의 지도 아래 그가 직접 정해준 제목이기도 한 '앙리 베르그송의 사상 속에 나타난 언어의 위상'이라는 논문을 계획하나, 68혁명의 와중에 대학 강단에 서고 싶다는 생각을 접으며 논문도 포기한다. 1966년에서 1969년까지 실존주의와 구조주의의 물결, 68혁명의 열기 속에서 철학을 공부했지만 "(획일화된) 유니폼을 입은 사상은 나랑 맞지 않는 것 같다"며 철학으로부터 멀어지며, 이러한 이념들의 정신적 유산을 완강히 거부한다.

1968 가업인 파이프오르간 연주를 물려받을 생각을 하고, 아침에는 오르간 연주를 하고 오후에는 16세기 프랑스 시인 모리스 세브 Maurice Scève의 Délie(idée의 철자 순서를 바꿔 쓴 아나그람)에 관한 에세이를 쓰기 시작한다. 갈리마르 출판사 도서 기획위원에 누가 있는지 알지 못한 채, 이 원고를 갈리마르 출판사에 보낸다. 그런데 답장 편지를 해온 것은 키냐르가 존경해 마지않던 작가 루이-르네 데포레 Louis-René des Forêts였다. 데포레의 소개로 1968년 겨울부터 잡지 『에페메르 L'Ephémère』에 참여한다. 여기서 미셸 레리스, 폴 셀랑(파울 첼란), 앙드레 뒤 부셰, 자크 뒤팽, 이브 본푸아, 알랭 베인슈타인, 가에탕 피콩, 앙리 미쇼, 피에르 클로소프스키 등을 만나게 된다. 나중에 에마뉘엘 레비나스도 『에페메르』에 합류한다.

1969 결혼을 하고, 뱅센 대학과 사회과학연구원 EHESS에서 잠

시 고대 프랑스어를 가르치며, 첫 작품 『말 더듬는 존재 L'être du balbutiement』를 출간한다. 이후, 확실한 시기는 알려진 바 없지만, 아버지가 되면서 이혼을 한다.

1976 갈리마르 출판사에서 편집자, 원고 심사위원의 일을 맡는다. 1989년에는 출간 도서 선정 심의위원으로 임명되었고, 이듬해인 1990년에는 출판 실무 책임자로 승진하여 1994년까지 업무를 계속한다.

1986 소설『뷔르템베르크의 살롱 Le salon du Wurtemberg』과 뒤이어 나온『샹보르의 계단 Les escaliers de Chambord』(1989)의 발표로 더 많은 독자들에게 그의 이름을 알리기 시작한다.

1987 1987년부터 1992년까지 베르사유 바로크 음악 센터 임원으로 활동한다.

1990 단편소설, 에세이 등을 포함하여 20권 예정으로 기획한 『소론집 Petits traités』 중 제1권에서 제8권까지 총 8권이 마에그트 사에서 출간된다.

1991 소설『세상의 모든 아침 Tous les matins du monde』을 출간하고, 이 작품을 자신이 직접 시나리오로 각색해 알랭 코르노 Alain Corneau 감독과 함께 영화로도 만든다. 책은 18만 부가 팔렸으며 영화 또한 대성공을 거둔다.

1992 영화『세상의 모든 아침』에서 생트 콜롱브의 제자인 마랭 마레의 음악 연주를 맡았던 조르디 사발 Jordi Savall과 더불어 콩세르 데 나시옹을 주재한다.

필립 보샹, 프랑수아 미테랑 전 대통령 등과 함께 베르사유 바로크 예술 페스티벌을 창설하지만, 1년밖에 지속하지 못한다. 더욱이 이 페스티벌은 베르사유 바로크 음악 센터와는 별개의 것으로, 음악 센터에서 운영하는 베르사유 추계 음악 페스티벌과 경쟁 관계에 놓여 키냐르가 음악 센터의 임원직을 사임하는 이유가 된다.

1993 『혀끝에서 맴도는 이름 Le nom sur le bout de la langue』을 출간한다. 당시 언론에서는 이 작품을 일제히 아구스티나 이스키에르도 Agustina Izquierdo의 두번째 소설인 『순수한 사랑』(첫번째 소설은 1992년에 발표된 『별난 기억』)과 나란히 소개하는데, 이스키에르도가 키냐르의 가명일 것이라는 확신에 가까운 추측 때문이다.

1994 집필에만 열중하기 위해 일체의 모든 공직을 사임하고, 세상의 여백으로 물러나 스스로 파리의 은둔자가 된다.

1995 손가락에 이상이 생겨 더 이상 악기 연주가 곤란해진다. 설상가상으로 조부와 부친에게서 물려받은 악기인 스트라디바리우스를 모두 도난당하자 크게 상심하여 연주를 포기한다. 이후 음악을 연주하던 시간이 책읽기와 글쓰기에 바쳐진다.

1996 1월 『소론집』과 장편소설을 집필하던 중 갑작스러운 혈관 출혈로 응급실에 실려 갔다가 죽음의 문턱에서 귀환하는 경험을 한다. 이러한 경험을 전환점으로 그의 글쓰기는 크게 변화된다. "내 안에서 그 모든 장르가 무너졌다"고 말하며, 소설, 시, 에세이, 우화, 민화, 잠언, 단편, 이론,

인용, 사색, 몽상 등 그 모든 장르가 뒤섞인 혹은 그 어떤 장르도 아닌 그저 '문학'을 추구하게 된다.

건강을 회복한 후, 일본과 중국으로 여행을 떠난다. 특히 장자의 고향인 중국 허난 성의 상추(商丘)를 방문했던 기억과 고대 중국 철학(도교)의 영향이 집필 중이던 『은밀한 생 Vie secrète』에 반영된다.

1998   새로운 글쓰기의 첫 결과물인 『은밀한 생』이 출간되고, '문인협회 춘계 대상'을 받는다.

2000   1월 『로마의 테라스 Terrasse à Rome』가 출간되고, 이 소설로 키냐르는 2000년 '아카데미 프랑세즈 소설 대상'과 '모나코의 피에르 국왕 상'을 동시 수상한다. 이로 인해 2억 4천만 원에 달하는 상금과 함께 출간 즉시 4만 부 이상 팔려나가는 큰 성공을 거둔다. 이후 1년 6개월 동안 죽음이 우려될 정도로 심한 쇠약 증세에 시달리면서, 연작으로 기획된 '마지막 왕국 Dernier royaume'의 집필에 들어간다. 시간, 공간, 성(性), 나이 등 그의 작품에 흐르는 주요 주제들을 다시 환기하고 사색하는 일종의 목록 작업이 될 '마지막 왕국' 연작은 그가 생을 마감하는 날까지 지속할 작업이라고 키냐르는 말한다.

2001   부친이 별세한다. 키냐르는 비로소 부친에게서 물려받은 성(사회에 편입된 존재라는 표지)으로 인한 부담과 부친의 기대의 시선에서 풀려나 완전히 자유로워졌다고 고백한다.

2002 '마지막 왕국' 연작의 1, 2, 3권 『떠도는 그림자들 Les ombres errantes』 『옛날에 관하여 Sur le jadis』 『심연들 Abîmes』을 동시 출간하고, 『떠도는 그림자들』로 공쿠르 상을 수상한다. 몇몇 아카데미 공쿠르 위원들은 소설 장르가 아닌 이 작품에 공쿠르 상을 수여하는 것에 흥분하며 반대하였다. 그러나 지지자들은 바로 똑같은 이유로 흥분하며 찬성하였다. 키냐르식의 탈(脫)장르적 혹은 범(凡)장르적 글쓰기는 예술은 '장르'라는 구축된 시스템에 무임승차하는 것이 아닌, 시스템을 내부에서 교란하고 궤멸하는 것이라는 문제의식을 확산시켰다. 엄청난 독서의 흔적이 작품에 고스란한 키냐르의 글은 독자와 저자라는 구분법을 없애려는 열망을 드러내며, 그 독서의 축적인 박학을 '박학적 무지'로 승화, 절제하는 그의 작품 세계는 프랑스 현대 작가 중 그를 가장 중요한 작가로 손꼽는 데 주저하지 않게 만들었다. 『마가진 리테레르 Magazine Littéraire』 조사에 따르면, 파스칼 키냐르는 현재 생존하는 프랑스 작가 중 대학에서 가장 많이 연구되는 작가이다.

2004 7월 10~17일 일주일에 걸쳐 숲과 성으로 장관이 수려한, 국제 학술회장으로 유명한 스리지-라-살 Cerisy-La-Salle에서 파스칼 키냐르 학술회가 열렸다. 학술회의 성과는 이듬해 『파스칼 키냐르, 한 문인의 얼굴 Pascal Quignard, figures d'un lettré』이라는 제목의 책으로 묶여 나왔다.

2005 '마지막 왕국'의 4, 5권이라 할 『천상적인 것 Les paradisiaques』

과 『더러운 것Sordidissimes』을 발표한다. 성스러운 것과 불결한 것, 아름다운 것과 추한 것은 양립되지 않는다는 키냐르의 우주관과 예술관이 한 쌍과도 같은 두 권에 녹아 흐른다.

이전에 발표되었던 글들, 잡지에 실린 글들, 미발표글 들을 모두 모아 『덧없는 글들Écrits de l'éphémère』이라는 제목으로 출간한다.

60여 쪽에 불과한 시집 같은 작은 분량의 『하계를 찾기 위하여Pour trouver les enfers』를 발표한다. 오비디우스, 베르길리우스가 노래한 하계로 내려가는 오르페우스처럼 키냐르도 음(陰)의 세계로 내려간다.

2006   한동안 소설을 쓰지 않다가 소설 『빌라 아말리아Villa Amalia』를 발표한다. 고독과 몸을 섞어 다시 태어나기 위해 모든 가족적·사회적 관계를 끊고 떠나는, 완전히 '사라지는' 피아니스트 안 '히든Hidden'의 이야기이다. 안은 어느 이탈리아 해안 절벽가의 빈집 '빌라 아말리아'와 만난다.

『사색(死色)인 아이L'enfant au visage couleur de la mort』를 발표한다. 이미 이전에, 1976년 발표한 적 있는 『독자Le lecteur』에 바로 뒤이어 써놓았던 이야기이다.

키냐르가 고안해낸 일종의 '우화 소나타'라 할 『시간의 승리Triomphe du temps』를 발표한다. 2003년 키냐르의 『혀끝에서 맴도는 이름』을 연극으로 각색해 공연한 마리 비알

Marie Vialle의 극을 '들었던' 날 저녁, 무언가 더 덧붙이고 싶은 열망으로 써내려간 몇 편의 다른 우화들을 모은 작은 책이다.

죽어도 다시 부활하기를 원하는 기독교 세계의 다비드와 죽어 없어져 완전 소멸하기를 원하는 고대 그리스 세계의 무녀(시빌레)가 주고받는 노래를 통해 생과 사를 노래하는 『레퀴엠』을 발표한다(작곡가 티에리 란시노Thierry Lancino는 이 글을 음악적으로 해석, 작곡한 작품을 발표, 2010년 1월 파리, 살 프레이엘에서 공연한다).

2007 『섹스와 공포』의 연작이라 할, 『성적인 밤 La nuit sexuelle』을 출간한다. "우리가 수태되던 밤, 우리는 거기 없었다." 태생동물인 우리 모두에게 결핍되어 있는 유일한 이미지, 프로이트가 말하는 부모의 성교 순간, 그 '첫 장면'에 대한 탐색. 보슈, 뒤러, 렘브란트, 티치아노, 루벤스, 우타마로, 신윤복 등 성을 주제로 한 2백여 남짓의 그림들이 함께 실려 있는 고급 장정본의 책이다.

2008 『부테스 Boutès』를 발표한다. 부테스는 아르고호 원정단원 가운데 하나로, 키냐르는 다시 한 번 '무명의 신인'을 소개한다(마랭 마레에 가려 있던 스승 생트 콜롱브를 세상에 알린 『세상의 모든 아침』처럼). 부테스는 오르페우스를 비롯, 세이렌의 치명적 소리에 유혹당하지 않고자 했던 다른 선원들과 달리 세이렌의 소리를 향해 바닷속으로 뛰어든 자이다. 부테스의 이 죽음을 향한 잠수를 생의 근

원을 향한 도약으로 다시 풀어내며, 키냐르의 작품에 일관되게 흐르는 근원성 문제가 탐색된다.

소설 『빌라 아말리아』가 브누아 자코Benoit Jacquot 연출, 이자벨 위페르Isabelle Huppert 주연의 영화로 만들어져 개봉된다.

2009 '마지막 왕국' 연작 6권 『조용한 나룻배 La barque silencieuse』를 발표한다. 그 어느 권보다 현대사회 문명 비판적인 함의가 짙다. 자아를 찾아라. 너대로 되어라. 그러나 그리 될 자아가 없다. 모두 가짜 Self이기 때문이다. '레푸블리카Res-Publica' 사회의 오늘날 주체들은 이미 사회가 예속시킨 주체들이다. 사회는 모두 '동일한 것idem'이 되라고 한다. 결혼, 교육, 양심, 도덕, 지식, 부부관계, 죽음까지도 실로 주체적인 것은 하나도 없다. 키냐르는 자살의 문제까지도 논의를 확장해 idem(同體) 아닌 진정한 ipse(自體)를 향한 길, 자아 해방을 위한 길을 모색한다.

2010 6월 17~19일, 키냐르가 함께 자리한 가운데, 파리 누벨 소르본 대학의 미레유 칼그뤼버Mireille Calle-Gruber 교수가 기획한 '파스칼 키냐르, 예술의 폭에서 혹은 뮤즈에 의해 절단된 문학Pascal Quignard, au large des arts ou la littérature démembrée par les muses'이라는 제목의 학술회가 열린다. 이 자리에는 특히 키냐르의 작품에 영감 받은 많은 예술가들이 나와 직접 발제한다. 화가 발레리오 아다미Valerio Adami, 작곡가 미카엘 레비나스Michael Levinas, 극작가 발

레르 노바리나Valère Novarina와 파스칼 키냐르의 대담이 진행되기도 하였으며, 영화 「세상의 모든 아침」의 음악과 연주를 맡았던 비올라 다 감바의 대가 조르디 사발이 몇 곡의 연주를 들려주기도 했다.

키냐르는 현재 '마지막 왕국' 일곱번째 권을 준비하고 있다. 아직 출간되지는 않았으나 제목은 아마도 '낙마한 자들 Les Désarçonnés'이 될 것이다. 블레즈 파스칼은 뇌이이 다리에서 떨어져 죽을 뻔했으며, 몽테뉴는 말에서 떨어져 두 시간 동안 의식을 잃었고, 성 바울도 다마스로 가는 길에서 말에서 떨어졌으며, 루소는 파리 메닐몽탕 언덕길을 내려가다 개한테 받힌 적이 있다. 생과 사의 갈림길, 그러나 가장 생명력 넘치는 찰나들을 기록, 사색하는 책이 될 듯하다.

작품 목록

L'être du balbutiement(Mercure de France, 1969)

Alexandra de Lycophron(Mercure de France, 1971)

La parole de la Délie(Mercure de France, 1974)

Michel Deguy(Seghers, 1975)

Écho, suivi d'Épistolè d'Alexandroy(Le Collet de Buffle, 1975)

Sang(Orange Export Ldt., 1976)

Le lecteur(Gallimard, 1976)

Hiems(Orange Export Ldt., 1977)

Sarx(Maeght, 1977)

Les mots de la terre, de la peur, et du sol(Clivages, 1978)

Inter aerias fagos(Orange Export Ldt., 1979)

Sur le défaut de terre(Clivages, 1979)

Carus(Gallimard, 1979)

Le secret du domaine(Éd. de l'Amitié, 1980)

Les tablettes de buis d'Apronenia Avitia(Gallimard, 1984)

Le vœu de silence(Fata Morgana, 1985)

Une gêne technique à l'égard des fragments(Fata Morgana, 1986)

작품 목록

Ethelrude et Wolframm(Claude Blaizot, 1986)

Le salon du Wurtemberg(Gallimard, 1986)

La leçon de musique(Hachette, 1987)

Les escaliers de Chambord(Gallimard, 1989)

Albucius(P.O.L, 1990)

Kong Souen-long, sur le doigt qui montre cela(Michel Chandeigne, 1990)

La raison(Le Promeneur, 1990)

Petits traités, tomes I à VIII(Maeght, 1990)

Georges de la tour(Éd. Flohic, 1991)

Tous les matins du monde(Gallimard, 1991)

La frontière(Éd. Chandeigne, 1992)

Le nom sur le bout de la langue(P.O.L, 1993)

L'occupation américaine(Seuil, 1994)

Les septante(Patrice Trigano, 1994)

L'amour conjugal(Patrice Trigano, 1994)

Le sexe et l'effroi(Gallimard, 1994)

La nuit et le silence(Éd. Flohic, 1995)

Rhétorique spéculative(Calmann-Lévy, 1995)

La haine de la musique(Calmann-Lévy, 1996)

Vie secrète(Gallimard, 1998)

Terrasse à Rome(Gallimard, 2000)

Les ombres errantes(Grasset, 2002)

작품 목록

Sur le jadis(Grasset, 2002)

Abîmes(Grasset, 2002)

Tondo, avec Pierre Skira(Flammarion, 2002)

Pour trouver les enfers(Galilée, 2005)

Inter Aerias Fagos, avec Valerio Adami(Galilée, 2005)

Les paradisiaques(Grasset, 2005)

Sordidissimes(Grasset, 2005)

Écrits de l'éphémère(Galilée, 2005)

Pour trouver les enfers(Galilée, 2005)

Villa Amalia(Gallimard, 2006)

L'enfant au visage couleur de la mort(Galilée, 2006)

Triomphe du temps(Galilée, 2006)

Requiem, avec Leonardo Cremonini(Galilée, 2006)

Le petit Cupidon(Galilée, 2006)

Quartier de la transportation, avec Jean-Paul Marcheschi(éd. du Rouergue, 2006)

Cécile Reims Graveur de Hans Bellmer(éd. du Cercle d'art, 2006)

La nuit Sexuelle(Flammarion, 2007)

Boutès(Galilée, 2008)

La barque silencieuse(Seuil, 2009)